Lv 2 부터

Chillin Different World Life
of the EX-Brave Candidate was Cheat
from Lv 2

치트였던 전직용사 후보의 유유자적 이세계라이프 11

노조 미야 지음 카타기리 일러스트 손종근 옮김

치트였던 전직용사후보의 유유자적 이세계라이프

Lv 2 부터 Chillin Different World Life
of the EX-Brave Candidate was Cheat
from Lv 2

키노조 미야 지음 | **카타기리** 일러스트

Characters

홀리오
홀리스 잡화점을 경영하는
전직 용사 후보.

리스
아랑족이자 홀리오의 아내.

가릴
홀리오와 리스의 아들.
여왕이 신경 쓰인다.

엘리나자
홀리오와 리스의 딸.
홀리오를 좋아한다.

리루나자
엘리나자의 동생.
홀리오와 리스의 차녀.

벤네에
알줄국의 언조대교에 쓴
강작를 원하는 검호의 사념체.

히야
빛과 어둠의 근원을 관장하는 마인.

다말리나세
정신세계에서 수련 중인
암흑 대마도사.

와인(인간족의 모습)
하이스펙이지만
대식가인 식객.

벨라노
말 없고 낯을 가리며
작은 동물 같은 교사.

벨라리오
미니리오와 벨라노의 아이.

텔비레스
신계에서 쫓겨난 애주가 얼망 여신.
호쿠호쿠튼의 집에서 식객 신세.

Characters

Chillin Different World Life
of the EX-Brave Candidate was Cheat from Lv2

고자르
사상 최강이라 칭해지는 전직 마왕.

우리미나스
고자르의 아내이자
마왕 시절의 측근.

발리로사
고자르의 아내이자 전직 기사.

포르미나
고자르와 우리미나스의 딸.

고로
고자르와 발리로사의 아들.

칼시므
전 마왕 대행. 차룬과 함께
홀리오 가에 머무르고 있다.

차룬
칼시므의 아내가 된 마인형.
차를 타는 것이 특기.

라비츠
칼시므와 차룬의 딸.
칼시므의 머리 위가 마음에 든다.

슬레이프(인간족 모습)
전직 마왕군 사천왕 중 하나.
빌레리와 동거 중.

빌레리
슬레이프와 동거 중인 전직 궁수.

리슬레이
슬레이프와 빌레리의 딸.

에리(여왕)
정의감이 강하고
고생이 많은 마법국의 여왕.

블로섬
농업에 열의를 쏟는 전직 검사.

그레아니르
홀리스 잡화점에서 일하는 마인족.

타니아
홀리오 가에 쳐들어와 기억을
잃은 메이드(신계의 사도).

암왕
마법국의 예전 국왕이자
암상회의 회장.

Characters

Chillin Different World Life
of the EX-Brave Candidate was Cheat from Lv2

금발 용사
용사인데도 마법국에서
지명수배 중.

츠야
금발 용사와 함께 도피행 중.
지갑 안이 걱정.

밸런타인
사계 12신장인 요염한 마인.
외모와 달리 대식가.

아룬키즈
희소 종족인 집마차
마인이지만 마력이 적다.

왕창 우하
희소 종족인 가옥 마인이지만
전투는 서투르다.

독슨
고자르의 동생이자
동료를 아끼는 새 마왕.

후훈
독슨의 측근인
어마어마한 M 서큐버스.

베리안나
입이 험하지만
동생을 아끼는 악마인족.

아이리스테일
가린의 동급생이자
베리안나의 동생.

사리나
가린의 동급생.
가린이 신경 쓰이는 모양인데……?

사베어(혼 래빗 모습)
홀리오 가의 애완동물.

시베어
사베어의 아내인 혼 래빗.

스베어
사베어와 시베어의 아이.
살짝 찌진 눈의 혼 래빗.

세베어
사베어와 시베어의 아이.
귀여운 눈매가 특징.

소베어
사베어와 시베어의 아이.
혼 래빗이지만 털 색깔은 사이코 베어.

Level 2~

Lv2부터 치트였던 전직 용사 후보의 유유자적 이세계 라이프

Contents

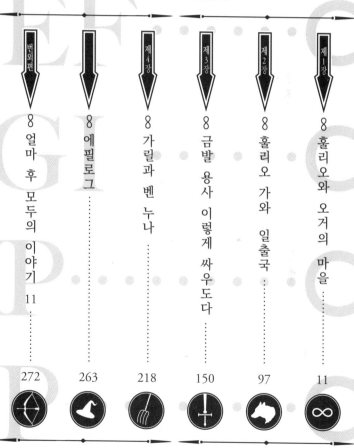

Chillin Different World Life of the EX-Brave Candidate was Cheat from Lv 2

컬러 및 본문 일러스트   카타기리

클라이로드 세계──.

검과 마법, 수많은 몬스터나 아인들이 존재하는 이 세계에서는, 인간족과 마족이 오랜 세월에 걸쳐서 계속 싸우고 있었다.

인간족 최대 국가인 클라이로드 마법국과 마왕군 사이에 맺어진 휴전 협정은 각지에 은혜를 가져와서, 인간족과 마족 사이에 우호적인 교류가 시작되고 있었다.

마왕 독슨을 중심으로 강고한 체제를 만들기 시작한 마왕군은 여전히 힘이야말로 정의라는 생각을 고치지 않는 마족을 상대로 끈기 있게 교섭을 계속했다. 그 결과 느리기는 하지만 그 말에 귀를 기울이는 마족들도 나타나기 시작하여, 마왕 독슨은 오늘도 바삐 마왕령을 돌아다니는 나날을 보내고 있었다.

한편 클라이로드 마법국은 여왕을 중심으로 외교 담당인 제2왕녀와 내정 담당인 제3왕녀가 양옆을 단단히 떠받치는 체제를 정비하여, 국내외의 문제에도 신속하게 계속 대처하고 있었다. 그 결과, 클라이로드 마법국은 전례 없는 번영의 징조를 드러내기 시작했다.

그렇게 양국은 얼핏 평온하게 보이지만, 그러는 한편으로 여러 문제도 벌어지기 시작했으니…….

이 이야기는, 그런 세계정세 가운데 천천히 막을 연다……

◇호우타우 마법 학교◇

"……오늘도 날씨가 좋구나."

호우타우 마법 학교 교문을 지난 훌리오는, 푸른 하늘을 올려다보며 평소의 시원스러운 미소를 짓고 있었다.

——훌리오.

용사 후보로서 이 세계에 소환된 이세계의 전직 상인.

소환 당시에 받은 가호로 이 세계의 모든 마법과 스킬을 습득했다.

지금은 전직 마족 리스와 결혼하여 훌리스 잡화점의 점장을 맡고 있다. 1남2녀의 아버지.

그런 훌리오 옆을 리스가 바싹 붙어 걷고 있었다.

——리스.

전직 마왕군, 아랑족 여전사.

훌리오에게 패배한 뒤, 그의 아내로서 함께 걸어갈 것을 선택했다.

훌리오를 너무 좋아하는 아내이자 훌리오 가 모두의 어머니.

"서방님, 매점 상품의 보충이라면 평소처럼 화물 운반 부대 사람들한테 맡기든지, 말만 하시면 제가 단숨에 마치고 올 텐데……"

조금 불만스러운 표정을 지으며 훌리오의 얼굴을 올려다보는 리스.

그런 리스에게 훌리오는 싱긋 미소를 지었다.

"화물 운반 부대 여러분이나 리스는 물론 신뢰하고 있어. 하지
만 가끔은 자기 눈으로 현장을 확인해 두는 것도 중요하다 생각
하고, 게다가……."

"……게다가?"

"……최근에 이래저래 바빠서 리스랑 단둘이 외출할 기회가 적
었으니까. 작게나마 데이트 같아서 괜찮을까, 싶었는데……. 싫
었을까?"

조금 부끄러운 듯 뺨을 붉게 물들이며 리스를 곁눈질로 바라보
는 훌리오.

……잠시 후.

퍼엉!

얼굴은커녕 상반신까지 새빨개진 리스는 훌리오의 팔을 끌어
안았다.

"아, 아뇨! 그, 그렇지 않아요! 그, 그러네요, 가, 가끔은 이런
데이트도 나쁘진 않네요."

머리카락이 동물의 귀처럼 파닥파닥 좌우로 움직이고, 무의식
중에 구현화한 꼬리가 기쁜 듯 좌우로 붕붕 흔들렸다.

'리스도 참…… 꼬리가 나와 버렸는데…….'

리스의 꼬리를 곁눈질로 보면서 훌리오는 쓴웃음을 지었다.

'뭐, 하지만…… 지금의 이 세계라면 그렇게 문제가 되지도 않으려나.'

훌리오는 그런 생각을 하며 평소의 시원스러운 미소를 지었다.

훌리오가 생각하다시피, 인간족 최대 국가인 클라이로드 마법국과, 인간족과 계속 싸우던 마왕군 사이에 휴전 협정이 맺어진 현재, 인간족과 마족 사이의 교류도 진행되고 있었다.

'……원래 이곳 호우타우는 왕도에서 떨어져 있기도 해서, 옛날부터 마왕군에 소속되지 않은 마족이나 아인 종족을 넓게 받아들였지. 우리 집 아이들이 다니는 호우타우 마법 학교도 그런 종족의 아이들을 넓게 받아들이고, 어느샌가 그게 클라이로드 마법국 전체로 퍼졌으니까 무척 좋은 일이라고 생각해.

내가 원래 있던 세계에서는 아인 종족의 사람들이 인간족 사람들에게 박해를 당했지……. 이 세계에서는 그런 차별이 조금씩이지만 사라지고 있어……. 나도 그것을 도울 수 있다면, 그건 무척 기쁜 일이겠찌…….'

다시금 리스에게 시선을 향하는 훌리오.

그 시선을 알아차린 리스가 의아하다는 표정을 지으며 고개를 갸웃거렸다.

"서방님, 왜 그러세요?"

"어, 아니. 아무것도 아니야…… 그저, 뭐라고 할까…… 이렇게 리스와 함께 있을 수 있다는 게 무척 행복하구나…… 싶어서 말이지."

미소를 짓는 훌리오.

그런 훌리오의 말을 앞에 두고 리스는 다시금 얼굴이 새빨개졌다.

"서서서, 서방님, 가가가갑자기 그런 말을 해버리시면, 부끄러워요……. 그, 그야…… 무, 무척 기쁘지만…….''

얼굴이 새빨개져서는 고개를 숙이는 리스.

꼬리와 머리 위의 귀 모양 머리카락이 초고속으로 계속 움직였다.

'……리스의 머리 위에 저건 늑대 모습일 때의 잔재일 뿐, 진짜 귀는 아닌 모양이지만, 꼬리처럼 감정에 따라 움직이는구나.'

얼굴이 새빨간 상태로 기뻐하는 모습의 리스를 보고 훌리오도 무심코 수줍은 미소를 지었다.

"이, 일단, 매점에 상품을 전달하러 갈까. 그게 끝나면 조금 이르지만 식사라도 하러 가지 않을래?"

"그, 그건 데이트네요! 아, 예! 물론 함께할게요!"

훌리오의 말에 기뻐하는 목소리를 높인 리스는, 훌리오의 팔을 꽉 끌어안고서 기쁜 듯 뺨을 계속 비볐다.

리스가 밀착했기에 풍만한 가슴이 훌리오의 팔에 꽉 눌렸다.

그 감촉에 무심코 얼굴을 붉히는 훌리오.

얼버무리듯이 그 자리에서 헛기침을 한 훌리오는, 호우타우 마법 학교 건물을 향해 다시금 걷기 시작했다.

　이곳 호우타우 마법 학교의 매점은, 훌리오가 대표를 맡고 있는 홀리스 잡화점이 운영과 관리를 담당하고 있었다.

　그래서 정기적으로 상품을 보충할 필요가 있고, 오늘 훌리오와 리스는 그것을 위해 호우타우 마법 학교를 방문했다.

　평소처럼 교문을 지나서, 교문에서 가장 가까운 건물로 향하는 훌리오.

　건물 입구를 지나서 바로 옆에 있는 창구를 노크했다.

　'사무실'이라고 적힌 간판이 걸려 있는 창구 안에서 중년 남자가 얼굴을 내밀었다.

　"어, 훌리오 씨 아닙니까. 매점 상품 보충입니까?"

　"안녕하세요, 타쿠라이드 씨. 예, 부족한 상품을 보충하러 왔어요."

　창구에서 미소를 짓고 있는 타쿠라이드에게 미소로 답하는 훌리오.

　──타쿠라이드.

　호우타우 마법 학교의 사무원을 맡고 있는 남성.

　학교 내부의 보수나 청소, 학비 관리, 직원 급여와 관련된 업무까지 모두 혼자서 소화하고 있는 무척 유능한 인물로, 보호자들의 신뢰도 두텁다.

"그러고 보니, 호우타우 마법 학교가 경비 회사를 설립했다던 가요."

"예, 졸업생의 취업 자리 중 하나로서 시험적으로 운영을 시작했는데, 꽤나 호평이라서요. 그에 맞추어서 교직원들의 부업도 풀어 주기도 했고요."

훌리오의 말에 씨익 미소를 지으며 오른손 엄지를 척 세워 드는 타쿠라이드.

"이번에 상품 제작 회사를 세워서, 호우타우 마법 학교의 상품 제작, 판매도 검토하고 있습니다. 그때는 모쪼록 훌리스 잡화점에도 협력을 청하고 싶으니 잘 부탁드릴게요."

"예, 그런 일이라면 언제든지 상담해 주세요."

잠시 잡담을 나누는 훌리오와 타쿠라이드.

평소의 익숙한 광경을 리스는 미소로 바라봤다.

"……오래 붙들어 버려서 죄송하네요. 아, 가릴 군이랑 엘리나 자 양이라면, 지금 시간은 격기장(格技場)에서 검투부 연습을 하고 있을 겁니다. 용건을 마치고, 보고 가시면 어떨까요?"

"어, 괜찮나요?"

"아무 문제도 없습니다. 훌리스 잡화점께는 다양한 원조를 받고 있으니, 오히려 저희 쪽에서 부탁을 드리고 싶을 정도입니다. 게다가 오늘은 전체 개방하는 날이라 입학 희망자 분들도 보실 수 있으니까요. 정기 마도선 덕분에 입학 희망자가 굉장히 늘어나서, 학교로서도 감사한 이야기입니다. 예."

씨익 미소를 짓고 타쿠라이드는 오른손 검지를 척 세웠다.

그 미소에 훌리오의 평소의 시원스러운 미소로 답했다.

"그렇게 말씀해 주시니, 저희로서도 기쁘네요. 그럼 상품 보충을 마치면 살펴보도록 할게요."

타쿠라이드에게 머리를 숙이고 훌리오는 학교 안으로 들어갔다.

"저 타쿠라이드라는 남자, 무척 유능한 것 같아요. 우리미나스도 칭찬했죠."

훌리오 옆을 걸으며 리스는 미소를 지었다.

'다만 전투력이라는 관점에서 말하자면, 전력으로 계산할 수 있는 레벨에도 미치지 못하니까…… 서방님께 도움이 될 것 같지는 않네요…….'

미소 아래로 그런 생각을 하는 리스.

'……저, 저기…… 리스, 그거 들리는데…….'

리스는 무의식중에 자신이 생각하는 것을 입 밖으로 꺼내고 말았다.

그것을 들은 훌리오는 쓴웃음을 지었다.

'리스 나름대로 날 생각해 준다는 건 알겠지만……. 나한테 도움이 된다든지 전력이 된다든지, 그런 관점으로 판단하는 건 좀.'

훌리오는 그런 생각을 하며 리스와 함께 복도를 나아갔다.

◇호우타우 마법 학교 매점◇

호우타우 마법 학교 중간쯤에 위치하고 있는 매점 건물은 지상 3층 지하 1층의 구조로, 지하는 창고로 쓰이고 2층과 3층은 학생

기숙사로 되어 있었다.

그리고 그 건물의 1층 부분이 매점으로 식당을 겸했다.

식당에서는 학생 기숙사에 입사한 학생의 아침과 저녁도 제공되며, 그 식사도 물론 훌리스 잡화점이 담당하고 있었다.

그런 매점 안을, 대걸레로 청소하는 여성의 모습이 있었다.

메이드 옷을 입고 굉장한 속도로 바닥을 닦는 그 여성은, 훌리오와 리스가 매점 안으로 들어오자 굉장한 속도로 두 사람 앞으로 이동했다.

"주인님과 사모님. 수고하십니다."

"타니아, 매점 일 수고가 많아."

——타니아.

본명 타니아라이나.

신계의 사도로, 강력한 마력을 가진 훌리오를 감시하기 위해 신계에서 파견되었다.

와인과 충돌하여 기억을 일부 잃고, 현재는 훌리오 가에 머무르며 메이드로서 일하고 있다.

훌리오와 리스 앞에서 치맛자락을 가볍게 들어 올리며 공손하게 인사하는 타니아.

이곳 호우타우 마법 학교의 매점은, 이전에는 아르바이트를 고용하고 있었다.

하지만 호우타우 마법 학교의 학생이 늘고 매점 이용자도 증가하며 취급하는 상품도 잡다해지고, 또한 준비할 식사량도 많아지며 아르바이트만으로는 미처 대응할 수 없게 되어 버려서…….

이제는 그런 업무를 지체 없이 소화할 수 있는 타니아가 담당하는 것이었다.

"보충할 물품을 가져왔으니까 선반에 넣어 둘게."

그러면서 오른손을 뻗는 훌리오.

오른손 앞으로 마법진이 전개되고, 동시에 매점 안쪽에 있는 창고 안에서 차례차례 상품이 출현했다.

보충 상품을 자신의 정신세계 안에 채워서 온 훌리오가 직접 창고 안으로 넣는 것이었다.

"부탁받은 상품은 전부 넣어 왔다고는 생각하는데, 그 밖에 필요한 물품이 있다면 사념파로 알려 주겠어?"

"아뇨, 주인님께서 두 번이나 수고하실 일은 없습니다. 그때에는 저 타니아가 직접 대처하겠사오니."

훌리오의 말에 깊이 머리를 숙이는 타니아.

'그렇게 말하지만, 타니아는 매점 업무를 메인으로 소화하고 있는데도 집 청소나 빨래까지 해주고 있으니까……. 대체 언제 쉬는지 걱정이 된단 말이지…….'

훌리오는 타니아를 바라보며 그런 생각을 하고 무심코 쓴웃음 지었다.

"기숙사에도 사람이 잔뜩 들어온 모양이니까, 혹시 인원이 부족할 것 같다면 사양 말고 말해 줘. 바로 대처할 테니까."

"과분하신 말씀, 감사합니다. 그런 일은 일단 벌어지지 않을 거라 생각합니다만, 만에 하나의 경우에는 잘 부탁드리겠습니다."

홀리오의 말에 또다시 깊이 머리를 숙이는 타니아.

홀리오와 대화를 나누면서도 자신의 마법으로 보충된 물품 체크를 진행하고, 부족하던 상품이 보충된 것을 확인했기에 나온 대답이기도 했다.

참고로 평소의 보충 작업은 홀리스 잡화점 화물 운반 부대인 전직 마왕군 첩보 기관 고요한 귀의 멤버들이 짐마차를 이용하여 상품을 운반하기에, 이번처럼 짧은 시간에 끝나는 일은 없었다.

다만 그조차도 평범한 짐마차 사업자가 진행하는 것과 비교하면 훨씬 빠른 것은 굳이 말할 필요도 없다지만…….

"아, 그러고 보니…… 오늘은 와인하고 리루나자도 와 있지 않던가?"

"예, 두 분이라면 마수 사육장에 있을 겁니다. 오늘은 포르미나 님과 고로 님도 함께 있습니다. 항상 원격 시야 마법을 써, 상황을 살피는 것도 게을리하지 않으니 안심하시길."

홀리오의 말에 공손히 인사하며 대답하는 타니아.

그 말대로, 좌우로 색깔이 다른 타니아의 눈동자 중에서 왼쪽 눈동자가 빛나고 있었다.

그것은 원격 시야 마법을 전개하고 있다는 증거였다.

"항상 아이들을 돌봐 줘서 고마워, 타니아. 그럼 격기장으로 가기 전에 잠깐 얼굴을 비추고 올게."

"훌리오 가의 분을 위해서라면 이 정도는 당연한 행위입니다."

가볍게 오른손을 들며 이동하는 훌리오를, 타니아는 공손히 인사하며 배웅했다.

'특히 와인 아가씨가 또 알몸이 되지 않도록…… 최선을 다해 감시해야…….'

강한 의지와 동시에, 타니아의 눈동자가 한층 더 강하게 빛났다.

◇호우타우 마법 학교 마수 사육장◇

호우타우 마법 학교 한편, 건물 밖에 위치한 방목장.

이곳에서는 마수를 사육하고 있었다.

주로 마법 중 하나인 테임이나 마수를 상대로 한 부여 마법, 탑승한 상태에서의 전투 훈련 같은 실천적인 수업에 사용하는 마수들이 사육되는 장소였다.

그런 마수 사육장 중앙에서 거대한 마수가 신음하고 있었다.

그르르르르…….

네 발 마수는 상반신을 낮게 숙인 채로 엄니를 드러내고서 전방을 향해 지속적으로 위협 자세를 취하고 있었다.

검은 털로 뒤덮인 마수의 앞에는 가릴의 동급생 사지타의 모습이 있었다.

──사지타.

가릴의 동급생으로, 공격과 방어 마법을 밸런스 좋게 사용할 수 있지만 능력은 살짝 낮다.

사사건건 가릴을 라이벌로 보고 이기려 들지만 승부가 되지는 않는다.

"이이이, 이 마수는 뭐야…… 전혀 말을 안 듣잖아…… 여여여, 여기서 가장 커다란 이 녀석을 테임해서 이번에야말로 가릴을 압도해 주겠다고 생각했는데……."

사지타는 제대로 기겁을 했는지 땅바닥에 주저앉은 상태로 마수를 응시하고 있었다.

마수는 그런 사지타를 상대로 명백하게 분노해서는 그를 위협하며 당장에라도 덮치려 하고 있었다.

"어~ 안 돼요 안 돼. 목소리를 높이지 마세요!"

그곳으로 모자를 깊이 눌러 쓴 여자아이가 달려왔다.

——리루나자.

훌리오와 리스의 셋째 아이이자 차녀.

테임 능력이 뛰어나고 마수와 친해지는 것이 특기.

그 재능을 활용해서 호우타우 마법 학교에 입학하기 전부터 마수 사육사를 맡고 있다.

"뭐뭐뭐, 뭐냐고 리루나자…… 네가 먹이를 줬을 때는 엄청 얌전했는데, 그 녀석은 왜 갑자기 화를 내는 거냐고……."

"이 마수는 기본적으로는 얌전하지만 무척 프라이드가 높아요. 그런 마수 앞에서 갑자기 '이봐, 마수! 이 몸의 사역마로 삼아 줄 테니까 감사히 여겨라'라고 그러니, 그건 화를 내도 어쩔 수 없다고요."

곤란하다는 표정을 지으며 사지타에게 설명하는 리루나자.

그 주위에는 소형 마수들이 달라붙어서, 다들 사지타에게 분노한 표정을 짓고 있었다.

"그그그, 그런 소리를 해도……."

사지타는 허둥지둥하며 마수와 리루나자를 교대로 바라봤다.

"어쨌든 우선은 마수의 분노를 가라앉혀야……."

양손을 황급히 흔들며 리루나자는 마수에게 다가갔다.

검은 털 마수는 무척 커다래서, 리루나자의 다섯 배 이상의 체구를 자랑했다.

분노에 지배당한 검은 털 마수는, 분노에 내맡겨 리루나자를 향해 오른쪽 앞다리를 들어 올렸다.

"햐앗?!"

조금 맥 빠진 비명을 터뜨리며 눈을 동그랗게 뜨는 리루나자.

그런 리루나자 앞으로 주변의 마수들이 바로 집결해서 그녀를 지키려고 했다.

"으음! 리루리루한테 무슨 짓이야! 짓이야! 나 와인이 용서 안 해! 안 해!"

그때 상공에서 와인의 목소리가 들렸다.

——와인.

용족 최강의 전사라 일컬어지는 드래고뉴트.

공복으로 길에 쓰러져 있던 참에 훌리오와 리스가 구해 주어, 이후로 훌리오 가에 머무르고 있다.

아이들의 언니, 누나 같은 존재.

와인은 상공에서 직활강으로 날아오더니 검은 털 마수의 정수리에 박치기 요령으로 머리부터 부딪쳤다.

쿠웅!

주변으로 엄청난 소리가 울려 퍼졌다.

검은 털 마수는 후방으로 휘청거리면서도 자신의 머리에 박치기를 먹인 와인을 노려봤다.

"으음, 꽤나 머리, 단단한 거야, 단단한 거야."

그런 검은 털 마수를 자기 머리를 문지르며 역시나 노려보는 와인.

"와, 와인 언니, 이 아이는 몸이 무척 단단해요. 특히 머리는 가장 단단한 부분이에요."

걱정하는 표정을 지으며 손에 차가운 수건을 들고 와인 옆으로 달려가는 리루나자.

그 주위에는 소형 마수들이 달라붙어서 리루나자와 마찬가지로 걱정하는 표정으로 와인을 바라봤다.

그런 리루나자 일동을 둘러본 와인은, 씨익 미소를 짓더니 그 자리에서 네 발로 엎드렸다.

"걱정할 것 없어! 와인 언니는 무적이야, 무적이야!"

그러자 와인의 엉덩이에서 용의 꼬리가 나타나며 폰초에서 튀어나왔다.

그 꼬리가 은색으로 변화하여 두 줄기로 갈라졌다.

동시에 와인의 상반신을 은색의 용 비늘이 뒤덮어 마치 은빛 갑옷처럼 변화했다.

"가르르르르르."

용의 위협 소리를 입에서 내뱉으며 마수를 노려보는 와인.

폰초를 찢어발기고 등에서 은색 날개가 펼쳐졌다.

조금 전보다 명백하게 위압감이 늘어난 와인의 모습에 검은 털 마수는 그만 당황했다.

"하와와! 괴, 굉장해요 와인 언니! 존재 진화하는 거예요! 용족의 존재 진화라니, 저, 처음 봤어요!"

한편 리루나자는 바로 앞에 아직 검은 털 마수가 있음에도 불구하고 눈을 반짝이며 와인의 변화한 모습을 빤히 바라봤다.

그런 와중에 포르미나와 고로도 달려왔다.

──포르미나.

고자르와 우리미나스의 딸이자 마왕족과 헬 캣의 혼혈.

고자르의 또 다른 아내인 발리로사도 잘 따른다.

가릴을 무척 좋아하는 여자아이.

——고로.

고자르와 발리로사의 아들이자 마왕족과 인간족 혼혈.

고자르의 또 다른 아내인 우리미나스도 잘 따른다.

말수가 적고 누나인 포르미나를 무척 좋아하는 남자아이.

"와인 굉장해! 굉장해! 엄청 멋있어!"

조금 전까지 안쪽에서 마수 침상의 짚을 교환하던 포르미나는, 커다란 짚단을 든 채로 와인의 모습을 바라봤다.

그 옆에서는 포르미나와 함께 짚 교환 작업을 하던 고로도 와인의 모습을 바라보며 선망의 눈빛을 계속 보냈다.

"……굉장해…… 멋있어."

그런 일동의 시선 앞에서 와인은 기쁜 듯 목소리를 높였다.

"그래? 그래? 와인, 멋있어? 멋있어?"

◇ ◇ ◇

이윽고 사지타가 누른 긴급사태 알람에, 직원실에서 달려온 벨라노와 미니리오를 중심으로 한 호우타우 마법 학교의 교직원들이 마수 사육장으로 달려왔다.

——벨라노.

전직 클라이로드 성 기사단 소속 마법사.

작은 체구에 낯을 가린다. 방어 마법밖에 사용하지 못한다.

지금은 기사단을 그만두고 훌리오 가에 머무르며 호우타우 마법 학교의 교사로 일하고 있다.

미니리오와 결혼하여 벨라리오를 낳았다.

──미니리오.

훌리오가 시험적으로 만들어 낸 마인형.

훌리오를 어리게 만든 것 같은 외모이기에 미니리오라고 이름이 붙어 호우타우 마법 학교에서 벨라노를 보좌하고 있다.

벨라노를 돕는 사이에 친해져서, 지금은 벨라노의 남편이자 벨라리오의 아버지.

"······?"

어깨를 들썩여 숨을 몰아쉬며 사육장 중앙을 바라보는 벨라노 일행은, 다들 곤혹스럽다는 표정을 짓고 있었다.

그런 일동이 본 풍경엔.

"와인 언니, 이 날개는 어떻게 진화했나요?"

"와인, 좀 더 실력을 보여줘! 엄청 멋있어!"

"······나도, 좀 더 보고 싶어."

"와인, 멋있어? 멋있어? 좀 더 봐도 돼! 봐도 돼!"

눈을 반짝이는 리루나자, 포르미나, 고로에게 둘러싸여서는 만족스러운 표정을 지으며 포즈를 계속 취하는 와인이 있었다.

"……저기, 사지타 군…… 무슨 일이 있었니?"

비상 버튼 옆에 주저앉아 있는 사지타에게 말을 건네는 벨라노.

"저, 저기…… 벨라노 선생님…… 저, 저 마수가 날뛰어서…….."

떨리는 손가락으로 와인의 후방을 가리키는 사지타.

그 손가락 방향으로 시선을 향한 벨라노 일행은 또다시 곤혹스러운 표정을 지었다.

일동의 시선 앞에는 배를 위로 드러내고서 누워 있는 검은 털 마수의 모습이 있었다.

이 검은 털 마수. 처음에는 사지타의 태도에 화가 나서 제정신을 잃었지만 와인의 박치기로 정신을 차리고, 존재 진화한 와인을 앞에 둔 시점에서 '이 용한테는 이길 수 있을 리가 없다'라고 깨달아서 절대 복종의 포즈를 취한 것이었다.

"……마수가? 날뛰어?"

"그, 그래요…… 마수가…….."

"마수가 날뛰다니…… 저 마수는 완전히 복종해 있는데…….."

당황한 기색의 사지타와, 그런 사지타와 마수를 교대로 바라보는 벨라노 일행.

그런 일동 뒤에서 타니아가 굉장한 속도로 달려왔다.

그녀의 손에는 와인의 속옷이 들려 있었다.

그녀가 바라보는 곳에는 아이들에게 둘러싸인 와인의 모습이 있었다.

　자세히 보니…… 존재 진화한 와인은 은색 비늘 탓에 옷이 전부 찢어져서 사라졌고, 당연히 속옷도 사라져서 거의 알몸인 상태였던 것이다.

　"와인 아가씨…… 또 속옷을……!"

　두 눈을 번쩍이며 전력질주하는 타니아.

　그녀의 등에 나타난 신계의 사도의 날개로 더욱 가속했다.

　"으젝?! 타니타니?!"

　그녀의 접근을 알아차린 와인은 눈을 동그랗게 뜨며 그 자리에서 뛰어갔다.

　"기다리십시오, 와인 아가씨! 얌전히 이 속옷을 입으십시오!"

　"싫어~! 속옷 기분 나빠! 나빠!"

　"안 됩니다! 얌전히 계십시오!"

　"싫어~! 싫어~!"

　도망치는 와인.

　쫓는 타니아.

　두 사람의 술래잡기는 호우타우 마법 학교를 무대로 펼쳐졌다.

　"……저 두 사람…… 오늘도 하고 있나."

　마수 사육장을 향해 걷던 훌리오는, 머리 위를 비행하는 와인과 그것을 쫓는 타니아의 모습을 쓴웃음 지으며 올려다봤다.

　"재밌게 놀고 있네요."

　리스 역시도 그 광경을 올려다보며 미소를 지었다.

두 사람이 바라보는 가운데, 와인과 타니아의 술래잡기는 계속 되었다.

◇호우타우 마법 학교 격기장◇
"……어라? 사육장 쪽에서 무슨 일 있었나?"
격기장 안에서 창밖으로 시선을 향한 가릴은 의아하다는 표정을 지으며 고개를 갸웃거렸다.

──가릴.
훌리오와 리스의 아이이자 엘리나자와는 쌍둥이 중 동생, 리루나자의 오빠에 해당된다.
항상 웃는 얼굴에 싹싹한 성격으로 호우타우 마법 학교의 인기인.
신체 능력이 무척 뛰어나다.

그런 가릴 옆에서 검을 들고 있던 엘리나자가 작게 한숨을 내쉬었다.

──엘리나자.
훌리오와 리스의 아이이자 가릴과는 쌍둥이 중 누나, 리루나자의 언니.
성실하고 파파를 무척 좋아한다.
마법 능력에 재능이 있다.

"와인 언니랑 타니아 씨가 술래잡기를 시작한 거니까 문제는 없을 거야."

그런 말을 꺼내는 엘리나자의 눈동자가 무지갯빛으로 반짝이고 이마의 보옥도 같은 색깔의 빛을 발했다.

엘리나자는 전력으로 마력을 전개하면 이마의 보옥에서 빛이 난다.

태어났을 때, 여신의 축복을 받은 증거로 보옥이 있는 엘리나자. 그 보옥이야말로 엘리나자가 지닌 마력의 근원인 탓이다.

마수 사육장의 이변을 탐지한 엘리나자는 자신의 마력을 구사하여 마수 사육장 주변의 상황을 탐색, 그 상황을 파악한 것이었다.

'정말이지……. 가릴이 있으니까 돕고는 있지만, 검투부 일이 좋아지지는 않네…… 굳이 따지자면 난 마법 쪽이 특기니까…….'

마음속으로 투덜투덜하며 탐지 마법을 전개하던 엘리나자.

……그러더니 그녀가 눈을 번쩍 떴다.

'이 기척…… 경미한 기척 은폐 마법을 사용하고 있지만, 틀림없어! 파파가 여기로 오고 있어!'

전개하고 있던 마법을 통해 훌리오의 접근을 탐지한 엘리나자는 검을 든 손에 더욱 강한 힘을 실었다.

'파파한테 좋은 모습을 보여줘야지. 그래, 정말 최고로 멋있고

귀여운 모습을…….'

홀리오를 너무 좋아해서 이래저래 뒤틀려 버린 엘리나자.

"그러기로 했다면, 더 기합을 실어야죠! 자, 리슬레이! 팍팍 갈게요!"

그렇게 말하기가 무섭게, 엘리나자는 검술 대련 중이던 리슬레이를 향해 뛰어들었다.

──리슬레이.

슬레이프와 빌레리의 딸로, 사마족과 인간족 혼혈.

성실해서 홀리오 가 유소년팀 아이들의 리더격인 존재.

"으앗?! 잠깐, 갑자기 에리도 참, 무슨 일이야?! 갑자기 의욕이 가득해졌잖아?!"

"그렇지 않아요, 전 언제라도 클라이맥스예요!"

"잠깐?! 에리, 캐릭터 변하지 않았어?!"

리슬레이는 엘리나자의 검을 교묘한 몸놀림으로 흘려 넘겼다.

"에잇, 건방지네요! 그렇다면, 이건 어떨까요!"

검을 든 채로 영창하는 엘리나자.

그러자 그녀의 등 뒤에 거대한 마법진이 전개되고, 그 안에서 빛의 검이 무수하게 출현했다.

"잠깐?! 그, 그건 반칙이라고?!"

그 검의 숫자에 눈을 동그랗게 뜨는 리슬레이.

그러자 그 옆으로 도마뱀족 렙터가 달려왔다.

──렙터.

아이들과 동급생인 도마뱀족 남자아이.

얼핏 쿨하게 보이지만 다른 사람을 잘 돕는 인기인. 리슬레이와 특히 사이가 좋다.

"아무리 그래도 이건 혼자선 무리겠지. 가세할게, 리슬레이."

"고, 고마워 렙터."

옆으로 나란히 서서 엘리나자와 대치하는 두 사람.

"후후, 딱 좋은 핸디캡이에요! 자, 갈게요."

엘리나자는 무수한 검 끝을 두 사람에게 향했다.

그 순간.

쨍그랑……. 쨍그랑…….

엘리나자가 만들어 낸 빛의 검이 마법으로 파괴되어 소멸했다.

동시에 리슬레이와 렙터 사이에 벨라리오가 전이 마법으로 출현했다.

──벨라리오.

미니리오와 벨라노의 아이.

마인형과 인간족의 아이라는 무척 희소한 존재.

외모는 미니리오와 마찬가지로 훌리오를 어리게 만든 느낌이다.

중성적인 생김새라서 성별이 불명.

벨라리오는 나이를 따지자면 아직 입학 자격이 없지만, 벨라노와 미니리오가 호우타우 마법 학교에서 일하고 있는 관계로 특별하게 입학했다.

특별하다고는 해도 입학시험에서 드러낸 굉장한 마력과 훌륭한 마법 능력이 있었기에 가능한 결과였다.

"아핫! 리오리오도 도와주러 왔구나! 고마워!"

"좋아! 셋이서 가자고."

(끄덕끄덕.)

리슬레이와 렙터의 말에 끄덕이는 벨라리오.

참고로 마인형인 미니리오와 그의 피를 진하게 물려받은 벨라리오는 말을 할 수가 없었다.

세 방향으로 전개하며 엘리나자에게 달려가는 세 사람.

"후후후, 셋이 상대라도 전혀 문제없어요! 제 멋있고 귀여운 모습을 파파한테 보여줄 거니까!"

그런 세 사람을 향해 엘리나자는 빛의 검을 차례차례 발사했다.

벨라리오의 마법으로 파괴되고는 있지만, 엘리나자가 발사하는 빛의 검은 부서지는 속도 이상으로 계속 출현했다.

그래서 삼대일임에도 불구하고 엘리나자가 세 사람을 압도하는 상태였다.

그 광경을 가릴은 쓴웃음 지으며 바라보고 있었다.

"누나도 참, 아버지가 온다면 사람이 바뀌니까 말이지……. 하지만 지금 누나, 멋있고 귀엽다기보다도 완전히 최종 보스……? 진심을 발휘했을 때의 고자르 아저씨랑 똑같다고 할까……."

무심코 그런 말을 입에 담는 가릴.

"고, 고자르 아저……씨……?!"

그 말이 들렸는지 엘리나자는 눈에 보이게 당황했다.

"아, 에리의 기세가 꺾였어!"

"지금이야!"

그 틈을 놓치지 않고 단숨에 달려가는 리슬레이 일행.

'……어라? 나, 쓸데없는 소리, 해버렸나…….'

갑자기 열세가 되어버린 엘리나자를 바라보며 가릴은 미간에 주름을 지었다.

그런 가릴에게 사리나가 내숭 부리는 목소리를 높이며 달라붙었다.

"저기, 가릴 님, 한눈팔지 말고 날 제대로 봐달라링. 검은 이렇게 들면 되냐링?"

──사리나.
가릴을 정말 좋아하는 아가씨로 물 속성의 마법이 특기이다.
가릴을 응원하기 위해 검투부에 참가하고 있다.

표면상으로는 움직이기 편하도록, 그러면서 사실은 가릴의 마음을 끌기 위해서 사리나는 과도하게 노출이 많은 옷을 입고 있었다.

"어, 미안미안…… 으음, 조금 더, 여길 이렇게……."

그런 사리나의 손을 잡고 자세를 고쳐 주는 가릴.

그 탓에 가릴의 상반신이 사리나의 상반신을 뒤덮는 모양새가 되었다.

'우, 우효~~~~~~링?! 가, 가, 가, 가릴 님한테, 덮쳐지는 것 같다링. 사리나는 여기서 처음을 맞이하는구나링…….'

얼굴을 새빨갛게 물들이며 사리나는 호흡이 거칠어졌다.

그녀의 머릿속에서는 가릴 밑에 깔린 자신이 이런 일 저런 일을 당하는 망상이…….

『인마!』

"므규?!"

행복한 망상을 펼치던 사리나의 안면으로 누군가 검은 고양이 인형을 들이밀었다.

그 기세에 사리나의 입에서 이상한 목소리가 새어 나왔다.

그런 사리나의 얼굴에, 평소의 검은색 베이스의 고스로리 의상을 입은 아이리스테일이 자신의 인형을 꾹꾹 들이밀었다.

──아이리스테일.

가릴에게 흥미가 많은 여자아이로 주술 계통의 마법이 특기이다.

마왕군 사천왕 중 하나인 베리안나의 동생이지만 그 사실은 비밀로 하고 있다.

가릴을 응원하기 위해 검투부에 참가하고 있다.

『나도 가릴 군한테 지도받고 있으니까, 혼자서 새치기하지 말라고! 아이리스테일도 그렇게 말한다 인마!』

복화술로 인형의 입을 뻐끔뻐끔하며 노성을 높이는 아이리스테일.

"허어?! 지도는 지도다링! 너는 얌전히 고문 무라사메 선생님한테 배우면 된다링!"

『시끄럽다! 가릴 군이랑 알콩달콩하고 싶으니까 검투부에 참가한 아이리스테일이 어째서 무라사메 선생님이랑 알콩달콩해야 하는 거야!라고, 아이리스테일도 말한다 인마!』

아이리스테일은 부끄러운 탓에 자기 입으로는 거의 대화하지 못하지만, 인형을 통해서는 엄청난 독설로 본심을 말할 수 있게 된다.

사리나는 그런 아이리스테일의 독설에 한 걸음도 물러나지 않고 대꾸했다.

눈앞에서 엄청난 말다툼을 시작한 두 사람.

"이것 참…… 이렇게 되어 버리면 한동안은 수습이 안 된단 말이지."

쓴웃음 지으며 사리나와 아이리스테일을 바라보는 가릴.

그러자 그런 가릴의 발밑으로 소인 몇몇이 걸어왔다.

소인들은 저마다 손에 목제 검을 들고서 그것을 휘두르며, 마치 춤이라도 추듯이 스텝을 밟으며 가릴 주위를 둘러쌌다.

"이야, 이건 스노우 리틀이 소환한 소인들이야?"

"우후후, 역시 가릴 님. 다 알고 계시네요."

가릴 뒤에서 하얀색을 바탕으로 한 드레스차림의 스노우 리틀이 입가에 손을 대고서 가릴 곁으로 걸어왔다.

——스노우 리틀.

가릴에게 제대로 끌리고 있는 동화족 여자아이로 소환 계열의 마법이 특기이다.

마왕 독슨의 신부 후보 중 하나인 스노우 화이트의 동생이지만 그 사실은 비밀로 하고 있다.

가릴을 응원하기 위해 검투부에 연신 얼굴을 비추고 있다.

"스노우 리틀이 소환하는 사역마들은 종류가 다양해서 굉장하네. 이 소인들도 이야기의 등장인물이야?"

"예, 어느 세계의 동화에 등장하는 공주님을 지키는 일곱 명의 소인들이에요. 가릴 님, 저는 무력하기에 검을 휘두를 수는 없으니, 이들을 단련시켰으면 하는데요."

그리 말하고는 스노우 리틀은 가릴의 팔에 자기 팔을 살며시 감았다.

"저, 저기…… 스노우 리틀?"

"아, 예, 이렇게 하면 제가 사역하는 소인들을 가릴 님도 사역할 수 있게 되어요. 자, 가릴 님, 소인들을 지도해 주세요."

가릴의 팔을 자신의 가슴께로 끌어안는 스노우 리틀.

그런 스노우 리틀의 모습에 쓴웃음 지은 가릴은,

"미안하지만 말이지, 스노우 리틀…… 그건 이렇게 밀착하지 않아도 가능해."

스노우 리틀에게서 팔을 빼내고 그녀의 손을 살며시 붙잡았다.

가릴의 말대로 동화족이 소환한 사역마를 다른 사람이 컨트롤하는 것은 몸의 일부가 접촉하면 충분해서, 조금 전의 스노우 리틀처럼 가릴의 팔을 끌어안을 필요는 없었던 것이다.

"확실히 그렇지만……."

"자자, 지도는 제대로 해줄 테니까."

불만스럽게 입을 삐죽이는 스노우 리틀을 가릴은 쓴웃음 지으며 바라봤다.

그 말대로 소인들은 가릴의 지시에 따라 검을 휘두르기 시작했다.

그런 일동의 모습을 검투부 고문, 무라사메는 조금 떨어진 장소에서 팔짱을 끼며 둘러보고 있었다.

──무라사메.

일출국 출신, 귀족(오거/鬼族)의 피를 이어받은 말없고 쿨한 여검사.

원래는 용병으로 먹고 살았지만, 호우타우 마법 학교의 경비 임무를 맡았을 때에 타쿠라이드에게 스카우트되어서 이곳의 검술 교직원이 되었다.

'음…… 평소 그대로의 광경이로군…….'

무라사메는 도를 허리춤에 찬 채로 미동도 하지 않고, 말을 꺼내지도 않고 가만히 격기장 안의 모습을 계속 바라봤다.

그런 격기장 안의 모습을, 2층에 있는 관람석에서 바라보는 사람들이 있었다.

그들 중 대부분은 가릴을 보러 온 호우타우 마법 학교의 여학생들, 또는 마찬가지로 가릴을 보러 온 호우타우의 주민들(9할 여성)이었다.

이날은 호우타우 마법 학교를 널리 알리기 위해서 일반인들에게 개방하는 날이었다.

그래서 '굉장한 미남으로 소문난 가릴 군을 당당하게 볼 수 있다!' 같은 식으로, 마을의 여성들만이 아니라 같은 학교 안의 여학생들까지 견학자로서 대거 밀려든 것이었다.

스노우 리틀의 손을 잡고서 지도하는 가릴의 모습에 많은 여성들이 한탄했다.

"저 여자애는 뭐야……."

"나의 가릴 님과 손을 잡지 말라고……."

"조금 귀엽다고 해서…… 키이— 짜증나!"

그런 목소리를 흘리는 와중에, 최후미 자리에 앉아 있던 여자

하나가 어이없다는 듯이 한숨을 흘렸다.

"……마크타로 숙부님이 굉장한 검사가 있다고 그러길래 굳이 왕도에서 보러 왔는데, 헛걸음했네요."

'소문의 가릴이라는 남자애는 헤실헤실해서는 여자애들 지도만 하고, 자기는 검을 휘두르려고 하지도 않잖아요. 저 무라사메라는 교직원도 지도하려는 의욕조차 없고. 시골 학교인 만큼, 역시 이 정도라는 거겠죠……'

한숨을 내쉬며 일어나더니 그 여자는 트윈 테일로 묶은 금발을 흔들며 출구를 향해 걸어갔다.

그 여자와 교대하듯 훌리오와 리스가 관람석에 모습을 드러냈다.

"아직 시작하지 않았나봐, 리스."

"잘됐네요. 모처럼 왔으니까, 한 번 봐두고 싶었거든요. 가릴이랑 검투부 고문의 모의전."

그런 대화를 나누며 비어 있는 자리로 이동하는 훌리오와 리스.

트윈 테일 여자의 모습은 이미 없었다.

◇호우타우 블로섬 농원◇

훌리오의 자택은 호우타우 성벽 밖에 있다.

원래는 마왕군 휘하 마수들의 침공에서 도망치기 위해 주민이 피난을 가서 빈 집이 된 곳을 훌리오가 사들인 집이었다. 당초에는 훌리오와 리스가 둘이서 살 생각이었기도 해서 단층집이었지만 동거인이 늘어나며 계속 증축을 거듭해, 지금은 지상 4층 지하 1층의 대저택이 되었다.

그런 훌리오 가 앞에는 광대한 방목장이 펼쳐져 있고, 슬레이프와 빌레리 부부가 주로 마마(魔馬)를 사육한다.

그 방목장을 지나면 블로섬이 관리하는 광대한 농원이 펼쳐져 있었다.

"오늘도 날씨가 좋네. 밭일하기 딱 좋은 날이야."

하늘을 올려다보며 블로섬은 이마의 땀을 훔쳤다.

——블로섬.

전직 클라이로드 성 기사단 소속 중갑기사.

발리로사의 친우로, 그녀와 함께 기사단을 그만두고 훌리오 가에 머무르고 있다.

본가가 농가였기에 농사일이 특기로, 훌리오 가 한쪽에서 광대한 농장을 경영하고 있다.

그런 블로섬 뒤에서는 발리로사가 짐수레에 채소를 담은 바구니를 한창 싣는 중이었다.

——발리로사.

전직 클라이로드 성 기사단 소속의 기사.

지금은 기사단을 그만두고 훌리오 가에 머무르며 훌리스 잡화점에서 일하고 있다.

고자르의 두 아내 중 하나이자 고로의 어머니.

"블로섬, 이 채소는 홀리스 잡화점으로 옮기면 되겠지?"

"응, 잘 부탁할게. 덕분에 가게 매상이 무척 좋은 모양이니까."

"음, 고자르 경도 그랬다만, 호우타우만이 아니라 왕도나 인근 도시에서도 화제가 되고 있다니까 말이야."

"헤헤, 고마운 일이야. 열과 성을 다해서 가꾼 채소가 호평이라니, 농가가 바라마지 않는 일이라고. 정말로."

발리로사의 말에 기쁜 듯 미소를 짓는 블로섬.

"그런데 블로섬."

"응? 뭔데, 발리로사."

"너도 가끔은 검술 훈련이라도 같이 어때? 최근에는 농장 일이 바빠서 거의 안 하고 있잖아?"

"아하하, 그쪽은 이제 됐어. 역시 나한테는 검보다 이쪽이 더 적성에 맞는 것 같으니까."

씨익 미소를 지으며 괭이를 척 들어 올리는 블로섬.

'……말은 그러지만…… 너는, 그 괭이로 용을 쓰러뜨려서 드래곤 슬레이어의 칭호를 얻었는데…….'

발리로사가 떠올리다시피, 일찍이 홀리오와 공동생활을 막 시작했을 무렵, 홀리오의 역량을 확인하고자 용군을 이끌고 습격한 우리미나스를 간단히 격퇴한 홀리오.

그때 훌리오의 부여 마법 덕에, 장난으로 던진 괭이로 용을 쓰러뜨리는 것에 성공하여 드래곤 슬레이어의 칭호를 얻은 블로섬.

　'그때, 내가 결단이 조금 더 빨랐다면 나도 드래곤 슬레이어의 칭호를 얻을 수 있었을지도 모르는데…….'
　발리로사는 과거의 광경을 떠올리며 후회의 눈물을 글썽였다.
　"응? 왜 그래, 발리로사?"
　"아, 아니, 아무것도 아냐…… 아무것도 아니야, 응."
　블로섬에게 들키지 않도록 황급히 눈물을 훔치는 발리로사.
　허둥지둥 채소가 담긴 바구니를 짐수레에 실었다.
　"뭐야? 이상한 녀석이네."
　블로섬은 의아하다는 표정을 지으며 발리로사의 뒷모습을 바라봤다.
　『바호!』
　그런 블로섬 옆으로 사베어가 다가왔다.

　──사베어.
　원래는 야생 사이코 베어.
　훌리오와 맞닥뜨리고 이길 수 없음을 깨달아 항복, 이후로 애완동물로서 훌리오 가에 머무르고 있다.
　평소에는 훌리오의 마법으로 혼 래빗 모습으로 지낸다.

사이코 베어 모습의 사베어는 등에 커다란 바구니를 짊어지고
서 밀짚모자를 쓰고 있었다.

　"안쪽의 채소를 수확해 준 거니, 사베어?"

　『바호!』

　블로섬의 말에 자신의 가슴을 턱 두드리는 사베어.

　득의양양한 표정의 사베어에게 시선을 향하며 블로섬은 기쁜
듯 흐뭇하게 웃었다.

　"정말로, 사베어는 부지런하구나. 덕분에 수확 작업이 순조로
워. 그것도 발리로사한테 넘겨줄래?"

　『바호바호!』

　블로섬의 말에 끄덕이더니 사베어는 느릿느릿 발리로사 쪽으
로 걸어갔다.

　그런 사베어 바로 뒤쪽으로, 혼 래빗 시베어가 작은 바구니를
등에 짊어진 상태로 따라갔다.

　──시베어.

　원래는 야생 혼 래빗.

　사베어와 친해져서 그의 아내로서 훌리오 가에 머무르고 있었다.

　게다가 그 뒤로는 둘의 자식인 스베어, 세베어, 소베어가 수확
한 채소가 담긴 바구니를 짊어지고서 일렬로 따르고 있었다.

　──스베어, 세베어, 소베어.

사베어와 시베어의 자식들.

스베어와 소베어는 혼 래빗의 모습이고 세베어는 사이코 베어의
모습이다.

"아하하, 너희도 도와주고 있구나. 고마워."

그들에게 미소로 손을 흔드는 블로섬.

그런 블로섬에게, 그들은 순서대로 머리를 숙이며 울음소리로
답했다.

『흐흥!』『흐흥!』『바호!』『흐흥!』

"다들 사베어랑 닮아서 예의 바르고 부지런하구나."

발리로사와 함께 바구니를 짐수레에 싣고 있는 사베어의 모습
을 바라보며 미소를 짓는 블로섬.

"……그런 반면에……."

미간에 주름을 지으며 시선을 후방으로 향했다.

그 시선 끝, 흔들리는 채소 사이로 커다란 밀짚모자가 보였다
가 가려지기를 반복했다.

그 밀짚모자는 몇 시간 전부터 전혀 움직이지 않았다.

"잠깐만, 텔비레스…… 언제까지 거기 앉아 있을 거야?"

살짝 어이없다는 목소리로 밀짚모자에게 말하는 블로섬.

그러자 그 목소리를 들었는지 근처 채소 사이에서 고블린 한 마
리가 모습을 드러냈다.

"으음…… 저 엉망 여신, 또 농땡이를 부리고 있소이다……."

그러더니 손에 든 수확용 낫을 어깨에 짊어지며 밀짚모자 쪽으

로 달려갔다.

——호쿠호쿠튼.

전직 마왕군 병사였던 고블린.

지금은 블로섬 농원의 고용인으로서 연일 농사일에 애를 쓰고 있다.

신계에서 추방된 여신 텔비레스가 그의 집에 멋대로 동거 중…….

채소 이랑을 가르듯이 밀짚모자 쪽으로 달려가는 호쿠호쿠튼.

그 소리가 들릴 터……임에도 불구하고, 밀짚모자는 전혀 움직일 기척이 없었다.

"정말이지…… 틈만 나면 농땡이를 부리려고 하니까, 정말 질이 나쁘올시다……. 이봐…….”

한숨을 내쉬며 밀짚모자에 손을 댄 호쿠호쿠튼.

그러자 바람에 흔들리던 밀짚모자가 땅바닥으로 둥실 떨어졌다.

그 밑에는 땅에 박힌 괭이가…… 밀짚모자는 그 끝에 얹어져 있었을 뿐. 멀리서 보면 밀짚모자를 쓴 텔비레스가 농사일을 하는 것처럼 보이지 않는 것도 아닌 상태였다…….

"이 엉망 여신!! 또 어디로 농땡이를 치러 갔소이다!!”

주워든 밀짚모자를 움켜쥐며 호쿠호쿠튼은 으득으득 어금니를 악물었다.

"블로섬 님, 본인의 감독 부족이오……. 책임을 지고 엉망 여신을 찾아올 터이니, 현장을 잠시 벗어나는 것을 허락해 주시길.”

"어…… 어어, 알았어.”

면목 없다는 표정을 지으며 깊이 머리를 숙이는 호쿠호쿠튼.

그런 호쿠호쿠튼의 모습에 블로섬은 쓴웃음 지으며 끄덕였다.

그것을 확인하고는 텔비레스의 밀짚모자를 움켜쥔 채, 농원 안쪽으로 달려갔다.

"정말이지, 저 엉망 여신…… 오늘만큼은 절대로 용서하지 않겠소! 오늘밤에는 반찬을 하나 줄일 테니까! 그리고 반주도 빼겠소! 이 엉망 여신! 어디로 갔소이까!"

거친 목소리로 호쿠호쿠톤은 농원 안쪽으로 달려갔다.

"……이러니저러니 하면서 잘도 돌보는구나, 호쿠호쿠튼도 참. 쫓아내면 그만일 텐데, 이러니저러니 룸 셰어를 허락하고 식사까지 제공하니까."

그런 호쿠호쿠튼의 뒷모습을 지켜보며 연신 쓴웃음 짓는 블로섬.

"……뭐라고 할지…… 정말로 신계의 여신이었을까? 나한테는 도저히 그렇게 안 보이는데……."

블로섬 뒤쪽에서 호쿠호쿠튼의 뒷모습을 지켜보던 발리로사는 미간에 주름을 지으며 고개를 갸웃거렸다.

"농사일도 농땡이만 치고, 틈만 나면 술 마시고 자고……."

"뭐, 히야도 인정했으니까 일단 맞기는 하려나. 뭐, 클라이로드 마법국의 기사단에도 이런저런 녀석이 있었으니까, 신계의 여신님 중에도 이런저런 사람이 있다는 거겠지."

블로섬은 쓴웃음 지으며 뒤통수를 긁적였다.

"음…… 듣고 보니 그도 그런가."

그 말에 납득했는지 발리로사는 그 자리에서 끄덕였다.

"히야라고 하니…… 그녀한테 들었는데, 최근에 변경에서 좋지 않은 이야기가 흐르고 있다던데."

"아, 그거겠네. 위조 화폐로 사람을 고용한다는."

"음, 클라이로드 마법국과 마왕군이 휴전했잖아? 그러면서 일자리를 잃은 용병들을 속여서 위폐로 일을 의뢰하는 수상한 자들이 있어서, 피해가 확산되고 있다나."

"정말이지…… 어느 세상이든 나쁜 짓을 저지르는 녀석은 끊이질 않네. 게다가, 용병들도 용병들이야……. 그런 수상한 곳에서 일하지 않더라도, 여기로 온다면 삼시세끼에 살 곳까지 주면서 고용해 줄 텐데……. 안 그래도 인원이 부족해서 고양이 손이라도 빌리고 싶을 정도로 곤란해……."

한숨을 흘리며 쓴웃음 짓는 블로섬.

그러자 그런 블로섬의 등으로 손이 여럿 올라왔다.

"응?"

돌아보는 블로섬.

그곳에는 자신들의 손을 블로섬의 등에 올리고 있는 사베어 일가의 모습이 있었다.

『바호!』

『흐흥!』

블로섬의 말을 이해하는지 '우리도 도울게!'라고 하듯 끄덕이는 사베어 일가 멤버들.

"아하하, 너희도 항상 고마워. 너희한테는 정말로 큰 도움을 받고 있어! 나중에 맛있는 거 먹게 해줄 테니까!"

블로섬의 말에 사베어 일가 멤버들은 기뻐하는 울음소리를 높였다.

"자, 그러기로 했다면 식사하기 전에, 수확한 채소를 훌리스 잡화점에 전달하러 갈까. 오늘도 매상이 좋은 모양이니까."

블로섬은 기쁜 듯 웃더니 채소를 실은 짐수레에 올라탔다.

그 말을 듣고 사이코 베어 모습의 사베어가 짐수레를 끌고자 전방으로 이동했다.

그러자 짐수레 후방으로 시베어, 스베어, 세베어, 소베어가 이동해서 저마다 짐수레를 밀고자 앞발을 수레에 댔다.

그 모습을 발리로사는 감탄한 모습으로 바라봤다.

"사베어네 가족들은 정말로 부지런하구나. 텔비레스 경도 본받았으면 좋겠어."

"하지만 저 엉망 여신이 솔선해서 일을 한다면, 그건 그것대로 꺼림칙하지만 말이지."

"……안타깝지만 동의할 수밖에 없네."

서로 쓴웃음 짓는 블로섬과 발리로사.

그 웃음소리가 농원에 울려 퍼졌다.

◇같은 시각 블로섬 농원 근처의 산기슭◇

"……어라? 지금 목소리는 뭘까?"

산기슭에 앉아 있는 여자 하나가 의아하다는 표정을 지으며 블로섬 농원 쪽으로 시선을 향했다.

……이 여자.

누구인가, 바로 텔비레스 본인이었다.

──텔비레스.

전직 신계의 여신. 여신 일을 태만히 했기에 신계에서 추방당했다.

지금은 호쿠호쿠튼의 집에 멋대로 머무르며 블로섬 농원의 일을 돕고 있지만, 술을 좋아하고 천성적으로 게으른 기질 탓에 매일 호쿠호쿠튼에게 혼이 나는 나날을 보내고 있다…….

"정말이지…… 이 세계의 사람들은 나한테 존경심이 너무 부족하단 말이지…… 알고 있어? 나는 말이야, 세계 하나의 관리를 맡고 있던 여신님이라고! 엘리트야! 신계의 사도보다도 몇 배나 대단하다고."

투덜투덜하면서 손에 든 잔을 쭉 들이켰다.

"푸하~! 스며드네…… 이 술…… 좋아."

텔비레스는 옆에 놓여 있는 술병을 안아들더니 녹아내리는 미소를 지으며 뺨을 비볐다.

"뭐, 그러니까…… 이제까지 여신 일을 잔뜩 소화했으니까, 이 구상 세계에서 좀 느긋하게 쉰다고 벌을 받진 않겠지. 그래그래, 지금은 어디까지나 충전 기간이야. 이제까지 열심히 한 내게 주는 포상이라는 거야…… 에헤헤."

그러더니 텔비레스는 술병의 내용물을 그대로 들이켰다.

"……꿀꺽…… 꿀꺽…… 푸하! 스며드네! 술 만세! 타락 생활

만세!"

늘어진 미소를 지으며 있는 힘껏 만세를 부르는 텔비레스.

"후후후…… 오두막에 감췄던 술은 호쿠호쿠튼이 전부 몰수해 버렸지만, 설마 이런 곳에 숨겼을 줄은, 호쿠호쿠튼도 모르겠지."

그러더니 텔비레스는 자신이 등을 기댄 거목의 뿌리 부분으로 손을 뻗었다.

얼핏 보면 아무런 특이할 것 없는 거목이지만 텔비레스의 손이 그 안으로 들어갔다.

그리고 그 손이 나오자 그곳에는 새로운 술병이 들려 있었다.

이 거목의 뿌리 부분에는 텔비레스가 자신의 마법을 구사해서 만든 술 보관 창고가 있었다.

"훗훗훗♪ 집에 뒀다가는 호쿠호쿠튼한테 몰수당해 버리니까, 이렇게 이 부근에 숨겨뒀거든."

취한 탓에 빨개진 뺨 그대로 입가가 히죽 풀어지는 텔비레스.

……그때였다.

"이 녀석! 엉망 여신! 어디에 있소이까!"

조금 전보다도 무척 가까운 곳에서 호쿠호쿠튼의 목소리가 들렸다.

"하와와?! 위, 위험해, 이건 위험해요."

그때까지 기쁜 듯 미소를 짓던 텔비레스는 눈을 동그랗게 뜨며 펄쩍 뛰더니, 손에 들고 있던 술병을 황급히 술 보관 창고 안으로 돌려놓았다.

"술을 들키면 호쿠호쿠튼한테 몰수당해 버리니까…… 예~ 예예! 텔비레스 여기 있어요! 그보다도 엉망 여신이라니, 좀 그만하라고요!"

양손을 붕붕 휘두르며 목소리가 들리는 쪽을 향해 달려가는 텔비레스.

"으음?! 거기 있었소이까, 엉망 여신!"

"그러니까, 그 엉망 여신이라고 부르는 건 그만하라고요!"

그런 목소리를 높이며 농원 쪽, 호쿠호쿠튼의 목소리가 들리는 쪽을 향해 달려갔다.

그 뒤쪽, 조금 높은 언덕 위에는 텔비레스의 술 보관 창고가 설치되어 있는 거목이 우뚝 서 있었다.

◇호우타우 훌리스 잡화점 안◇

훌리오와 리스가 호우타우 마법 학교에 나가 있을 무렵, 훌리스 잡화점은 오늘도 많은 손님으로 북적였다.

클라이로드 마법국의 왕도에서 멀리 떨어진 변경 도시인 호우타우.

그런 도시 변두리에 위치하고 있음에도 불구하고, 가게 안에는 차례차례 손님이 들어왔다.

"이것 참, 이 가게는 왕도의 상점보다도 상품이 골고루 있네."

"게다가 정기 마도선 발착장 바로 옆에 있으니까 방문하기도 편하고."

모험가 행색을 한 이인조가 가게 안으로 들어왔다.

그런 두 사람의 머리 위로 거대한 마도선이 비행하고 있었다.

훌리스 잡화점 옆에 있는 마도선 발착장은 모든 정기 마도선의 경유지라서 클라이로드 성 아랫마을의 정기 마도선 발착장보다도 많은 정기 마도선이 오가고 있었다. 그 광경은 이제 호우타우의 명물이 되어서, 오가는 정기 마도선을 보기 위해 호우타우를 찾는 손님도 적지 않았다.

푸른 하늘을 항해하는 정기 마도선을 올려다보며 모험가들은 훌리스 잡화점 가게 안으로 들어갔다.

"……응?"

그중 한 사람이 입구를 지난 곳에서 걸음을 멈췄다.

"왜 그래?"

"아니…… 기분 탓인가, 외관보다도 가게 안이 훨씬 넓은 것 같은데…….”

모험가 하나가 가게 안을 둘러보며 고개를 갸웃거렸다.

"듣고 보니 그런 느낌이 드는 것 같기도 하고…… 근데 그런 것보다, 빨리 장비부터 보자. 이 가게 장비가 무척 좋다고 하더라.”

"어, 어어, 그러네.”

동료 모험가의 재촉에, 고개를 갸웃거리던 남자는 장비품 선반을 향해 걸어갔다.

그런 두 남자들을 가게 천장 부근에서 히야가 내려다보고 있었다.

——히야.

빛과 어둠의 근원을 관장하는 마인.

이 세계를 멸망시킬 수 있을 정도의 마력을 지녔지만 훌리오에게 패배한 이후, 훌리오를 『지고하신 주인님』이라 따르며 그의 집에 머무르고 있다.

모습을 지운 상태에서 공중에 떠 있는 히야는 팔짱을 낀 채로 턱에 손을 대고 있었다.

"흠, 은폐 마법으로 가게 안을 넓히고 있습니다만……. 저도 아직은 더욱 정진해야 하는 모양이군요."

히야의 말대로 훌리스 잡화점의 가게 안은 히야의 공간 마법을 통해 본래 넓이보다도 무척 넓어진 상태였다.

이것은 연일 많은 손님이 밀려들어 가게로 들어오는 것만으로도 인원 제한을 두어야만 했기에, 그에 대한 대응이었다.

"정기 마도선 덕분이라고는 해도, 그것도 지고하신 주인님의 훌륭한 상품이 있었기에 가능한 성황. 저 히야, 진심으로 감탄했습니다."

가게 안을 둘러보며 크게 끄덕이는 히야.

그때였다.

"뭐라고!"

가게 안에 노성이 울려 퍼졌다.

목소리가 들린 쪽으로 시선을 향하는 히야.

계산대 앞, 접객 중인 우리미나스 앞에서 덩치 큰 남자가 어깨가 들썩일 만큼 화를 내고 있었다.

——우리미나스.

마왕 시절 고자르의 측근이던 헬 캣 여자.

고자르가 마왕을 그만둘 때에 함께 마왕군을 그만두고 아인으로서 훌리스 잡화점에서 일하고 있다.

고자르의 두 아내 중 하나이자 포르미나의 어머니.

우리미나스 앞, 계산대 위에는 덩치 큰 남자가 가져온 상품인 채소류가 쌓여 있고, 그 옆에 화폐가 든 천주머니가 놓여 있었다.

"너, 지금 뭐라고 했나!"

"그러니까! 이 돈은 못 쓴다고 했다냐!"

우리미나스는 천주머니 안에서 화폐를 하나 꺼내더니 그것을 덩치 큰 남자의 눈앞으로 들이밀었다.

"이 화폐, 잘 만들기는 했지만 위조다냐!"

"바, 바보 같은 소리 마라! 이 돈은, 내가 일해서 번 돈이라고?!"

우리미나스의 눈앞으로 자기 얼굴을 들이대는 덩치 큰 남자.

체격에서 두 배 가까이 차이가 나는 그 남자를 상대로, 우리미나스는 한 걸음도 물러나지 않고 노려봤다.

"어디서 받았는지 모르겠다만, 나 우리미나스의 눈은 못 속인다냐!"

"뭐라고?!"

"뭐냐!"

지근거리에서 서로를 노려보는 우리미나스와 덩치 큰 남자.

가게 안에 일촉즉발의 분위기가 감돌았다.

"뭐냐, 누군가 했더니 우라 아닌가."

그런 분위기 가운데, 우리미나스 뒤쪽에서 한 남자가 나타나 말을 걸었다.

"으음……?"

덩치 큰 남자가 고개를 들었다.

그가 바라본 우리미나스 뒤쪽에는 고자르의 모습이 있었다.

——고자르.

전직 마왕 고우르인 그는 마왕의 자리를 동생 유이가드에게 넘기고 인간족으로 훌리오 가의 식객 입장에서 사는 와중에, 훌리오와 친구라고 할 수 있는 사이가 되었다.

지금은 전직 마왕군의 측근이던 우리미나스와 전직 기사 발리로사, 두 사람을 아내로 맞이했다.

포르미나와 고로의 아버지이기도 하다.

인간족의 모습이라고는 해도, 큰 체구의 고자르.

그런 고자르와 비슷한 거구를 자랑하는 덩치 큰 남자는 고자르의 얼굴을 잠시 바라보더니.

"아, 아니?! 인간족의 모습을 하고 있지만, 귀공은 고우르 경이 아니신가?!"

　우라라 불린 덩치 큰 남자는 이내 분노의 감정을 지우고 바로 미소를 짓더니, 고자르에게 다가갔다.

　"핫핫핫. 오랜만이군, 별고 없었나?"

　"고우르 경도, 잘 지내시는 모양이오."

　"아, 지금 이름은 고자르라고 한다. 앞으로는 그 이름으로 부탁하지."

　두 사람은 그런 대화를 나누며 호쾌하게 웃었다.

　"세상에?! 그대는 우라가 아닌가!"

　그 때 그곳으로 가게 안쪽에서 슬레이프도 나타났다.

　——슬레이프.

　전직 마왕군 사천왕 중 하나.

　마왕군을 그만두고 훌리오 가에 머무르며 말 계열 마수들을 돌보고 있다.

　사실상 아내로 맞이한 빌레리와 외동딸 리슬레이를 무척 아낀다.

　"오오! 슬레이프 경까지 계셨나! 설마 이런 장소에서 다시 뵐 줄이야!"

　우라는 슬레이프와도 포옹하며 기쁨을 나누었다.

　"슬레이프 님, 아는 분이신가요?"

　그런 두 사람 뒤쪽, 가게 안쪽으로 통하는 통로에서 빌레리가 모습을 드러냈다.

──빌레리.

전직 클라이로드 성 기사단 소속의 궁수.

지금은 기사단을 그만두고 훌리오 가에 머무르며 말을 잘 다룬다는 특성을 살려서, 말 계열 마수들을 돌보며 슬레이프의 사실상 아내, 리슬레이의 어머니로서 하루하루 미소로 지내고 있다.

"뭐지? 그 인간족 여자는 슬레이프 경의 지인인가?"

"음, 소개하지. 이쪽이 내 아내인 빌레리다. 딸인 리슬레이의 어머니이기도 하지."

"뭐라고! 슬레이프 경은 결혼하신 건 물론 자식까지 생겼단 말인가! 이건 경사스러운 일이 아닌가!"

우라는 너무나도 즐겁다는 듯 호쾌한 웃음을 터뜨렸다.

그대로 빌레리 앞으로 이동하더니 우라는 공손히 인사했다.

"처음 뵙습니다, 슬레이프 경의 사모님. 저는 귀족(鬼族)인……."

"우라 님, 거기까지."

우라의 말을 가로막듯이 히야가 그의 눈앞에서 모습을 구현화시켰다.

"이곳은 가게 안입니다. 옛날이야기는 안쪽의 방에서 느긋하게 나누시지 않겠습니까?"

이것은 우라가 마왕군 시절의 고자르나 슬레이프의 지인인 마족임을 헤아린 히야가, 가게 안의 손님들에게 혼란을 초래하지 않도록 배려한 행동이었다.

"음, 그렇군. 그럼 안쪽에서 이야기를 나눌까."

히야의 의도를 헤아린 고자르는 우라를 가게 안쪽으로 안내했다.

◇ ◇ ◇

홀리스 잡화점 안쪽에 있는 응접실로 이동한 일동.

계산대를 히야에게 맡기고 고자르, 우리미나스, 슬레이프, 빌레리가 우라와 마주했다.

"다시금 인사드리오. 나는 오거, 귀족인 우라라고 하오. 고자르 경이나 슬레이프 경과는, 함께 마왕군의 일원으로서 싸운 사이이외다."

우라는 빌레리를 향해 공손하게 인사했다.

"아, 예, 정말 감사합니다. 저, 슬레이프 님의 아내인 빌레리라고 해요."

우라를 상대로 빌레리는 머리가 자기 무릎에 닿지는 않을까 싶을 정도로 깊이 인사했다.

그런 빌레리 옆에 앉아 있는 우리미나스가 놀란 표정을 짓고 있었다.

"뭐, 뭐냐? ……고자르도, 슬레이프도 아는 마족이냐?"

온화한 미소를 주고받는 세 사람을 앞에 두고 우리미나스는 곤혹스러운 표정을 짓고 있었다.

"음, 그렇군. 우리가 우리와 함께 마왕군에 소속되어 있었던 건, 우리미나스가 내 측근이 되기 전이었으니까 말이다."

"무슨…… 부하로 오거가 있었단 건 알고 있었지만……."

"이 우라는 슬레이프와 마찬가지로 고참이라 사천왕에 필적하는 실력을 가졌다고 일컬어졌다만……."

"이 사내가…… 한눈에 반한 여자와 부부가 되겠다며 마왕군에서 이탈했지."

"핫핫핫, 젊은 혈기의 소치, 다시 언급할 일도 아니오."

고자르, 슬레이프, 우라는 즐겁게 웃음을 터뜨렸다.

그런 세 사람을 쓴웃음 지으며 둘러보는 우리미나스.

"……그러고 보니 쌍두 괴조 후기 무기가 사천왕으로 발탁되었을 때, 사천왕이 될 예정이었던 마족한테 트러블이 발생했다고 들은 것 같기는 하다만……."

"음, 그게 우라 일이었지."

우리미나스의 말에 웃으며 끄덕이는 고자르.

'그때의 고자르는…… 이 이야기를 하려고 했던 것만으로 기분이 나빠졌으니까 깊이 물어보진 않았는데…….'

그런 생각을 하는 우리미나스 앞에서 즐겁게 웃는 고자르, 슬레이프, 우라.

'마왕군 시절이었다면 있을 수 없는 광경이지만……. 신기하다냐, 지금은 이 광경이 확 와 닿는다냐…….'

우리미나스 역시도 무의식중에 미소를 머금었다.

"저기~……."

그런 네 사람을 둘러보며 머뭇머뭇 오른손을 드는 빌레리.

"여러분, 즐겁게 웃고 계시는 건 좋은 일이지만…… 조금 전에는 무슨 일로 다투고 있었나요?"

그 말을 들은 우라의 표정이 굳어졌다.

"……오오, 그렇지! 중요한 일을 잊고 있었소! 거기 우리미나스! 내가 가진 돈이 위조 화폐라고 그랬지!"

그러더니 가져온 화폐가 담긴 천주머니를 테이블 위에 턱 놓았다.

"이 돈은 말이오, 우리 마을 주민의 식량을 조달하기 위해, 인간족의 나라에서 일을 해서 번 돈이오! 그걸 위폐라고……!"

아까 전처럼 우리미나스를 향해 노성을 높이는 우라.

"음…… 우라, 기분은 알겠다만 진정하지 않겠나."

그런 우라의 어깨를 고자르가 붙잡았다.

"네가 일해서 번 돈이라는 건 사실이겠지. 너는 그런 거짓말을 할 남자가 아니니까 말이다…… 허나 우라, 이 동전은 우리미나스가 말했다시피 위폐로군."

천주머니 안에서 꺼낸 동전을 바라보던 고자르는 미간에 주름을 지으며 우라에게 시선을 향했다.

"뭐…… 뭐라고……."

고자르의 말에 우라는 말을 잃었다.

"잘 만든 동전이지만……."

그러더니 고자르는 동전을 양손으로 쪼갰다.

"이 은화…… 주위가 도금되어 있을 뿐이지, 내용물은 조악한 광석이야."

"세, 세상에……."

고자르가 둘로 쪼갠 동전의 단면을 다른 이들이 일제히 들여다 봤다.

인간족의 세계에서 유통되는 동전으로는 금화와 은화, 동화가 존재한다.

나라에 따라서 디자인은 다르지만 사용하는 소재의 양이 통일되어 있기에, 통화의 가치 균형이 유지되고 있었다.

"……확실히, 겉모습과 내용물이 다르군……."

"세상에…… 이런 조악한 위폐가 나돌고 있다니……."

"와아…… 이건 너무하네요……."

동전의 단면을 바라보며 저마다 목소리를 높이는 일동.

말을 잃고서 굳어 있던 우라는 얼마 후, 다시금 우리미나스를 돌아봤다.

"우리미나스 경…… 조금 전에는 무척 실례를 했소. 설마 위폐를 받았을 줄은 몰랐어……."

그러더니 깊이 머리를 숙이는 우라.

"으냐…… 알았다면 됐다냐, 알았다면."

솔직하게 사죄하는 우라를 보고 우리미나스는 쓴웃음 지으며 고개를 가로저었다.

"허나……."

그런 두 사람을 교대로 보던 슬레이프가 고개를 갸웃거렸다.

"저기, 우라. 너 같은 강자가 무슨 연유로, 물건을 사러 나온 게 냐? 너 정도의 실력이 있다면, 어딘가의 마족에게 고용되더라도 이상할 게 없을 텐데……."

"어, 어어, 그게 말인데……."

슬레이프의 말에 우라는 쓴웃음 지으며 뒤통수를 긁적였다.

"아내와 둘만의 생활을 방해받고 싶지 않아서, 산속 깊은 곳에 서 살고 있었다만…… 그 아내도 세상을 떠나서 말이네."

조금 쓸쓸하다는 표정을 짓는 우라.

"뭐, 아내는 단명하는 요정족이었으니 뭐, 그건 어쩔 수 없다고 결론을 내렸다만……. 그 아내와 나 사이에 태어난 딸을 기르기 위해, 정체를 숨기고 용병 일로 돈을 벌고 있었네……. 다만 최근 에 마왕군과 인간족 사이에 휴전 협정이 맺어지지 않았나?"

"예, 그렇죠."

우라의 말에 끄덕이는 빌레리.

"그래서 말이네…… 그 탓에 용병 일이 싹 사라져 버렸어. 마수 사냥을 하려고 해도, 어느 마을의 모험가 길드도 나같이 용병 일 을 잃은 자들로 넘쳐나니…… 마을 사람들의 식량을 확보할 만큼 벌지를 못해서……."

"음? 마을 사람이라고?"

우라의 말에 고자르는 고개를 갸웃거렸다.

"뭐냐, 우라. 너, 마을이라도 이끌고 있나? 너는 혼자서 싸우는 게 특기인 타입이라고 생각했다만……."

"그래, 마을의 수장 따윈 내 성격에 맞지 않네만…… 휴전 탓에 일자리를 잃은 마족들이 산적질 같은 악행에 손을 물들이는 걸 봤네……. 그래서 그 녀석들을 갱생시키기 위해 아래에 두고서 돌봐주고 있었는데, 어느샌가 나한테 오면 밥은 먹을 수 있다는 소문이 퍼진 모양이라. 그 녀석들을 받아들이다 보니 어느샌가 상당한 인원이 모였네. 내가 사는 촌락도 어느샌가 우라 마을 같은 식으로 불리게 되어서 말이지……."

"……그래서, 널 따르며 모인 마족들을 돌보고 있다, 그런 건가?"

"어쩔 수 없지. 모여든 건 대부분이 저급 마족들이니까. 마소를 컨트롤하지 못하니까 인간족 밑에서 일할 수도 없고……. 그렇다고 해서 마족 밑에서 일하려고 해도, 힘 없는 자들은 약점을 잡혀서 변변한 급료 따윈 기대할 수 없으니까……."

고자르의 말에 우라는 미간에 주름을 지으며 계속 말했다.

"흠…… 허나 마왕에게 상담하면 무언가 방법을……."

"뭐?!"

이어지는 고자르의 말에 우라는 눈을 동그랗게 떴다.

"바보 같은 소리 마라! 고우르, 네가 마왕이라면 그것도 생각했을 터이나…… 지금의 마왕은 바로 그 유이가드라고? 지금은 독슨이라 이름을 바꾼 모양이다만, 힘이야말로 정의라고 주장하는 저 폭군한테 뭘 기대하라는 거냐?! 딱 한 번 저 마왕의 군사 행동에 용병으로 가담한 적이 있다만…… 온 사막을 작전도 없이 그저 헤맬 뿐이었다. 하마터면 목숨을 잃을 뻔했다고……. 저런 무능한 녀석한테 뭘 기대하라는 거냐?!"

사막의 행군.

그것은 유이가드라 불리던 시절의 마왕 독슨이, 반란을 일으킨 잔지바르를 토벌하고자 직접 마왕군 대부분을 이끌고 출병한 행군이었다.

하지만 이 행군은 제대로 척후를 보내지 않고 유이가드의 감에 의지해서 막무가내 행동을 반복했을 뿐, 거의 성과를 올리지 못하고 마왕군을 붕괴 일보직전까지 몰아넣고 만 역사적인 우행으로서, 마왕군 역사서에 새겨진 것이었다.

얼굴을 새빨갛게 물들이며 소리 높이는 우라.

인간족의 모습으로 변화했다고는 하지만 상당한 거구였기에, 그 박력은 상당했다.

마족인 고자르, 슬레이프, 우리미나스는 그래도 신경쓰지 않는 표정이었지만, 인간족인 빌레리는 그만 미소가 굳어져 버렸다.

'……아~…… 결혼하기 전에 고자르 씨와 동석했을 때의 발리로사는 이런 기분이었을까……. 지, 지금이라면 정말로 이해할 수 있어.'

마음속으로 그런 생각을 하면서도 빌레리는 미소를 무너뜨리지 않으려 필사적이었다.

그런 빌레리의 모습을 깨달은 슬레이프가 그녀의 어깨에 다정하게 손을 놓았다.

"우라, 화나는 기분도 모를 건 아니다만…… 어쨌든 이제부터의 일을 이야기하지 않겠나."

"어, 어어…… 그렇군…… 미안하다."

슬레이프의 말에 냉정을 되찾은 우라는 미안하다는 표정을 지으며 머리를 숙였다.

"그래서 우라는 우리 가게에서 채소를 사려 했는데, 가져온 돈이 전부 위폐였다는 거고……. 이래서야 상품을 줘서 보낼 수는 없다고 할까……."

"으, 음…… 그에 대해서는, 이해하고는 있소만……. 마을 사람들의 식량을 사려고 열심히 광석을 채굴했는데……. 지금부터 새로이 일을 찾으려 해도, 나처럼 신원이 확실하지 않는 자를 고액의 임금으로 채용해 줄 사람은 좀처럼 없으니……."

"아니, 우라. 신원이 확실하지 않은 자에게 거금을 지불한다는, 그자야말로 의문을 가져야 할 대상이 아닌가?"

"어…… 아니, 고자르 경…… 그렇게 말해 버리면 아무 말도 못 하겠소만……. 그래도 날 따르는 사람들을 굶기지 않으려면……."

고자르의 말에 우라는 씁쓸함 가득한 표정을 지었다.

그때였다.

작은 노크 소리와 함께 응접실 문이 열렸다.

"저기, 잠깐 실례할게요."

우라가 말문이 막힌 응접실로 훌리오가 들어왔다.

그리고 그를 리스와 블로섬이 뒤따르고 있었다.

"으음…… 자네들은?"

"아, 예. 저는 이곳 훌리스 잡화점의 책임자를 맡고 있는, 훌리오라고 해요."

"뭐라고?! 귀공이, 이 가게의?!"

황급히 자리에서 일어난 우라는 훌리오를 향해 머리를 숙였다.

"그게…… 뭐라고 말해야 좋을지……. 몰랐다고는 해도, 난 위폐로 이 가게의 상품을 구입하려고 했으니……."

"아, 예. 그런 쪽의 사정은 계산대를 맡고 있던 히야한테 들었어요."

훌리오는 평소의 시원스러운 미소를 지으며 우라에게 시선을 향했다.

그 오른쪽 옆에서는 불쾌하다는 표정을 지은 리스가 팔짱을 낀 채로 우라를 노려보고 있었다.

"정말이지. 서방님의 가게에서 위폐를 사용하려고 하다니…… 조금 따끔한 맛을 보여 줄 필요가 있겠네요."

양손 끝을 마수화시키며 찌릿찌릿한 분위기를 주위에 흩뿌리고 있었다.

그런 리스 뒤쪽, 입구에서 들어온 블로섬은 허둥지둥 양손을 내저었다.

"자, 자자, 리스 님. 일단 이 귀족 분도 잘못했다며 사과하고 있으니까…… 그, 그렇게 화낼 것까지야……. 그렇죠?"

명백하게 화가 난 리스를 앞에 두고 블로섬은 이마에 식은땀을 흘리면서도 어떻게든 이 자리의 분위기를 바꾸고자, 미소를 지으며 말을 이었다.

그런 두 사람의 모습에 훌리오는 무심코 쓴웃음 지었다.

"그래서 우라 씨는, 제 가게에서 음식을 구입해서 그걸 마을 사람들한테 전달하려고 하셨군요."

"어, 어어, 그렇소이다. 여하튼 이곳의 채소는 품질이 좋고, 그러면서도 양심적인 가격으로 판매한다며 한결같이 소문이 돌았으니까. 그리고 실제로 상품을 봤지만 소문대로였소. 어떻게든 구입해서 돌아가고 싶소만……. 어떻소, 훌리오 경. 날 이 가게에서 일하게 해주지 않겠나? 여기 있는 고자르 경이나 슬레이프 경이라면 날 잘 알 터인데, 힘쓰는 일이라면 확실하게 힘이 되어드리겠소."

훌리오 앞에서 우라는 양팔에 힘을 실어 알통을 만들고 상반신 근육을 과시했다.

그런 우라를 보고 작게 한숨을 흘리는 리스.

"힘쓰는 일이라면 전 고요한 귀 사람들이나 전 슬레이프 친위대 마마족들로 인원은 충분해요…… 뭐, 사정이 사정인 만큼 어떻게든 해주고 싶은 마음은 굴뚝같지만……."

리스는 훌리오의 가게에 위폐를 가져온 것에 대한 분노와 마을 사람들을 위해서 식량을 확보하고 싶다는 우라의 생각에 대한 동정의 기분이 뒤섞여서, 복잡한 표정을 짓고 있었다.

"저, 저기…… 리스 님, 훌리오 님."

여기서 블로섬이 쭈뼛쭈뼛 오른손을 들었다.

"왜 그러나요, 블로섬?"

"저, 저기요…… 제안할 게 좀 있는데요. 우라 씨가 제 농원에서 일을 하는 건 어떨까 싶어서요."

"블로섬의 농원에서?"

"예, 정기 마도선 덕분에 판로가 넓어지기도 했고, 무척 평판이 좋아서 채소 생산량을 올리려고 농원 개간을 생각하고 있는데, 아무래도 인원 부족으로 곤란해서……."

"어머?"

블로섬의 말과 동시에 방 안에 다말리나세가 모습을 드러냈다.

──다말리나세.

암흑 대마법의 극한에 다다른 암흑 대마도사.

이미 육체는 존재하지 않고 사념체로서 존재하고 있다.

히야에게 패배한 이후, 히야를 따르며 수련의 동료로서 히야의 정신세계에서 살고 있다.

허공에 뜬 채, 다말리나세는 팔짱을 끼고서 블로섬을 내려다봤다.

"인원 부족이라니 유감이네. 채소 수확이나 농지 개발은, 히야 님이랑 마호리온, 그리고 내가 마법으로 도와주겠다고 했잖아?"

다말리나세는 불만스러운 표정을 지으며 블로섬에게 시선을 향했다.

그런 다말리나세를 쓴웃음 지으며 돌아보는 블로섬.

"어, 아니…… 그 제안은 정말로 고맙다고 생각해. 너희가 농원 한 모퉁이를 써서 시험적으로 재배 중인 마법 채소도 호평이고, 그걸 마법으로 관리한다는 것도 굉장하다고 생각해. 겸사겸사 내 농원도 마법으로 돕겠다고 말해 주는 건 정말로 고맙지만……."

쓴웃음 지으며 뒤통수를 긁적이던 블로섬은 표정을 바짝 다잡으며 다시금 다말리나세에게 시선을 향했다.

"……하지만 말이지, 역시 내가 관리하는 농원의 작업은 이 손으로 하고 싶어…… 인간족의, 농가의 딸로서, 말이지……."

씨익 미소를 짓는 블로섬.

"저기…… 블로섬은, 원래는 클라이로드 마법국의 기사로서 어엿한 역할을 하고 싶었던 게……."

그 미소를 바라보며 훌리오는, 무심코 그런 말을 입에 담았다.

그런 훌리오에게 블로섬은 또다시 쓴웃음 지으며 뒤통수를 긁적였다.

"어, 아니, 그, 그건 그거, 이건 이거라고 할까요……. 어, 어쨌든 말이죠……. 힘쓰는 일을 꺼리지 않는다면, 모쪼록 제 농원에서 일을 해줬으면 좋겠는데요. 다행히도 우리 농원의 채소가 마음에 드는 모양이니까, 일을 해준다면 급료에 더해서 식재까지 제공하겠는데, 어떨까?"

"음! 이 어찌나 고마운 제안인가!"

블로섬의 말에 눈을 동그랗게 뜨는 우라.

블로섬 곁으로 달려와서 그녀의 양손을 덥석 붙잡았다.

"그건 정말, 바라 마지않는 일이오! 부디! 부디 부탁드리고 싶소이다!"

"그렇게 말해준다면 나도 기쁘지……. 그러고 보니……."

우라와 덥석 악수를 나누며 미소를 짓는 블로섬.

"있지, 혹시 괜찮다면 당신 마을의 주민들도 내 농원에서 일하지 않겠어? 물론 급료나 식사도 확실히 보증할 테니까."

"으, 음…… 확실히 고마운 제안이네만……, 우리 마을의 사람들은 마소를 컨트롤 할 수 없는 자가 많아서……."

우라의 표정이 점점 어두워졌다.

"아, 마소라면 걱정할 것 없어요."

훌리오는 평소의 시원스러운 미소를 짓고 있었다.

"뭐, 뭐라고?!"

그 말에 또다시 눈을 동그랗게 뜨는 우라.

그런 우라의 눈앞으로 훌리오는 오른손을 내밀었다.

그 손 안에는 하늘색 빛을 발하는 마석이 있었다.

"이 마석인데요, 주변의 마소를 중화하는 효과가 있어서 마족 분들이 마소를 배출해도 순식간에 무해하게 만들 수 있거든요."

"뭐, 뭐, 뭐, 뭐라고?! 그, 그, 그, 그런 것까지 판매하는 건가, 이 가게에서는?!"

"이건 어느 분에게 의뢰를 받아서 연구하던 물품이라, 최근이 되어서야 간신히 실용화 전망이 선 참이거든요. 괜찮다면 이 마석의 효과 검증을 겸해서, 블로섬의 농원 근처에 마을 통째로 이주하지 않겠나요?"

"음! 그런 일이라면 모쪼록 부탁드리고 싶소! 마을 사람들이 블로섬 경의 농원에서 일할 수 있게 된다면, 앞으로는 내가 장기간 일을 나가지 않아도 될 테니까 말이야."

그러더니 우라는 응접실 출구를 향해 총총히 걷기 시작했다.

"그러기로 했다면, 좋은 일은 서둘러야겠지! 지금부터 마을로 돌아가서 바로 이주 준비를 하면…….”

“아, 잠깐만요 우라 씨.”

“음? 왜 그러시오, 홀리오 경?”

홀리오가 불러 세우자 걸음을 멈추는 우라.

“잠깐 실례할게요.”

그런 우라의 이마에 홀리오는 자신의 오른손 검지를 댔다.

손끝이 빛을 발하고 마법을 전개하는 것을 알 수 있었다.

“……우라 씨의 마을은, 클라이로드 마법국 동쪽 변두리……
숲속 깊은 곳에 있는 야트막한 산꼭대기 근처에 있군요.”

“뭐, 뭐라고?! 화, 확실히 그렇다만…… 홀리오 경은, 마법으로
탐색이 가능한가?”

“그래요. 마법이 조금 특기라서요.”

놀라는 우라에게 홀리오는 평소의 시원스러운 미소를 향했다.

“산 주위에는 마소가 충만해서 마수들도 접근하지 않는 모양이
네요…….”

“음, 그렇소…… 그 탓에 마을 사람들은 내가 돌아올 때까지는
산나물로 어떻게든 입에 풀칠을 하는 꼴이라…… 얼마 전까지는
용병 일로 벌었소만.”

“숫자는 도합 50명 정도…… 다들 이주를 해도 괜찮은가요?”

“그래, 그건 문제없어. 어딘가 이주하기 좋은 토지가 있다면 이
주하자고, 모두와도 이야기를 해뒀으니까.”

“……그런가요…… 그럼.”

그러더니 작게 영창하는 홀리오.

영창이 빨라서 내용까지 알아듣지는 못한 우라는, 의아하다는 표정을 지으며 고개를 갸웃거렸다.

몇 초 후.

훌리오는 아직도 계속 고개를 갸웃거리는 우라에게 평소의 시원스러운 미소를 지었다.

"예, 이주를 완료했어요. 거주지도 있는 모양이라, 산까지 통째로 전이해 뒀어요."

"허?"

훌리오의 말에 우라는 눈을 동그랗게 뜬 채로 굳어 있었다.

'이, 이 남자는 무슨 말을 하는 게냐? 이주를 완료했다……라니, 이 자리에서 무언가 마법을 영창했을 뿐이지 않나……. 마을을 산까지 통째로 전이시킨다면, 좀 더 거대한 마법진을 전개하고 화려한 영창과 시간을 들여야…….'

머릿속으로 그런 생각을 하는 우라.

그런 우라 앞에서 훌리오는 계속해서 시원스러운 미소를 짓고 있었다.

◇같은 시각 호우타우 훌리오 가◇

훌리오 가 인근에 펼쳐져 있는 블로섬 농원.

그 한편에는 차룬이 관리하는 다원이 있었다.

"칼시므 님, 오늘도 찻잎 채취를 도와주셔서 정말 감사함다."

찻잎을 따서 손에 든 바구니 안에 넣던 차룬은 미소로 목소리
를 높였다.

――차룬.
일찍이 마왕군의 마도사에게 생성된 마인형.
파기될 뻔했던 참에 칼시므가 구해주어 이후로 함께 행동하고, 지
금은 칼시므와 함께 훌리오 가에 머무르고 있다.

그러자 차룬 근처의 차나무 사이에서 칼시므가 훌쩍 머리를 내
밀었다.

――칼시므.
예전에는 마왕 대행을 맡은 적도 있는 스켈레톤.
한 번 소멸했지만 훌리오 덕분에 재생하여 지금은 훌리오 가에 머
무르고 있다.

"음, 차룬이 맛있는 차를 타기 위해서니까 말이야. 내가 협력하
는 것도 당연해."
스켈레톤 칼시므는 해골의 턱뼈를 달그락거리며 즐겁게 웃음
소리를 높였다.
그런 칼시므를 미소로 바라보는 차룬.
검은색을 바탕으로 한 고스로리 의상을 입은 차룬은 칼시므를
향해 공손히 인사했다.

"그렇게 말씀해 주시니 저 차룬, 환희의 극치임다."

"음음, 그렇게 말해 준다니 나도 정말 기쁘구나."

칼시므는 턱뼈를 달그락거리며 차룬 곁으로 이동했다.

그곳으로 만면의 미소를 지으며 라비츠가 달려왔다.

"파─파! 마─마!"

──라비츠.

칼시므와 차룬의 딸.

스켈레톤과 마인형의 딸이라는 무척 희소한 존재.

칼시므의 머리 위에 올라타는 것을 좋아하고 항상 생글생글.

"오오, 라비츠. 얌전히 놀고 있었느냐…… 우왑."

미소 짓는 칼시므를 상대로 토끼처럼 네 발로 팔짝팔짝 뛰던 라비츠는, 단숨에 칼시므의 머리를 끌어안고 그의 정수리에 뺨을 계속 비볐다.

"이 녀석, 라비츠. 칼시므 님의 머리를 끌어안는 건 그만두라고 말하지 않았슴까. 칼시므 님의 두개골이 또 빠져버릴 검다……."

차룬은 쓴웃음 지으며 라비츠의 등을 문질렀다.

그런 차룬에게 활짝 미소를 짓는 라비츠.

"마─마! 산! 산!"

그녀는 기쁜 듯 목소리를 높이며 차룬의 뒤쪽을 가리켰다.

"산? ……임까? 저쪽에는 작은 언덕이 펼쳐져 있을 뿐이지 않슴까……."

의아하다는 표정을 지으며 라비츠가 가리킨 방향으로 시선을 향했다.

……다음 순간.

차룬은 눈을 동그랗게 뜨고서 그 자리에 굳어버렸다.

"……저, 저기…… 칼시므 님……."

"음? 무, 무슨 일이냐, 차룬."

"아뇨, 저기…… 차밭 쪽에, 저런 산 같은 게 있었슴까……."

"산이라고?"

어떻게든 라비츠를 뒤통수 쪽으로 이동시킬 수 있었던 칼시므는, 라비츠가 가리키는 방향으로 시선을 향했다.

그곳에는 익숙한 언덕……이 아니라, 익숙하지 않은 산이 두두~웅 자리 잡고 있었다.

이 산이야말로 조금 전에 홀리오가 마법으로 전이시킨 우라의 마을이 있는 산이었다.

통상적으로는 거대한 마법진을 전개하고 장시간의 영창을 통해 발동이 가능한 상급 마법을, 홀리오는 짧은 영창만으로 사용한 것이었다.

"……음, 산이구나……."

"……예, 산임다……."

"산~! 산~!"

사정을 모르는 칼시므, 차룬, 라비츠는 갑자기 출현한 그 산을 그저 계속 바라볼 수밖에 없었다.

◇클라이로드 마법국 알현실◇

"……그런가요, 그런 일이…….."

옥좌에 앉아 있는 여왕은 눈앞에서 한쪽 무릎을 꿇고 있는 첩보원의 말을 듣고 작게 한숨을 내쉬었다.

──여왕.

클라이로드 마법국의 현재 여왕. 본명은 엘리자베트 클라이로드이고 애칭은 에리.

아버지인 전 국왕이 추방되고 클라이로드 마법국의 지휘를 맡고 있다.

국정으로 고심하는 통에 남친 없는 햇수=나이인 곧 30대인 여성.

"……허가받은 업자만이 채굴이 허락되는 희소한 광석을 비밀리에 채굴하고, 그 광석을 비합법적인 루트로 운송해서 팔아치우기까지…….. 게다가 이 거래에 위폐가 사용되고 있다니…….."

"정말이지…… 마왕군과 휴전 협정을 맺었다 싶었더니, 이번에는 위폐인가요? 여왕 언니랑 관계자 여러분 덕분에 간신히 평화가 찾아왔는데, 정말로 용서할 수 없어요."

여왕의 말에, 그녀의 오른쪽 옆에 있던 제3왕녀가 분노를 억누를 수 없다는 듯 입술을 삐죽이고 있었다.

——제3왕녀.

여왕의 동생으로, 본명은 스완 클라이로드.

여왕의 한쪽팔로서 귀족 학교를 이제 막 졸업했음에도 주로 내정 쪽을 맡고 있다.

여왕을 각별히 사랑하는 시스콘이기도 하다.

"전쟁 이권으로 돈벌이가 사라진 지방 귀족이나 악덕 귀족의 소행이 틀림없어요! 바로 그 방면으로 조사를……."

치맛자락을 마구잡이로 들어 올리며 알현실을 뒤로하려는 제3 왕녀.

"잠깐만 기다려, 제3왕녀."

그런 제3왕녀를, 여왕 왼쪽 옆에 있던 제2왕녀가 불러 세웠다.

——제2왕녀.

여왕의 동생으로, 본명은 루소크 클라이로드.

여왕의 한쪽팔로서, 마왕군과 교전 상태였던 클라이로드 왕 시절 부터 외교를 담당하며 다른 인간족 국가와 교섭을 맡고 있었다.

솔직한 성격으로, 평소에는 여왕에게도 스스럼없이 말을 건넨다.

"제2왕녀 언니, 왜 그러세요? 지금은 한시라도 빨리 정보를 수 집해서, 즉각 대응해야만 하는 안건이라고 생각해요."

"그 생각에는 찬성이지만, 조금만 기다려 봐."

크게 한숨을 내쉬더니 여왕과 제3왕녀 사이로 걸음을 옮기는 제2왕녀.

"있잖아…… 이번 사건이 클라이로드 마법국 내부 귀족의 소행이라면, 기사단을 동원하면 그만일 뿐이지만 이번 사건은 아무래도 그런 간단한 내용이 아닌 것 같거든."

"제2왕녀…… 그건 무슨 이야긴가요?"

제2왕녀의 말에 여왕의 표정이 험악해졌다.

"……아직 확실하진 않은 정보지만…… 이 위폐 사건에는 타국이 얽혀 있을 가능성이 있어."

"뭐, 뭐라고요?!"

제2왕녀의 말에 제3왕녀는 눈을 동그랗게 떴다.

"……그러니까 말이지, 우리도 함부로 움직여서는 안 돼. 다른 나라를 의심하는 이상, 그에 상응하는 증거를 잡은 다음이 아니고서야 교섭조차 안 된다고 할까……."

"크윽…… 이 무슨 짜증스러운 일인가요!"

제2왕녀의 말에 제3왕녀는 분하다는 듯 발을 동동 굴렀다.

"진정해요, 제3왕녀."

그런 제3왕녀에게 여왕이 차분한 말투로 말을 건넸다.

"확실히 서둘러 대처해야 할 안건임은 틀림없어요. 하지만 제2왕녀의 말대로, 다른 나라가 관여하고 있다면 섣불리 움직였다가는 나라 사이의 분쟁으로 발전해 버릴 수도 있어요. 간신히 우리 인간족과 마왕군 사이에 평화가 찾아온 지금, 쓸데없는 분쟁을 일으킬 수는 없어요. 우선은 제대로 정보 수집을 진행하고서 다시금 대응을 검토하죠."

그러더니 조용히 일어서는 여왕.

"저는 바로 협력자에게 가서 상담을 할게요."

"잘 부탁드릴게요."

여왕을 향해 제3왕녀는 치맛자락을 우아하게 들어 올리며 공손히 인사했다.

그 옆에서 제2왕녀도 머리를 숙였다.

"그럼 거기 장남한테도, 잘 부탁한다고 전해 주시길."

제2왕녀의 말에 애써 태연을 가장하면서도 뺨을 새빨갛게 물들이고 마는 여왕.

여왕이 훌리오를 상담 대상으로 의지한다는 사실은, 성의 일부 관계자들에게는 공공연한 비밀이었다.

그리고 훌리오의 장남인 가릴과 연인 사이가 되고 있다는 것 역시도……

"여왕 언니? 거기 장남이라니, 무슨 이야긴가요?"

"아, 아무것도 아니에요!"

의아하다는 표정을 짓는 제3왕녀에게 조금 당황한 말투로 대답한 여왕은 총총히 알현실을 뒤로했다.

그런 여왕의 뒷모습을 짓궂은 미소로 지켜보던 제2왕녀.

'아버지가 범죄 행위에 손을 물들인 탓에, 항상 혼자서 중압감을 견디며 국정을 맡고 있던 여왕 언니지만…… 간신히 좋은 사람이 생긴 모양이라 안심했어. 외교 담당인 나로서는 각국에서 들어오는 맞선 이야기를 거절하기 위해서라도, 냉큼 약혼이든 결혼이든 해버렸으면 좋겠는데 말이지.'

제2왕녀는 그런 생각을 하며 쿡쿡 웃음을 흘렸다.

"저기, 제2왕녀 언니, 조금 전의 말은 무슨 의미인가요? 그게, 장남이라는 건…….."

"아, 그에 대해서는 제3왕녀가 더 어른이 되면 설명해 줄게."

"정말이지! 뭔가요! 저는 기사 학교도 졸업해서, 이미 어엿한 어른이에요! 언제까지고 어린애 취급하지 말라고요!"

"아하하, 뭐, 그런 말 하지 말고."

얼굴을 새빨갛게 물들이고서 화내는 제3왕녀를, 쿡쿡 웃으며 놀리는 말투인 제2왕녀.

그런 두 사람이 말다툼을 벌이는 알현실에, 여왕의 모습은 이미 없었다.

◇어느 숲속◇

어느 숲속.

그 안에 한줄기 가도가 이어져 있었다.

가도라고는 하지만 다니는 사람은 거의 없는지, 얼핏 봐서는 도저히 가도로는 보이지 않는 그 길을 짐마차 한 대가 나아가고 있었다.

"음, 이번 일은 무척 괜찮은 벌이가 되겠군."

짐마차 안, 좌석에 앉아 있는 금발 용사는 즐겁다는 듯 미소를 짓고 있었다.

"그러네요오, 화물을 운반하는 것만으로 이렇게나 많은 돈을 준다니, 정말로 좋은 의뢰주예요오. 정체를 거의 알려주지 않는 게 조오금 신경 쓰이지만요오."

금발 용사 옆에서 츠야도 만면의 미소를 짓고 있었다.

손에 든 금화가 담긴 천주머니를 뺨에 대고 사랑스럽다는 듯 계속 비볐다.

"처음에 절반을 지급했으니까, 전처럼 힘들게 일만 하고 돈 못 받을 걱정도 없겠네요. 기왕이니까, 오늘밤은 그 돈으로 맛있는 걸 먹어요."

금발 용사 맞은편에 앉아 있는 밸런타인도 기쁘다는 미소를 지었다.

"그러네요오, 이렇게나 선금을 받았으니까 오늘밤 정도는 사치를 부려도 벌은 안 받을 거예요오."

밸런타인의 말에 츠야도 미소로 끄덕였다.

"이히히, 그건 기쁜데♪ 오늘밤은 팍팍 마시자고! 팍팍!"

밸런타인 옆에서 뒤통수에 팔짱을 끼고서 다리를 흔들흔들하는 왕창 우하도, 기뻐하는 웃음소리를 높였다.

금발 용사는 팔짱을 낀 채로 그런 일동을 둘러봤다.

"음, 척후로 나가 있는 리리안주도 곧 돌아올 테니, 오늘밤은 가까운 마을에서 제대로 먹고 마시기로 할까."

"역시 금발 용사님!"

"역시나! 이야기가 통한다니까."

『저도, 오늘밤만큼은 제대로 즐기겠습니다!』

금발 용사의 말을 듣고 짐마차 안에 한층 커다란 환호성이 터졌다.

짐마차로 변화한 아룬키츠의 목소리도, 짐마차 안에 메아리쳤다.

그런 일동을 츠야는 미소로 바라봤다.

'……으음…… 이, 일단, 우선은 싸고 양 많은 음식을 많이 주문해서, 그걸로 모두 배를 채우고요오……. 술도, 처음에는 비싼 술을 주문하고, 모두 취할 즈음을 계산해서 싸고 양은 많은 술로 바꿔서……. 경우에 따라서는 물을 타서 양을 늘리죠. 조금이라도 절약해야지…….'

미소 아래로 오늘밤 회식의 절약 계획을 이것저것 생각하는 츠야.

'확실히, 돈이 괜찮게 나오는 일거리를 얻었지마안…… 언제까지고 이런 괜찮은 일이 계속될 것 같진 않으니까……. 그, 그러니, 지금부터 조금이라도 저축을 해둬야 해요. 금발 용사님의 파티 지갑을 맡은 사람으로서…….'

머릿속으로 그런 생각을 펼치며 동전이 든 천주머니를 꽉 움켜쥐었다.

『하지만 의뢰주의 지정이라고는 해도, 이 가도는 주행하기 힘들군요.』

"음, 옛 가도 같은 걸지도 모르겠군."

『아뇨…… 오히려 거의 사용된 적이 없다고 할까, 지나치게 사용이 안 되어서 짐승길로 변한 것 같군요. 뭐, 검문 같은 게 없어서 고마운 일입니다만.』

"그렇군. 뜻하던 바는 아니지만, 나는 클라이로드 마법국에게 지명수배 당했으니까 말이다……."

아룬키츠의 말에 팔짱을 끼며 고개를 기울이는 금발 용사.

"확실히 묘하지만, 앞서 가는 리리안주로부터 급한 보고도 없으니까 이대로 진행하도록 하지. 아룬키츠, 어쨌든 주의해서 진행해다오."

『알겠습니다!』

금발 용사의 말에 아룬키츠는 기합을 넣은 목소리로 대답했다.

"자자, 그건 의뢰주의 지정이니까 걱정할 것 없잖아요! 그런 것보다 빨리 마을로 가죠! 맛있는 술! 맛있는 음식!"

"그러네, 우하한테 찬성이에요!"

왕창 우하와 밸런타인은 즐겁게 웃으며 어깨동무를 했다.

'흠…… 불길한 예감이 없지도 않다만…… 글쎄, 어떨까.'

금발 용사는 마차 안에서 팔짱을 낀 채로 계속 생각했다.

그런 대화를 나누는 일동을 태운 아룬키츠의 짐마차는, 숲속을 계속 나아갔다.

◇마왕성 알현실◇

마왕성 2층에 있는 알현실.

이 성의 주인인 마왕 독슨은 오늘도 옥좌 앞에 털썩 앉아 있었다.

그런 마왕 독슨 옆에 서 있는 측근 후훈은, 오른손 검지로 공갈 안경을 꾹 밀어 올렸다.

"……저기, 마왕 독슨 님."

"어? 뭐냐, 후훈."

"외람되오나 말씀드리겠습니다. 자신이 아직 마왕의 그릇이 아니라며 완고히 옥좌에 앉지 않으시는 것은, 초심을 잃지 않았다고도 할 수 있으니 나쁜 일은 아니라고 생각합니다만……. 클라이로드 마법국과 휴전 협정을 맺고, 마족령에 사는 마족들과도 양호한 관계를 재구축하는 것에 성공하신 지금의 마왕 독슨 님이시라면, 옥좌에 앉으시더라도 누구도 이의를 제기하지 않을 거라 생각합니다."

말을 마치고는 또다시 안경을 꾹 밀어 올리는 후훈.

그런 후훈을 흘끗 보고는, 마왕 독슨은 작게 숨을 내쉬었다.

"그 마음은 고맙다만, 아직 안 돼. 나 스스로가 이의를 제기하고 있으니까 말이야."

"하지만……."

"마음은 고맙지만 이 화제는 여기까지로 하고, 연락 사항을 부탁하지."

"아, 예. 알겠습니다."

후훈은 머리를 꾸벅 숙인 뒤, 손에 든 서류로 시선을 향했다.

"사천왕 잔지바르 님으로부터, 마족령 안에서 불온한 소문이 있다는 연락이 왔습니다."

"불온한 소문?"

"예, 변경지에서 위폐를 사용하여 마족에게 일을 시키는 자들이 있다는 모양이라, 진위를 확인하고자 잔지바르 님이 직접 현지로 향했다고 합니다."

"흠…… 그런가. 그 건에 대해서 무언가 알아낸다면 상세히 보고해라. 이 일은 잔지바르에게 맡기겠다."

"알겠습니다."

마왕 독슨의 말에 공손히 머리를 숙이는 후훈.

'유이가드 시절의 마왕 독슨 님이었다면 부하를 신용하지 않고, 앞뒤 생각도 않고 직접 나가겠다며 바로 떠나셨을 텐데…….'

"그래서, 그 밖에는?"

"예. 네로나 님과 세리나포트 님, 스노우 화이트 님이 면회를 청하여……."

후훈이 거기까지 말한 참에, 마왕 독슨은 어깨를 풀썩 떨어뜨리고 크게 한숨을 흘렸다.

"또 그 셋이냐? 어제도 오지 않았나……."

"그렇습니다만…… 모두 유력 마족의 대표로서 면회를 청하고 있으니……."

"유력 마족의 대표라고 그러면 듣기에야 좋지만…… 요컨대 내 아내가 되려고, 기분을 살피러 왔을 뿐이잖나……."

마왕 독슨의 말대로…….

북방 다크 엘프의 공주이자 마왕 독슨의 소꿉친구인 네로나.

서방 마족 수장의 딸 세리나포트.

동화족 공주 스노우 화이트.

이 세 사람은 마왕 독슨의 신부가 되고자, 각 부족에서 보낸 신부 후보였다.

다만 한 번 치러진 요리 대결에서 셋 다 후훈에게 패배, 일단은 물러났지만……. 마족을 다시 결집하며 명군으로서 명망을 계속 높이고 있는 마왕 독슨을 앞에 두고 또다시 신부 어필을 재개한 것이었다.

다시금 크게 한숨을 흘리더니, 마왕 독슨은 천천히 일어섰다.

"……일단 나는 용건이 있어 나갈 테니까, 오늘 면회는 거절해 다오."

"어디로 가시는 겁니까?"

"어, 성 앞에 있는 홀리스 잡화점이다. 저 가게에 의뢰한 마소 중화 마석이 어떻게 되었는지 확인하고 오지."

"마소를 컨트롤할 수 없는 마족이 인간족에게 해를 끼치지 않도록, 생성을 의뢰하신 그 마석 말씀이십니까?"

"그래. 그 마석이 완성되면 인간족과의 교류도 더욱 왕성해질 테니까 말이야."

한숨을 내쉬며 알현실을 뒤로하는 마왕 독슨.

그의 뒷모습을 후훈은 공손히 인사하며 배웅했다.

"……그럼 세 분의 면회 희망은 급한 용건으로 오늘은 거절한 다는 취지로, 답변을 드리도록 하죠."

그러더니 안경을 꾹 밀어 올리는 후훈.

그런 후훈의 모습을 보던, 사천왕 중 하나인 로리 타입 매드 사이언티스트 코케티슈.

'……어라어라? 기분 탓일까요…… 후훈 님이 어쩐지 기뻐하는 표정을 짓고 있는 것 같은데요데요.'

코케티슈는 그런 생각을 하며 후훈을 곁눈으로 바라보는 것이었다.

◇호우타운 훌리오 가◇

우라의 마을이 산과 함께 전이한 다음날.

평소처럼 농원에서 작업을 막 개시한 블로섬의 등 뒤로 수십 명의 귀족들이 정렬했다.

"음, 좋은 아침이오, 블로섬 경."

그 한가운데 서 있는 우라가 호쾌하게 웃으며 블로섬에게 다가왔다.

"여, 우라. 어제는 잘 잤어? 처음 온 곳인데, 뭔가 곤란한 일은 없었고?"

"음, 처음 온 곳이라고 해도, 훌리오 경 덕분에 항상 지내는 집도 함께 전이했으니까 말이네. 문제없다고 할까, 어젯밤에는 배불리 먹기도 해서 오히려 평소 이상으로 쾌적한 하룻밤이었소."

또다시 호쾌하게 웃는 우라.

그런 우라 곁으로 훌리오와 리스가 걸어왔다.

"어젯밤에 별 문제없었던 모양이라 다행이에요."

"오오! 훌리오 경!"

훌리오의 모습을 확인한 우라는 바로 그에게 달려가서, 그의 손을 양손으로 덥석 붙잡았다.

"귀공 덕분에 우리 마을사람 일동, 굶주림을 두려워 않고 생활할 수 있는 안주의 땅을 얻었기에, 정말로 감사…… 감사드리오."

눈에서 호쾌하게 눈물을 흘리며 홀리오를 향해 몇 번이고 머리를 숙이는 우라.

"웃다가 울다가, 바쁜 귀족이네요, 정말로."

그런 우라의 모습에 리스는 무심코 쓴웃음 지었다.

"하지만 우라, 그리고 부하들. 서방님의 부하가 된 이상, 결코 일을 게을리해서는 안 된다고요? 서방님의 발목을 붙잡는 일이 있기라도 했다가는, 제가 용서하지 않을 테니까……."

우라 일행에게 차가운 시선을 보내며 오른팔만을 아랑족의 모습으로 변화시키는 리스.

그 모습에 귀족들은 무심코 등줄기가 서늘해졌다.

하지만 그런 일동 가운데 단 하나, 수장인 우라만큼은 차분한 표정으로 입을 한일자로 꾹 다물며 가슴을 턱 두드렸다.

"음, 알고 있소. 그런 은혜도 모르는 자가 있다면, 사모님보다도 먼저 내가 처리하겠소이다."

'역시나 귀족의 수장이구나. 리스의 저 표정을 앞에 두고도 평소처럼 행동하다니…….'

그 모습에 홀리오는 평소의 시원스러운 미소를 지었다.

"자, 그렇게 되었으니, 어젯밤 환영회의 은혜에 보답하고자, 오늘 아침은 특히 더 기합을 넣어서 일을 할 터이오니, 앗핫핫!"

호쾌하게 웃는 우라.

"어젯밤에는 잘 먹었습니다!"

"정말 맛있었어요!"

"사모님의 요리, 정말 최고였습니다!"

그런 우라에게 맞춘 것처럼, 귀족들은 리스를 향해 저마다 감사의 말을 늘어놓았다.

어젯밤……

블로섬 농원 뒤쪽으로 전이한 귀족들을 환영하기 위해, 그들의 촌락에서 연회를 연 훌리오.

리스는 그 연회의 요리를 중심이 되어 담당했는데, 대가족이자 대식가가 많은 훌리오 가의 식사 당번을 계속 맡은 덕분에 요리 스킬이 굉장한 기세로 올라가서, 그런 리스의 요리를 먹은 귀족들은 다들 감격의 눈물을 흘리며 환희한 것이었다.

"기뻐해 주었다니 다행이에요. 그럼 서방님을 위해, 요리의 몫까지 열심히 일해 주세요."

"우오오오오!"

"사모님 만세!"

"사모님을 위해서라면 죽을 수 있어!"

리스의 말에 저마다 기세를 높이며 밭으로 들어가는 귀족들.

그런 귀족들 앞으로 고블린 마운티와 호쿠호쿠튼이 달려왔다.

"으, 음, 여러분, 우선은 우리 지시에 따라 줘."

"어, 어어, 우선 말이지, 이쪽의 이랑으로 집합해 주시올시다."

귀족들은 둘의 지시에 따르며 밭 안을 이동했다.

"뭐라고 할까…… 조금 엄청난 광경이네요."

"그런가?"

"예. 귀족은 고블린의 상위종에 해당돼요. 힘을 중시하는 마족인 귀족이, 자신의 하위 종족인 고블린의 말을 듣는다니……. 적어도 제가 있던 무렵의 마왕군에서는 절대로 있을 수 없었던 일이에요."

의아하다는 표정을 지으며 리스는 귀족들을 바라봤다.

그런 리스의 어깨에 살며시 손을 얹는 홀리오.

"그만큼 시대가 변했다는 게 아닐까……. 노력한다면 언젠가 틀림없이 모두 행복해질 수 있는 세계를 만들 수 있다고, 나는 그렇게 생각해. 나와 리스가 이렇게 서로를 이해할 수 있었듯이, 말이야……."

"서방님……."

홀리오의 말에 리스는 뺨을 붉게 물들였다.

지근거리에서 마주보는 두 사람.

살며시 눈을 감는 리스.

리스에게 얼굴을 가까이 대는 홀리오.

두 사람이 얼굴이 겹쳐지려던, 그때…….

"아~~~~~~~~~~~~~~~~~~~~~~~~~~~~~~~~~~~~~~?!"

농장 안에 여자의 비명과도 닮은 목소리가 울렸다.

그 목소리에 정신을 차린 홀리오와 리스는, 퍼뜩 놀라며 황급히 거리를 벌렸다.

"어, 어흠…… 저, 저기, 뭔가 굉장한 목소리가 들렸는데. 무,

무슨 일일까."

뺨을 붉히고 조금 당황 섞인 목소리를 높이며 딴청을 부리는 훌리오.

"예, 예에…… 그러네요, 무, 무슨 일일까."

한편 리스 역시도 뺨을 붉히며 발밑으로 시선을 향했다.

같은 시각…….

전날 막 전이한 귀족의 산을 올려다보며 텔비레스는 아연실색했다.

"아…… 아…… 아……."

부들부들 떨리는 손가락으로 산을 가리키고 있었다.

"저, 저 부근에 있던, 거목은…… 어, 어디로 간 거야? 저기, 거목의 뿌리 밑에는…… 내가, 열심히 모은 술이……."

……그렇다.

귀족의 산이 전이한 장소는, 텔비레스가 술을 숨겨둔 거목이 있었던 곳이었다.

귀족의 산을 전이시킬 때에 불로섬의 농원이나 차룬의 차밭이 말려들지 않도록 미세하게 조정한 훌리오.

하지만 같은 장소에 있던 텔비레스의 술 저장고에는 그녀가 신계의 은폐 마법을 걸어 두었기에, 아무리 훌리오라도 알아차리지는 못했다.

그래서 텔비레스의 술 저장고가 감추어진 거목은 귀족의 산이 원래 있던 장소로 전이해버린 것이었다.

"……술…… 내 술…… 어, 어디로 간 거야, 내 술…… 으엥."

두 눈에서 폭포처럼 눈물을 흘리며 그 자리에 주저앉는 텔비레스.

그녀의 시선 앞에는 귀족의 산이 마치 수십 년 전부터 그곳에 존재한 것처럼 자리 잡고 있었다.

◇호우타우 훌리스 잡화점 뒤◇

손에 검을 든 발리로사는 어깨를 들썩여 숨을 몰아쉬며 눈앞의 고자르를 응시하고 있었다.

검을 마주하고 있음에도 불구하고 팔짱을 끼고, 어딘가 부드러운 표정을 짓고 있는 고자르.

"음, 자, 어디서부터든지 공격해라."

"이, 이얍!"

고자르의 말에 발리로사는 또다시 검을 머리 위로 들어 올렸다.

휭!

휘두른 검을 아슬아슬하게 피하는 고자르.

발리로사의 실력을 완전히 알고 있기에 가능한 곡예였다.

"음, 실력은 상당히 좋아졌다⋯⋯만."

그러더니 고자르는 발리로사와의 거리를 단숨에 좁혔다.

"으, 으앗⋯⋯."

거리가 좁혀지자 발리로사는 황급히 검을 되돌렸다.

"음! 이건 어떨까?"

그런 발리로사에게 오른팔을 휘두르는 고자르.

"윽!"

그 팔을 발리로사는 간발의 차로 받아냈다.

하지만 검으로 받아 냈음에도 불구하고 고자르의 팔에는 생채기 하나 없었다.

그러기는커녕, 고자르는 즐겁다는 미소까지 짓고 있었다.

"호오, 전력으로 휘두른 검을 순식간에 되돌렸나. 음, 역시 발리로사로군."

한편 발리로사는 다음 공격에 대비하고자 필사적으로 자세를 가다듬었다.

그런 두 사람의 모습을 조금 떨어진 장소에서 그레아니르가 바라보고 있었다.

──그레아니르.

전직 마왕군 우리미나스 휘하의 첩보 기관 『고요한 귀』의 일원.

현재는 훌리스 잡화점의 매입 부문 책임자 겸 정기 마도선 조타수 관리 책임자를 맡고 있다.

"……점심시간 때마다, 굉장하군……."

무심코 감탄의 목소리를 흘리는 그레아니르.

그 옆으로 덩치 큰 남자가 걸어왔다.

"최근에는 매일이군. 점심시간 때마다 저렇게 검술 연습 상대를 해주는 건."

자그마한 그레아니르와 나란히 서자, 안 그래도 덩치 큰 남자의 체구가 한층 더 도드라졌다.

그런 남자를 그레아니르는 올려다봤다.

"……다크호스트 님, 운반 업무는 마친 겁니까?"

"그래, 근처였으니까. 단숨에 마치고 왔지."

그레아니르의 말에 씨익 미소를 짓는 그 남자──다크호스트.

──다크호스트.

전직 마왕군 사천왕 슬레이프의 정예부대의 대장이었던 암흑마족(暗黑馬族).

현재는 훌리스 잡화점의 화물 운반 부대 겸 호위 부대 대장을 맡고 있다.

그레아니르에게 인사를 마치고는 시선을 다시 발리로사와 고자르에게 향했다.

"하지만 그렇군…… 발리로사 님은 훌리스 잡화점의 점원으로 일하면서, 틈만 있으면 검술 연습을 빼먹지 않아. 정말로 성실하다고 할까, 열심이라고 할까……. 분명 존경할 가치가 있는 인물이로군."

"……동의합니다. 저 열정은 훌륭하다고 생각합니다."

다크호스트의 말에 크게 끄덕이는 그레아니르.

그런 두 사람의 시선 앞에서 발리로사는 크게 어깨를 들썩여 숨을 몰아쉬다가도 그것을 짧은 시간 만에 가라앉혔다.

"이얍!"

그리고 바로 고자르를 향해 공격을 가했다.

매일 점심시간이 되면 홀리스 잡화점 뒤에서 시작되는, 고자르와 발리로사의 검술 단련.

이것은 두 사람이 이곳 홀리스 잡화점에서 일하기 시작한 이후, 거의 매일 계속되며 점원 사이에서는 완전히 익숙해진 광경이었다.

휴식 시간 대부분을 사용해서 거의 논스톱으로 검을 휘두르는 발리로사와, 그녀를 맨손으로 상대하는 고자르.

그런 두 사람의 검술 단련은 오늘도 기나길게 이어졌다.

◇ ◇ ◇

휴식 시간이 끝에 가까워져서야 간신히 앉아서 휴식을 시작한 고자르와 발리로사.

어깨를 격렬하게 들썩이는 발리로사와 달리 고자르는 시원스러운 표정 그대로, 하늘을 올려다봤다.

"……음, 오늘도 날씨가 좋군. 바람이 기분 좋아."

고자르는 바람에 머리카락을 살랑거리며 기분 좋게 눈을 감았다.

그런 고자르를 발리로사는 앉은 채로 올려다봤다.

그녀의 뺨이 붉게 물들어 있었다.

'이 사람의 아내가 되어서, 매일 놀랄 일들뿐이구나. 기사 학교에 다니던 무렵과는 비교도 안 될 만큼, 매일이 충실해……. 하루하루의 단련, 잡화점 일, 양육. 그리고 밤, 저 가슴에 안겨서…….'

뺨만이 아니라 얼굴 전체를 새빨갛게 물들이고 마는 발리로사.

"음? 왜 그러지, 발리로사? 기분이라도 나쁜가?"

"아, 아니아니아니, 아아아아무것도 아니에요, 아무것도……."

발리로사는 왼손으로 얼굴을 가리며 오른손을 몇 번이고 계속 휘둘러서 얼버무리려고 했다.

"음? 뭐, 아무것도 아니라면 됐다만……."

고개를 갸웃거리면서도 고자르는 작게 끄덕였다.

'이런 매일이…… 즐거워, 너무나도 즐거워.'

발리로사는 여전히 새빨간 얼굴에 미소를 지으며 손가락 틈새로 고자르를 계속 올려다보는 것이었다.

'이 사람의 아내인 이상, 더욱 강해져야 해. 조금이라도 더…….'

◇호우타우 마법 학교 격기장◇

이날 방과 후, 격기장 2층에 있는 관람석은 그야말로 초만원이었다.

사람이 너무 많아서 꼼짝도 할 수 없는 상태였다.

"좀 밀지 말고."

"좀 더 차분하게 볼 수가 없냐고."

"꺄―! 지금 이쪽을 봤어!"

대부분이 여성밖에 없는 관람석은 새된 성원으로 넘쳐났다.

그런 일동의 시선은 격기장 한가운데 서 있는 한 남자에게 쏠려 있었다.

그곳에 서 있던 것은 가릴이었다.

정기 마도선 운항에 맞추어 규모를 확대하기 시작한 호우타우 마법 학교의 일반 공개.

처음에는 반쯤 흥미로 견학을 오는 사람들이 대부분이었지만 그들의 입에서, 소문이 흘러나왔다.

'……호우타우 마법 학교에 굉장히 멋있는 남자가 있다.'

'……검 실력이 굉장하고, 엄청 근사한 남자가 있다.'

'……모두에게 다정하고, 미소가 멋진 남자가 있다.'

그 소문에 흥미를 가진 사람들이 학교를 찾아오고…….

가릴을 본 사람들이 또다시 저마다 소문을 퍼뜨리고…….

그렇게 지금, 호우타우 마법 학교의 격기장 관람석은 만석이 된 것이었다.

그런 관람석의 모습을 1층에서 사리나가 올려다봤다.

"가릴 님이 인기 있는 건 뭐, 어쩔 수 없지만…… 이건 좀 지나치게 많은 거 아니냐링?"

"가리의 인기는, 이제는 클라이로드 마법국 전체에 퍼지고 있으니까 말이지."

◇그 무렵 호우타우 훌리스 잡화점◇

훌리스 잡화점의 계산대 앞에 서 있는 우리미나스는 그레아니르가 가져온 나무상자를 그 계산대 위에 텅! 놓았다.

그 순간에 가게 안의 손님들 중, 여성들이 일제히 계산대 앞으로 모여들었다.

그런 여성들을 우리미나스는 빙긋이 미소를 지으며 둘러봤다.

"냐! 자, 오늘의 브로마이드가 입고되었다냐! 수량 한정 판매 선착순이다냐!"

그러더니 나무상자 안에서 색지를 꺼냈다.

그 종이에는 가릴의 그림이 그려져 있었다.

어느 그림이든 가릴의 특징을 적절하게 잡아내서 완성도가 좋은 그림뿐이었다.

색지에는 가릴 외에도 울프 저스티스가 그려진 것도 있기는 있지만, 가릴의 색지가 압도적으로 다수를 차지하고 있었다.

"기다렸어! 가릴 군의 그림을."

"한 장 살게!"

"난 세 장!"

"잠깐! 한 사람당 한 장일 텐데!"

계산대로 들이닥친 여성들은 새된 목소리를 높이며 우리미나스가 손에 든 색지로 시선을 향하고, 마음에 든 그림의 색지가 나오자 바로 손을 들어 구입 의사를 표시했다.

그것을 반복하는 사이, 색지는 순식간에 매진되었다.

'……고요한 귀 안에서 그림 실력이 있는 사람들한테 그림을 맡기고는 있지만, 화가를 고용할 필요가 있을지도 모르겠다냐.'

만면의 미소를 지으며 그런 생각을 하는 우리미나스였다.

참고로 이 색지 판매…… 홀리오의 허가는 아직 받지 않았다.

◇또다시 호우타우 마법 학교 격기장◇

"으랴!"

격기장 안에서는 가릴과 무라사메가 모의전을 펼치고 있었다.

목검을 교묘하게 휘두르며 무라사메에게 육박하는 가릴.

"꺄—! 가릴 군!"

"멋있어!"

"바로 그거야!"

그때마다 관람석에서 새된 함성이 터져 나왔다.

"……우와…… 함성이 굉장하네……."

굉장한 그 함성을 들으며 엘리나자는 무심코 눈을 동그랗게 떴다.

"그렇다고는 해도, 관객이 알아보기 쉽게 하려는 거라고는 하지만…… 가리도 큰일이네, 진심을 발휘할 수가 없으니까."

그 옆에서 리슬레이는 쓴웃음 지었다.

"뭐, 그건 어쩔 수 없지. 가릴과 무라사메 선생님이 진심으로 붙으면, 우리는 눈으로 볼 수조차 없는걸."

"그러네…… 사무원 타쿠라이드 씨도 개방일에는 진심을 발휘하지 말아 달라고 그랬으니까……."

쓴웃음 지으며 격기장 안에서 대련을 펼치는 가릴와 무라사메의 대결을 보며 연신 쓴웃음 짓는 엘리나자와 리슬레이.

'그건 그렇고, 굉장히 기본에 충실한 움직임이구나. 가릴의 움직임은…… 틀림없이 검투부 모두의 견본이 될 수 있게, 그걸 의식하고 있을 테지만…….'

가릴의 움직임을 바라보던 엘리나자는 응응, 끄덕였다.

그 말대로 가릴의 움직임은 기본 중의 기본인 움직임에 충실하게 계속 펼쳐졌다.

신체 능력을 활용한 아크로바틱한 움직임은 모두 봉인하고는 그저 기본에 충실하게 검을 휘두르고, 무라사메의 칼을 받아내고, 다시금 공격을 펼쳤다.

그 움직임을 확인하며 옆으로 시선을 향하는 엘리나자.

그 시선 앞에는…….

"가릴 님! 그거다링! 좀 더 좀 더 때리는 거다링!"

『가릴 님! 그대로 팍팍 이겨! 라고, 아이리스테일도 말한다 인마!』

"가릴 군, 역시 멋져요."

사리나, 아이리스테일, 스노우 리틀이 눈동자를 하트 모양으로 만들고 양손을 가슴 앞으로 맞잡으며 관람석의 여성들과 마찬가지로 새된 함성을 계속 터뜨리고 있었다. 가릴의 움직임을 자기 기술의 참고로 삼으려는 것처럼은 도저히 보이지 않았다.

'……뭐, 하지만 가릴의 움직임을 제대로 보고 있는 건 틀림없으니까…….'

가릴의 노력을 이해하고 있는 엘리나자는 그런 생각을 하며 작게 한숨을 내쉬었다.

그런 일동 앞에서 가릴과 무라사메는 서로 한 걸음도 물러나지 않는 공방을 펼치고, 1각 가까이 격기장 안을 새된 성원이 뒤덮은 것이었다.

◇ ◇ ◇

모든 연습이 끝난 격기장 안.

정화한 무라사메 앞으로, 가릴을 중심으로 한 격투부 부원들이 가로 1열로 정좌하고 있었다.

"……경례."

""""수고하셨습니다.""""

먼저 인사하는 무라사메.

그에 이어서 무라사메에게 인사로 답하는 검투부 멤버들.

'……무라사메 선생님의 지도로 검술만이 아니라 이런 예의도 제대로 배울 수 있으니까, 호우타우 마법 학교의 검투부는 굉장하다고 생각해.'

인사하며 엘리나자는 그런 생각을 했다.

원래 특기는 마법이라, 검에 그다지 흥미가 없었던 엘리나자.

하지만 가릴의 덤 느낌으로 연습 견학을 하다가, 과묵하긴 해도 검술에 예의까지 제대로 가르치는 무라사메의 방식에 흥미를 느껴 그대로 검투부에 입부까지 했다.

이미 일반 개방 시간이 끝나서 관람석에 사람의 모습은 없었다.

격기장 안과 관람석을 청소하는 일동.

"그럼 청소도 끝났으니까 돌아가기로 할까."

빗자루를 손에 든 채로 크게 기지개를 켜는 가릴.

"……가릴 군."

그곳으로, 모두와 함께 청소를 하던 무라사메가 다가왔다.

"아, 예. 무슨 용건이세요?"

"예……. 할 이야기가 좀 있습니다만."

◇그날 밤 호우타우 훌리오 가◇

그날 밤.

저녁식사를 마친 훌리오 가 거실에는 훌리오와 가릴이 남아 있었다.

"일출국의 검투 대회에……?"

"그래. 오늘, 고문인 무라사메 선생님이 참가해보지 않겠냐고 권유해 줬거든. 항상 부 활동에서 진심을 발휘하지 못하는 날 위해, 라면서.

이번에 신설되는 클라이로드 기사 양성 학교로 전입하더라도, 이런 대회에서 실적을 올려두는 편이 유리하지 않겠냐고 그래서."

훌리오의 말에 끄덕이며 계속 설명하는 가릴.

그곳으로 엘리나자가 슬리퍼 소리를 타박타박 내며 다가왔다.

"괜찮지 않을까? 일출국이라면 검투가 시작된 나라라고 그럴 정도로 검술이 왕성한 나라라는 모양이니까, 그 나라의 대회에서 실적을 남길 수 있다면 가릴의 이름도 유명해지겠지."

"딱히 유명해지고 싶다든지 그런 생각은 전혀 없는데. 다만 클라이로드 마법국에는 검투 대회가 거의 없고, 내 실력이 어느 정도인지 시험해 보고 싶어서."

훌리오 앞에서 가릴은 미소를 지었다.

훌리오는 그런 가릴을 바라보며 끄덕였다.

"그렇구나, 가릴이 그리 생각하면 가 봐도 되지 않을까?"

"정말이지! 고마워, 아버지!"

훌리오의 말에 기뻐하는 미소를 짓는 가릴.

"일출국은 정기 마도선을 취항시켜 달라고 요청하기도 했으니까, 그에 대한 교섭도 겸해서 같이 갈까."

"아버지도 와준다면 든든하지."

"어머, 파파가 간다면 나도 같이 갈래!"

가릴과 훌리오의 대화에 엘리나자가 미소로 끼어들었다.

그곳으로, 목욕을 하려고 계단을 내려왔던 리슬레이도 오른손을 들며 달려왔다.

"아, 나도! 나도 가고 싶어! 뭔가 재미있을 것 같으니까."

그러자 리슬레이와 함께 목욕하러 따라온 포르미나와 고로도 달려왔다.

"포르미나도 가보고 싶어!"

"……누, 누나가 간다면…… 나도 가고 싶어."

게다가 거실 안쪽에 있는 작은 오두막 안에서 리루나자와 와인이 튀어나왔다.

"저기 저, 저도 가보고 싶어요!"

"가리가리 응원? 응원? 그럼 와인도 같이 갈래! 갈래!"

"둘 다, 또 사베어네 가족이랑 같이 놀고 있었니."

와인과 리루나자에게 무심코 미소를 보내는 훌리오.

그러자 계단 쪽에서 발리로사가 달려왔다.

"후, 훌리오 경! 일출국으로 가신다면, 모쪼록 나도 같이 가고 싶어! 본고장의 검술을 직접 체감하고 싶으니……."

리루나자와 와인을 밀어젖히듯이 발리로사는 몸을 내밀었다.

훌리오는 그 기백을 앞에 두고 조금 허둥댔다.

그의 눈앞에는 발리로사를 필두로 아이들이 모여 있었다.

훌리오는 그런 일동을 둘러보며 한차례 웃고는 끄덕였다.

"……그럼 가릴을 응원할 겸, 여행으로 가보기로 할까."

"만세! 역시 아버지!"

"우와, 엄청 기대돼!"

"일출국인가, 어떤 곳일까."

"와아! 여행이다!"

"……포르미나 누나랑 같이 여행…… 기대돼."

"일출국…… 어떤 마수들과 만날 수 있을까."

"엄청 기대돼! 기대돼!"

훌리오의 말에 가릴, 엘리나자를 비롯한 훌리오 가 아이들은 일제히 함성을 터뜨렸다.

◇호우타우 마법 학교 앞◇

이날 일출국으로 관광을 나서는 홀리오 일행은, 호우타우 마법 학교의 무라사메와 학교 앞에서 합류했다.

"오늘은 잘 부탁드려요."

홀리오는 그러면서 무라사메에게 오른손을 내밀었다.

"저야말로. 이렇게 제 제안을 받아주셔서, 감사드립니다."

등줄기를 펴고 딱 45도 허리를 숙여 인사한 무라사메는 홀리오의 오른손을 맞잡았다.

"가릴 군의 아버지와 여러분은, 일출국은 처음이실 터이니 제가 안내를 맡도록 하겠습니다."

"그건 고마운 말씀이네요. 잘 부탁해요."

"그리고 현지로 갈 방법 말입니다만……."

그러더니 무라사메는 홀리오 뒤쪽으로 시선을 향했다.

홀리오 뒤쪽에는 외출용 원피스를 입은 리스를 비롯해서 가릴, 엘리나자, 리루나자까지 홀리오의 아이들에 더해서, 발리로사나 포르미나, 고로 같은 홀리오 가 아이들이 대거 집합해서 다들 외출용 옷을 입고서 즐겁게 대화를 나누고 있었다.

그 광경을 바라보며 곤혹스러운 표정을 짓는 무라사메.

'어쩌면 좋을까…… 동행자는 고작해서 서너 명이라고 생각했으니까 몇 명만 쓸 수 있는 전이 마법 부적밖에…….'

전이 마법 부적…….

상위 마법인 전이 마법을 봉인한 마법의 부적으로, 몇 명에서 몇십 명까지의 인원을 무척 먼 곳으로 전이시킬 수 있는 마법 아이템이다.

통상적으로 전이 마법은 사용자가 한 번 간 적이 있는 장소로만 이동할 수 있지만, 이 전이 마법 부적은 그곳에 설정되어 있는 장소로 이동할 수 있다.

이동 거리, 인원수에 따라 부적의 가격이 좌우되는 구조라서, 인원이 많고 원거리로 이동할수록 가격이 비싸진다.

참고로 이 부적을 제조, 판매하는 것은 다름 아닌 훌리스 잡화점이었다.

"아, 이동 수단이라면 맡겨주세요."

그런 무라사메를 앞에 두고 훌리오는 평소의 시원스러운 미소를 지었다.

"리루나자, 부탁해도 되겠니?"

"예! 맡겨주세요."

훌리오가 부르자 미소로 달려온 리루나자가, 환한 미소를 빛내며 오른손을 하늘로 뻗었다.

"블랙헤볼 씨, 와주세요!"

리루나자가 목소리를 높이자 마수의 울음소리가 주위에 울렸다.

그리고 일동 근처에 검은 털로 뒤덮인 거대한 마수가 착지했다.

"……저 마수는…… 분명히 전날 호우타우 마법 학교의 마수 사육장에서 날뛴……."

무라사메가 곤혹스럽다는 표정을 지었다.

그런 무라사메에게 리루나자는 싱긋 미소 지었다.

"그 후로 와인 언니랑 제가 잔뜩 이야기를 해서, 이제는 무척 친해졌거든요."

"그, 그렇습니까……."

리루나자의 말에 곤혹스러워 하며 끄덕이는 무라사메.

그런 두 사람 앞에서 훌리오가 오른손을 뻗었다.

그러자 블랙헤볼이라고 불린 마수 앞에 마법진이 전개되고, 그 안에서 커다란 짐마차가 출현했다.

"저희는 저 짐마차에 타죠. 그러면 블랙헤볼이 일출국까지 실어다 줄 테니까."

"그, 그렇습니까…… 그, 그건 감사하군요……."

훌리오에게 시선을 향한 무라사메는 허둥지둥 머리를 숙였다.

"아뇨아뇨, 저희가 억지를 써서 잔뜩 들이닥쳤으니까 이 정도는 당연해요."

평소의 시원스러운 미소를 지으며 짐마차 문을 여는 훌리오.

그런 훌리오의 재촉에, 모여 있던 멤버들은 일제히 짐마차 안으로 이동했다.

상당한 대인원임에도 불구하고 짐마차 안에는 무척 여유가 있었다.

훌리오의 마법으로 짐마차 안이 확장되어 있는 것은 말할 필요도 없었다.

일동이 탑승하고 짐마차 문이 닫히자, 블랙헤볼은 발로 짐마차를 붙잡더니 날개를 퍼덕이며 하늘로 날아올랐다.

그아아아아아아아아!

"우와, 빨라! 빨라!"

블랙헤볼이 크게 울음소리를 터뜨리며 단숨에 상승하고, 짐마차 창문에 달라붙어서 밖을 바라보던 포르미나가 함성을 터뜨렸다.

"정말이야…… 굉장해."

그 옆에서 고로도 미소를 짓고 있었다.

그 뒤쪽에는 다른 아이들이 나란히 줄을 지어서, 다들 창밖을 바라보며 함성을 터뜨렸다.

"으음! 이 마수보다도 와인이 빨라! 빨라!"

그런 가운데 와인만큼은, 지지 않는다는 듯이 은색 비늘로 뒤덮여서 존재 진화한 상태로 변화, 당장에라도 짐마차 밖으로 뛰쳐나가려고 했다……만…… 훌리오가 마법으로 문을 단단히 잠가 두었기에 그것을 열지 못했다.

"파팡! 이거, 안 열려! 안 열려!"

"와인이 빠르다는 건 다들 아니까, 오늘은 얌전히 있어 주지 않겠니."

"으음!"

훌리오의 말에 불만스럽게 입술을 삐죽이면서도 와인은 존재 진화 상태를 해제했다.

은비늘로 폰초가 찢어져서 그대로 원래 상태로 돌아오면 알몸이 되어 버릴 참이지만…… 그런 와인을 향해 훌리오가 오른손을 뻗었다.

그 손앞으로 마법진이 전개되더니 원래 모습으로 돌아온 와인의 몸을 뒤덮듯이 폰초가 출현했다.

"음~ 파팡, 속옷은……."

속옷까지 재현시켰기에 와인은 불만스러운 표정을 지으며 폰 초를 들추어 올려서 속옷을 벗으려 했다.

그곳으로 리스가 다가와서 와인의 손을 눌렀다.

"어머나 와인, 안 돼요. 모처럼 서방님께서 재현해 주셨으니까 얌전히 입어 주세요. 안 그러면 또 타니아한테 혼난다고요."

싱긋 미소 지으면서도 와인의 손을 누르고 있는 리스의 손은 아 랑화되어, 미소와는 달리 상당한 힘이 실려 있었다.

"아, 알았어 마망…… 와인, 속옷 안 벗을 테니까 화내지 마, 화 내지 마……."

그런 리스를 앞에 두고 와인은 애교 담긴 미소를 지었다.

"어머, 전혀 화 안 났어요."

그런 와인에게 또다시 싱긋 미소 짓는 리스.

그녀의 등 뒤에서 마소의 오라가 어른거리던 것은 말할 것까지 도 없었다.

와인의 소동이 일단락된 짐마차 안에서 가릴은 손에 든 종이를 바라보고 있었다.

"가릴, 뭘 보고 있어?"

엘리나자는 의아하다는 표정을 지으며 그 종이를 들여다봤다.

그곳에는 사람의 이름이 죽 나열되어 있었다.

"어, 이거 말인데, 항상 신세를 지는 모두에게 선물이라도 사주자 싶어서."

"있잖아, 가릴……. 우리 집 사람들이나 홀리스 잡화점 사람들, 학교 애들은 이해하겠어. 하지만 말이지……."

그러더니 리스트의 아래쪽을 가리키는 엘리나자.

"여기서부터 밑으로 적혀 있는 사람은 가릴을 쫓아다니는 여자애들이잖아?"

"쫓아다닌다거나 하는 건 잘 모르겠지만, 다들 검투부 연습을 보러 와주거나 선물을 주기도 하니까. 이럴 때라도 답례를 해줘야 할 것 같아서."

그러더니 가릴은 엘리나자에게 미소로 답했다.

엘리나자는 그런 가릴의 미소를 바라보며, 한숨을 내쉬었다.

'이렇게까지 배려를 하니까 더더욱 인기가 있는 거라고, 가릴도 참…….'

"……어라?"

가릴의 리스트를 반대쪽에서 들여다보던 리슬레이가 목소리를 높였다.

"가리, 리스트 안에 에리 씨의 이름이 없는데……."

"어, 어어…… 에리 씨한테 줄 건, 다른 사람들하고는 따로 구입할 생각이니까……."

수줍은 듯 콧등을 긁적이며 대답하는 가릴.

그런 가릴의 모습에,

'……뭐야…… 에리 씨는 확실히 의식하고 있구나.'

리슬레이는 그런 생각을 하며 만족스럽게 끄덕였다.

"참고로 에리는 누구한테 선물이라든지 할 거야?"

"어?"

리슬레이의 말에 당황 섞인 목소리를 높이는 엘리나자.

"이번에는 파파도 같이 가니까 선물 따윈 살 필요 없잖아. 무슨 소릴 하는 거야?"

엘리나자는 진지한 표정으로 리슬레이에게 대답했다.

"어, 어어, 그, 그랬지…… 응, 어쩐지 미안하네."

그런 엘리나자의 태도에, 쓴웃음 지으며 리슬레이는 머리를 숙였다.

'그랬지. 중증 파더콘인 에리가 다른 사람한테 선물을 하다니, 그럴 리가 없지…….'

그렇다, 엘리나자는 용모가 단정하고 항상 미소를 지으며 누구에게나 다정하게 대한다지만…….

중증 파더콘인 탓에, 이따금 좋아하는 홀리오 이외의 상대를 마구잡이로 취급하는 일이 적지 않았다.

그런 일동을 태운 짐마차를 든 블랙헤볼은 드넓은 하늘을 고속으로 이동했다.

반나절 정도 계속 비행하자 블랙헤볼은 클라이로드 대륙을 벗어나서 바다 위로 나왔다.

　"여긴 일출해입니다. 이 바다를 건너면 바로 일출국이죠."

　무라사메가 설명했다시피 바다 너머에는 다음 육지가 보이기 시작했다.

　홀리오는 그런 무라사메를 돌아봤다.

　"아마도 일출국은, 지금은 쇄국 제도를 펼치고 있어서 특정 지역에 존재하는 관문을 통해서만 입국할 수 있다죠."

　"예, 그렇습니다. 일출국은 마왕군의 침공으로부터 국토를 지키기 위하여 나라 전체에 강고한 결계를 전개하고 있습니다. 그래서 결계 안으로 들어갈 수 있는 게이트가 존재하는 관문을 통하지 않으면 입국할 수 없습니다."

　무라사메의 말을 들으며 홀리오는 전방으로 시선을 향했다.

　그에게는 점차 일출국의 국토가 보이기 시작했다.

　'확실히 국토 주위에 결계가 전개되어 있지만…… 저건, 그렇게나 튼튼한 걸까…….'

　고개를 갸웃거리며 머릿속으로 영창하는 홀리오.

　그러자 홀리오의 눈앞으로 윈도가 전개되었다.

광범위 결계 마법 전개 중
해제 마법으로 해제 가능

해제하겠습니까? 예/아니오

'……여, 역시 해제할 수 있구나.'

윈도의 내용을 확인한 훌리오는 무심코 쓴웃음 지었다.

Lv2가 된 이후, 모든 수치가 윈도 표시 가능한 상한을 돌파하여 ∞로만 표시되는 훌리오.

사용 가능한 마법의 영향으로 미지의 마법을 한 번 접촉한 것만으로 그 마법의 모든 것을 학습하고 사용할 수 있는 능력까지 지녔다. 이미 클라이로드 세계의 마법만이 아니라 빛과 어둠의 근원 마법, 암흑 대마법, 사계 마법까지 사용할 수 있게 된 훌리오 앞에서는, 클라이로드 마법국의 마법보다도 하위 호환에 불과한 일출국의 결계 마법 따위는 간단히 해제할 수 있는 것이었다.

"저기…… 훌리오 씨? 왜 그러십니까?"

"어, 아, 아뇨, 아무것도 아니에요."

"그렇다면 상관없습니다만…… 저희는 우선 관문 중 하나인 나르강사키로 가죠. 그곳에서 입국 허가증을 받으면 일출국 안을 자유롭게 오갈 수 있게 됩니다. 다만 국외로 나갈 때에는 또 관문을 통과할 필요가 있습니다만……."

"이제는 마왕군과 휴전 협정을 맺었는데도, 무척 엄중하네요."

무라사메의 말에 훌리오는 고개를 갸웃거렸다.

그 말에 무라사메는 조금 험악한 표정을 지으며 끄덕였다.

"마왕군과 확실히 휴전 협정은 맺었습니다만…… 일출국은 마왕성에서 멀리 떨어져 있기도 해서, 마왕의 의향에 따르지 않는 마족도 많습니다. 게다가 일출국 주변의 바다에는 신수라 일컬어지는 통상적인 마수와는 비교도 안 되는 마력을 지닌 마수가 서식하고 있기에……. 그 마수가 나라를 어지럽히지 않도록, 그런 배려도 있는 겁니다."

"호오, 그런 마수가 있군요."

무라사메의 말에 납득한 듯 끄덕이는 홀리오.

"서방님, 뭔가 다가오고 있어요."

대화를 나누던 무라사메와 홀리오에게, 창밖을 바라보던 리스가 말을 건넸다.

"아무래도 날개를 가진 아인 같은데요……."

"아, 관문의 경비병이겠죠. 제가 대응하겠습니다."

무라사메가 그렇게 말하더니 창문 쪽으로 이동했다.

품속에서 마법이 걸린 통행 증서를 꺼내어 그것을 창밖을 향해 들었다.

날개를 가진 아인들은 무라사메가 들고 있는 통행 증서를 확인하고는, 블랙헤볼 앞으로 이동해서 관문 쪽으로 유도했다.

블랙헤볼 주위를 둘러싸듯이 대열을 이루고 나아가는 날개를 가진 아인들.

그 광경을 바라보며 홀리오는 감탄한 표정을 지었다.

'일출국의 경비 체제는 탄탄한 것 같네. 블랙헤볼이 접근하자 바로 경비병이 다가왔고, 유도 체제도 제대로 갖추고 있는 모양

이니까.'

그런 생각을 하는 훌리오를 태운 짐마차는, 블랙헤볼과 함께 나르강사키 관문에 내려섰다.

짐마차를 착지시키고 그 옆에 내려선 블랙헤볼.

훌리오 일행도 차례차례 짐마차에서 내렸다.

"그건 그렇고, 블랙헤볼은 굉장하군요. 일출국의 유료 공중 운송편을 사용하더라도 클라이로드 마법국까지 이틀은 걸릴 텐데……."

무라사메는 감탄한 듯 블랙헤볼을 올려다봤다.

그런 무라사메의 말을 이해했는지 블랙헤볼은 득의양양한 표정으로 턱을 치켜올렸다.

"여기가 일출국인가."

짐마차에서 내려선 훌리오는 주위를 둘러봤다.

그 주위로 짐마차에 타고 있던 전원이 내려섰다.

"어머? 누가 와요."

사람의 접근을 깨달은 리스는 그쪽으로 시선을 향했다.

'……말투는 평온하지만 손톱을 아랑화시켜서 만에 하나의 일에 대비하는 모습은, 역시 리스구나.'

리스의 태도에 감탄하며, 다가오는 여성 쪽으로 시선을 향하는 훌리오.

그 시선 앞, 일동 곁으로 자그마한 여성이 하나 달려왔다.

그 여성은 무라사메 앞에 멈춰 서더니 손에 든 서류를 확인했다.

"으음, 무라사메 님과 일행 여러분이시군요. 오늘은 일출국에 잘 오셨습니다. 저는 나르강사키 관문의 사무원 이츠하치입니다."

옅은 핑크색의, 동쪽 나라 특유의 기모노라는 옷을 입은 이츠하치는 깊이 인사를 하더니 다시 홀리오 일행을 돌아봤다.

"죄송하지만 여러분께서는 먼저 입국 요청 서류를 기입해 주세요. 그렇게 어려운 건 아닙니다. 편하게 쓰시면 돼요."

싱긋 미소 지으며 홀리오 일행을 근처에 있는 사무소로 안내했다.

목조 건물 안으로 안내하더니 모두에게 서류를 건넸다.

'기입 항목은 이름과 출신 국가, 그리고 입국 목적인가⋯⋯.'

내용을 확인하고 홀리오는 서류에 내용을 기입했다.

그 뒤쪽에서는 다른 사람들도 홀리오와 마찬가지로 서류를 기입하고 있었다.

작성을 마친 서류를 회수한 이츠하치는 흠흠, 끄덕이며 서류 내용을 확인하고, 깊이 머리를 숙였다.

"예, 이것으로 수속은 종료예요. 타고 오신 마수 쪽은 관문에서 맡도록 할게요. 먹이도 준비할 테니까 전부 맡겨 주세요. 그럼 1박 2일의 일출국 체류를 즐겨 주세요."

"저, 저기⋯⋯."

그런 이츠하치에게 말을 건네는 홀리오.

"예, 왜 그러세요?"

"저기, 사실은 저, 클라이로드 마법국의 홀리스 잡화점 점주인 홀리오라고 해요. 사실은 이전에 일출국의 외교부라는 곳에서 정

기 마도선 취항 의뢰가 있어서, 그에 대해서 논의를 부탁드리고
싶은데요…….."

마법 주머니 안에서, 일출국에서 온 편지를 꺼내어 이츠하치에
게 건네는 훌리오.

그것을 받아들고 내용을 확인하더니 이츠하치는 미소를 지었다.

"이 서류! 발송한 건 저예요. 일출국의 외교부원으로서 관문을
담당하고 있거든요! 그럼 훌리오 님께서는 다시 한번 사무소로
와주시겠나요?"

"알겠어요. 그럼."

훌리오는 이츠하치의 말에 따라 조금 전에 서류를 기입한 건물
쪽으로 이동했다.

"저도 같이 갈게요."

그러더니 리스가 훌리오 곁으로 걸어갔다.

그것을 확인하고 훌리오는 뒤쪽에 서 있는 다른 사람들에게 시
선을 향했다.

"너희는 무라사메 선생님이랑 발리로사의 지시에 따라서 일출
국을 둘러보고 있을래? 나랑 리스는 이츠하치 씨와 논의를 하고
올 테니까."

"알겠습니다. 그럼 나중에 다시…….."

무라사메는 훌리오와 리스를 향해 인사하고는, 다른 이들을 관
문 출구에 있는, 빨간 토리이 쪽으로 앞장서서 안내했다.

"그럼 여러분, 이쪽으로…….."

◇일출국 관문 출구◇

관문 출구에 있는 빨간 토리이를 지나서 무라사메는 밖으로 나왔다.

그 뒤쪽으로 아이들이 뒤따르고, 최후미에 발리로사가 붙어 있었다.

"……여기가 일출국인가요……."

발리로사는 흥미 깊게 주위를 둘러보면서도 오른손을 칼자루에 단단히 대고 있었다.

무슨 일이 있을 경우, 바로 대응할 수 있도록 제대로 자세를 잡고 있었다.

선두에서 나아가는 무라사메는 그런 발리로사의 모습을 감탄한 듯 확인했다.

'발리로사라는 저 분, 빈틈없이 주변을 경계하고 있군요…… 얼핏 보는 것만으로는 알 수 없었지만, 상당한 실력자…….'

"그럼 홀리오 님의 용무가 끝날 때까지 이 부근을 안내하겠습니다."

관문 출구에 있는 빨간 토리이를 지나자 그 앞으로 한 줄기 다리가 이어졌다.

관문에서 본토로 이어지는 길은 이 외다리뿐이었다.

그 다리를 나아가자 맞은편에는 거리가 펼쳐져 있었다.

"호오…… 일출국의 건물은 클라이로드 마법국의 건물과는 무척 다르네."

"전에 읽은 책에 따르면, 일출국의 건물은 대부분이 목조 건물에, 흙을 사용한 회반죽이라는 걸 바른대."

"그렇구나…… 그럼 저 하얀 벽이 그 회반죽이라는 걸까요?"

"그러네, 아마도 그렇지 않을까."

가릴, 엘리나자, 리루나자는 그런 대화를 나누며 거리를 바라보고 걸어갔다.

"호오, 일출국의 가도는 납작한 돌을 안 까는구나."

리슬레이는 가도에 깔려 있는 돌을 다리로 몇 번인가 밟아봤다.

"이곳 일출국에서는, 가도는 모두 이 자갈이라는 돌을 깔아서 만들어져 있습니다. 큰 돌을 까는 곳도 있지만, 일출국에서는 이 자갈 가도가 전통적으로 사용되고 있죠."

"자갈이라고 하는구나, 이거."

"흐~응…… 어쩐지 재미있어."

포르미나와 고로는 신기한 듯 발밑의 자갈을 꾹꾹 밟으며 걸어갔다.

그런 가운데…….

"킁킁…… 뭔가 맛있을 것 같은 냄새가 나, 냄새가 나!"

와인이 코를 킁킁거리며 주위를 둘러봤다.

그 동작이 딱 멈추더니 거리 모퉁이에 있는 건물을 가리켰다.

"저기야! 저기서 맛있을 것 같은 냄새가 나! 냄새가 나!"

그 건물에는 '찻집'이라고 적힌 깃발이 걸려 있고, 입구에 나무로 만든 벤치가 놓여 있었다.

"아, 저긴 다과를 제공하는 가게입니다. 클라이로드 마법국의 카페 같은 가게로군요. 괜찮다면 저기서 쉬면서……."

"갈래! 갈래!"

무라사메의 말이 미처 끝나기도 전에 와인은 찻집을 향해 맹렬히 대시했다.

"아아! 와인 언니 치사해! 포르미나도!"

"……포르미나 누나가 간다면, 나도!"

그 뒤를 포르미나와 고로가 허둥지둥 쫓아갔다.

"아하하, 다들 서두르면 위험해. 가게는 안 도망가니까."

그런 세 사람을 가릴이 쓴웃음 지으며 쫓아갔다.

그런 가릴의 모습에 엘리나자는 내심 생각했다.

'옛날이었다면 와인 언니보다도 먼저 가릴이 달려갔을 텐데. 정말로 성장했구나.'

쓴웃음 지으며 찻집으로 따라가는 엘리나자.

이윽고 일동은 찻집 안으로 들어갔다.

"이거 뭐야, 엄청 맛있어! 맛있어!"

와인은 꼬치에 뀈 경단 세 개를 단숨에 입으로 넣으며 감탄을 터뜨렸다.

찻집으로 들어온 일동은 무라사메의 권유로 차와 경단 세트를 먹고 있었다.

클라이로드 마법국에서는 그다지 볼 수 없는, 꼬치에 뀈 경단을 앞에 두고서 처음에 일동은 머뭇머뭇하는 느낌이었지만…….

와인이 우선 처음으로 경단을 입에 넣고 감탄을 터뜨린 것을 계기로, 다른 멤버들도 경단을 입으로 옮겼다.

"이거, 정말로 맛있네."

"응, 무척 달고 맛있어요."

엘리나자와 리루나자는 미소로 얼굴을 마주봤다.

"응! 마히써! 우물…… 이거, 엄청 마히써…… 우물우물."

"……응, 맛있네…… 하지만 우선은 다 먹고 이야기를 하는 편이 낫다고 생각해, 포르미나 누나."

"음, 고로의 말이 맞구나, 포르미나."

"우물…… 예에, 발리로하 어허니…… 우물우물."

입 안 가득 경단을 먹고 있는 포르미나를, 발리로사와 고로가 쓴웃음 지으며 바라봤다.

그런 가운데, 기세 좋게 일어선 와인은, 빈 접시를 드높이 들면서, 가게 안쪽을 향해 붕붕 접시 째로 손을 흔들었다.

"더 시킬래! 시킬래!"

"아, 예~. 추가 주문 받았습니다."

그 말을 듣고 쟁반을 손에 들고서 손님 사이를 오가던 기모노 차림의 점원 여성이 미소로 목소리를 높였다.

그런 와인을 비롯한 일동의 모습을, 무라사메는 안도한 표정으로 바라보고 있었다.

"왜 그러시나요? 무라사메 경."

그런 무라사메에게 발리로사가 말을 건넸다.

"아뇨, 뭐라고 할까. 이곳 일출국은 클라이로드 마법국처럼 무엇이든 있는 나라가 아닙니다. 음식도 조금 촌스럽다고 할까…….그러니까 여러분께서 과연 기뻐하실지 조금 불안한 구석이 있었는데, 기뻐해 주시는 것 같아서 조금 안심했다고 할까요……."

쓴웃음 지으며 발리로사에게 대답하는 무라사메.

그런 무라사메에게 발리로사는, 싱긋 미소를 지었다.

"아뇨아뇨, 무척 평온해서, 이런 차와 경단을 즐기기에 적절한 마을이지 않나요. 이 경단이라는 음식도 무척 맛있어요. 와인처럼 저도 마음에 들어요."

무라사메와 대화를 나누던 발리로사에게 추가로 나온 경단을 뺨이 빵빵해지도록 채워 넣은 와인이 말을 걸었다.

"저기, 바리바리, 한 접시 더 주문해도 돼? 해도 돼?"

"어어?! 추, 추가 주문한 경단을 벌써 먹어 버렸나요?!"

"응, 그러니까 더 먹고 싶어! 먹고 싶어!"

"으, 음, 알았어…… 하지만 저녁식사도 해야 되니까, 조금만 먹는 거야."

"응! 알았어! 알았어!"

와인은 조금 전에 추가 주문한 경단을 가져다준 점원 여자를 향해 만면의 미소를 지으며 오른손을 흔들었다.

"경단 추가! 일단 열 접시 주문할게! 주문할게!"

그 말에 발리로사는 눈을 동그랗게 떴다.

"잠깐만?! 와인, 그게 조금이야?"

"사실은 서른 접시 먹고 싶었어! 참는 거야! 참는 거야!"

"서, 서른 접시라니…… 와인의 위장은 대체 어떻게 되어 있는 거야……."

쓴웃음 지으며 어이없다는 말투인 발리로사.

그런 발리로사에게 와인은 환한 미소를 향했다.

"예! 추가 경단, 가져왔어요."

기모노차림의 점원이 만면의 미소로 추가 경단을 가져왔다.

"기다렸어! 이 경단 엄청 맛있어! 맛있어!"

와인은 접시를 받아들기가 무섭게, 입가를 새하얗게 만들면서도 만면의 미소로 경단을 밀어 넣었다.

그런 와인의 모습을 본 가도를 오가는 사람들은, 와인의 미소에 이끌리듯이 가게 안으로 들어와서 차례차례 경단을 주문하기 시작했다.

"이, 이봐…… 저 여자애가 먹는 경단, 맛있겠는데."

"우리도 좀 먹고 가지 않을래?"

"그러네…… 잠깐 쉬고 갈까."

이윽고 가게 안은 가득 차게 되었다.

"그럼 이츠하치 씨. 조만간에 정기 마도선 탑승 타워 설치 건으로, 또 방문하도록 할게요."

"예. 기다리겠습니다."

논의가 끝나고 사무소에서 나온 훌리오와 리스.

두 사람을 이츠하치가 미소와 함께 인사하며 배웅했다.

"무사히 이야기가 정리되어서 다행이네요, 서방님."

훌리오의 팔에 리스는 자신의 팔을 감았다.

"그러네. 이걸로 일출국을 찾는 사람이 늘어난다면 좋겠어."

그런 리스는 일출국의 기모노를 입고 있었다.

훌리오도 리스와 마찬가지, 기모노로 갈아입었다.

"그런데 두 분, 일출국의 기모노에 흥미는 없으신가요? 일단 시험 삼아서 입어 보세요."

조금 전, 사무소 안에서 정기 마도선 건으로 논의를 하던 훌리오와 리스는, 이츠하치의 권유에 기모노로 갈아입은 것이었다.

'아마 마음에 든다면 훌리스 잡화점에서 매입해 달라는 걸 테지만······.'

걸어가며 기모노의 착용감을 확인하는 훌리오.

"의외로 걷기 편하네, 이 기모노라는 옷······ 게다가 옷매무새가 흐트러질 걱정도 없고······."

"그러네요. 입는 방법이 조금 독특하지만 색상도 풍부하고 겉보기에도 아름다워서, 어레인지를 조금 한다면 클라이로드 마법국에서도 인기가 있을지도 모르겠어요."

리스 역시도 가슴께의 옷깃이나 소맷자락을 진지한 눈빛으로 확인했다.

'일출국의 쇄국정책은 마족으로부터 국토를 지키기 위해 시작된 것…… 그 마족과 인간족 사이에 휴전협정이 맺어졌으니, 다시 외부와 접촉하는 정책으로 전환하기 위한 첫걸음이 정기 마도선의 취항인 거지. 뭐라고 할까, 책임이 무겁지만 보람이 있겠어.'

이츠하치랑 그녀의 상사와의 대화를 떠올리며 훌리오는 다시금 기합이 담긴 표정을 지었다.

그런 훌리오의 팔을 리스가 살며시 잡아당겼다.

"그보다도 서방님. 일 이야기는 끝났으니까 슬슬 다른 사람들이랑 합류해서, 일출국을 관광하러 다니지 않을래요?"

"응, 그러네. 그럼 바로 찾으러 갈까."

평소의 시원스러운 미소를 지으며 오른손을 뻗는 훌리오.

작게 영창하자 그 손앞으로 마법진이 전개되었다.

'그럼 탐색 마법으로 다른 사람들이 있는 곳을…….'

훌리오가 그렇게 생각한…… 그때였다.

쿠우우우우우우우우우우우우웅.

일대에 굉음이 울려 퍼졌다.

동시에 산 쪽에서 거대한 업화가 뿜어 나왔다.

"저, 저건 뭔가요?!"

리스는 그 광경에 눈을 동그랗게 뜨면서도 기모노 옷자락을 들추고 양팔을 아랑화시켰다.

그런 리스의 어깨에 훌리오가 손을 얹었다.

"저 불꽃 아래에서 마수 같은 뭔가가 출현한 모양이야."

"저 불꽃 아래에서요?"

훌리오의 말을 듣고 시선을 집중하는 리스.

하지만 업화가 너무나도 격렬한 탓인지 불꽃 안에서 마수 같은 생물의 모습을 볼 수는 없었다.

그런 두 사람 뒤쪽, 관문의 토리이를 지나서 이츠하치가 굉장한 기세로 달려왔다.

"무무무무슨 일인가요…… 저긴, 호국산이 아닌가요……."

새파란 얼굴로 이츠하치는 입가를 양손으로 막았다.

"호국산……이라고요?"

"그렇습니다……. 저 산에는 신수 야마타노도라고가 봉인되어 있는데, 그 산에서 업화가 뿜어 나왔다니……."

새파란 얼굴로 부들부들 몸을 떠는 이츠하치.

"이, 이러고 있을 수는 없어요. 다다, 당장 호국대에 출동을 의뢰할게요. 하하하, 하지만…… 봉인된 이후, 500년 가까이 조용하던 야마타노도라고가, 어째서 갑자기 부활한 건지……."

이츠하치는 바동바동 양손을 내저으며 관문 사무소로 다시 달려갔다.

주변의 하늘에는 이변을 탐지한 날개를 가진 아인들이 호국산을 향해 날아가고 있었다.

"으앗?! 어, 어째서 호국산이 분화한 거야?!"

"설마 신수가 부활했나?!"

"마, 말도 안 돼…… 아무런 전조도 없었잖아?!"

"어쨌든 빨리 도망쳐야 해!"

가도는 이리저리 도망치는 사람들로 북적이고 비명이 주위를 메웠다.

그런 가운데……

GAOOOOOOOOOOOOOOOOOOOOOOOOO…….

업화 속에서 거대한 포효가 울려 퍼졌다.

그 포효를 신호로, 업화 안에서 거대한 용의 목이 하나, 또 하나 출현했다.

새빨간 비늘로 뒤덮인 거대한 용의 목은 일곱으로 늘어나, 업화 속에서 모습을 드러냈다.

"저, 정말로 부활했잖아!"

"틀림없어…… 전설의 신수 야마타노도라고다!"

"전설로 듣긴 했지만 서, 설마 저렇게나 거대할 줄이야……."

관문에서 뛰어온 호국대 대원들은 곤혹스러운 목소리를 높이며, 호국산에서 출현하는 거대한 신수 야마타노도라고에게 시선을 향했다.

"호국대의 사역마 부대, 출동이에요."

관문에 설치되어 있는 스피커에서 이츠하치의 목소리가 울렸다.

그 목소리를 신호로 바다 속에서 마수들 몇 마리가 출현했다.

파란 비늘로 뒤덮인 마수들은 등의 날개를 퍼덕이며 호국산을 향해 비행했다.

……하지만.

"사이즈 차이가 이렇게나 난다니……."

"어른이랑 어린애 정도가 아니잖아……."

호국대 대원들이 무심코 흘린 말대로…… 사역마 부대의 마수들은 신수 야마타노도라고의 절반은커녕 10분의 1 크기에 불과했다.

입에서 물줄기를 뿜어 신수 야마타노도라고에게 공격을 하고는 있지만, 그 물줄기는 신수 야마타노도라고에게 닿기도 전에 업화로 증발. 신수 야마타노도라고에게 대미지를 줄 수가 없었다.

"세, 세상에…… 어쩌면 좋은가요……."

관문의 스피커에서 이츠하치의 절망한 것 같은 목소리가 울렸다.

음향 스위치를 끄는 것조차 잊고, 눈앞의 광경에 절망하는 이츠하치.

그런 가운데, 신수 야마타노도라고가 호국산 정상에 네 발로 서며 전신을 드러냈다.

거대한 몸통에서 뻗은 일곱 개의 목, 뒤로는 꼬리 일곱 개가 천천히 흔들리고 있었다.

압도적인 체구를 자랑하는 신수 야마타노도라고가 쏘아보자 호국대의 사역마들은 완전히 겁을 먹었는지, 신수 야마타노도라고에게 더는 다가가려 하지 않았다.

그러기는커녕 그들 중에는 바다로 도망쳐 버리는 사역마까지 있었다.

그런 주변의 모습을 일곱 개의 목으로 둘러보며 신수 야마타노 도라고가 천천히 산을 내려오기 시작했다……만.

"……호오, 이게 신수 야마타노도라고구나."

신기해하는 훌리오의 목소리.

"뭐, 이게 조금 전까지 저 산 위에서 거만하게 버티고 있던 마수로군요."

훌리오 옆에서 살펴보는 리스까지.

G, GUA……?

신수 야마타노도라고는 위화감을 느끼고, 그 이유를 찾아 일곱 개의 목으로 주변을 둘러봤다.

그 주위는 조금 전까지의 호국산이 아니라 일렁일렁 흔들리는 수정으로 뒤덮여 있었다.

훌리오가 오른손에 들고 있는 수정.

신수 야마타노도라고는 그 수정 안에 봉인된 것이었다.

신수 야마타노도라고가 호국산을 내려오기 시작했을 때였다.

"……아무래도 이대로 두는 건 좋지 않겠네."

훌리오는 신수 야마타노도라고를 향해 오른손을 뻗어 영창을 개시했다.

동시에 훌리오의 오른팔 앞으로 마법진이 출현했다.

그 마법진은 신수 야마타노도라고를 향해 뻗어나가 몇 겹으로 휘감기며, 순식간에 거대한 몸을 뒤덮었다.

마법진은 동시에 신수 야마타노도라고 주위로 뿜어 나오는 업화까지도 흡수했다.

그것들을 모두 뒤덮은 다음 순간, 팽창하던 마법진이 맹렬한 기세로 축소되기 시작했다.

마법진은 마치 역재생처럼 축소되어 훌리오의 오른팔로 돌아갔다.

마법진이 작아지며 신수 야마타노도라고의 거구도 줄어들고, 이내 훌리오의 오른손에 출현한 수정 안으로 들어가 버린 것이었다.

시간으로 따지자면 불과 1초.

"어? 어, 어라? ……시, 신수 야마타노도라고는 어디로 갔죠?"

스피커에서 곤혹스러워하는 이츠하치의 목소리가 울렸다.

공중에 남아 있던 사역마 부대의 마수들도 곤혹스러운 모습으로 호국산 주위를 계속 선회했다.

호국산에서 뿜어 나오던 업화도 흔적조차 남기지 않고 사라졌다.

그곳에는 신수 야마타노도라고가 기어 나온 거대한 구멍만이 남겨져 있었다.

그 광경을 아이들은 찻집에서 올려다보고 있었다.

"……으음?! 조금 전의 마수, 어디? 어디?"

존재 진화해서 상반신을 은비늘로 뒤덮은 와인은, 어리둥절한 표정을 지으며 호국산 쪽을 계속 바라보고 있었다.

"와인한테 맡겨! 맡겨!"

신수 야마타노도라고가 출현하기가 무섭게 존재 진화를 시작한 와인.

……하지만 막상 날아오르려던 그 순간, 눈앞에서 신수 야마타노도라고의 거구가 사라져버린 것이었다.

"……어라? 그 신수 씨는 어디로 가버렸나요?"

그런 와인 옆에서는 리루나자도 눈을 동그랗게 뜨고, 어리둥절한 표정을 지으며 와인과 마찬가지로 호국산을 보고 있었다.

리루나자 주위에서는 마수들이 날고 있었다.

리루나자의 사역마인 그 마수들은, 평소에는 리루나자의 그림자 안에 숨어 있었지만, 그녀의 위기를 탐지해 그림자 안에서 튀어나온 것이었다.

"……후우…… 파파한테 선수를 빼앗겨 버렸네……."

그 옆에서 양손을 뻗고 있는 엘리나자는 아쉽다는 표정으로 크게 숨을 내쉬었다.

그녀의 보옥에 떠오른 무지개 빛이 사라지고, 동시에 양팔 앞으로 전개되어 있던 마법진도 소멸했다.

"쳇…… 화려하게 마수를 퇴치해서 파파한테 칭찬을 받으려고 했는데."

"나도 저 마수한테는 제대로 한 번 휘둘러 보고 싶었는데…….

베는 맛이 있을 것 같았어."

엘리나자 옆에서 가릴도 검을 칼집에 다시 넣었다.

그 검에는 가릴이 전개한 부여 마법이 몇 겹이나 펼쳐져서, 칼집에 들어간 지금도 아직 빛나고 있었다.

"가리도 에리도 굉장하구나…… 나한테는 절대로 무리야."

가릴과 엘리나자의 모습을 바라보며 리슬레이는 감탄한 듯 목소리를 높였다.

그런 리슬레이 뒤쪽에서 가릴의 검을 바라보던 무라사메는 무의식적으로 침을 삼켰다.

'뭐, 뭡니까, 저 부여 마법의 숫자는……. 검을 이렇게나 강화할 수 있는 겁니까…… 이거라면 신수 야마토노도라고와 맞서는 것은 물론, 목까지 잘라 낼 수도 있었을지도…….'

그 능력을 측정하며 그 자리에 굳어 있는 무라사메.

"아~아, 포르미나도 저 마수랑 싸우고 싶었는데."

포르미나는 일동 옆에서 양팔을 뒤로 깍지 끼며 입술을 삐죽였다.

그런 포르미나의 소맷자락을 고로가 잡아당겼다.

"……아무리 포르미나 누나라도, 그건 안 돼."

그러면서 고개를 가로저었다.

"어~?! 그래도 포르미나도……."

불만스럽게 목소리를 높이는 포르미나.

그녀의 머리를 발리로사가 다정하게 쓰다듬었다.

"아니, 고로의 말이 옳아. 지금의 포르미나라면 마수의 목 하나를 쓰러트릴지도 모르겠지만, 브레스를 맞을 가능성이 높아."

"……그런가…… 발리로사 어머님이 그렇게 말한다면, 그럴지
도 모르겠네."

팔짱을 끼더니 포르미나는 응응, 끄덕였다.

그것은 포르미나가 발리로사의 역량을 간파하는 능력을 신뢰
하고 있기에 보여주는 태도였다.

대부분의 사람들이 피난을 가고, 인기척이 사라진 찻집에서 일
동은 그런 대화를 나누었다.

◇그날 밤◇

신수 야마타노도라고 소동이 벌어진 날 밤.

홀리오 일행은 산속에 있는 고풍스러운 시설에서 숙박 중이
었다.

일출국 특유의, 대나무라는 가늘고 긴 나무들로 뒤덮인 숲속에
자리 잡은 여관. 일몽암(一夢庵)은 검소한 만듦새 안에서도 정원에
는 작은 폭포가 있는 등등, 이런저런 정취를 만들어 내고 있었다.

홀리오 일행에게는 그런 일몽암 내에서도 최고급의 방이 제공
되었다.

모두가 한꺼번에 숙박할 수 있는 넓은 연회실.

"저, 저기…… 이렇게나 굉장한 방은 아니라도 괜찮은데요…….
전이 마법으로 일단 집으로 돌아갈 수도 있고."

훌리오는 쓴웃음 지었다.

그들 앞에는 저녁 만찬이 차려져 있었다.

그 만찬 앞에서 이츠하치가 몸을 내밀었다.

"아뇨, 그럴 수는 없어요. 당신은 신수 야마타노도라고의 위협으로부터 일출국을 구해 주신 영웅이세요. 오늘밤, 일출국이 거국적으로 감사의 연회를 개최하지 않는다니, 이건 일출국의 체면이 걸린 일이에요."

낮의 빈틈없는 기모노차림에서 양쪽 어깨를 드러낸 요염한 기모노로 갈아입은 이츠하치가 불쑥 얼굴을 내밀며, 손에 든 술병을 훌리오에게 내밀었다.

"자, 술을 따라드릴게요!"

"아, 예…… 감사합니다."

쓴웃음 지으며 이츠하치가 건네는 술을 받는 훌리오.

그런 이츠하치를 밀어내듯이 한 남자가 훌리오에게 다가왔다.

"당신께서 저 신수 야마타노도라고를 퇴치하신 훌리오 경이시로군요?"

화려한 기모노를 입은 그 남자는 만면의 미소를 지으며 훌리오를 바라봤다.

참고로 그 남자 뒤쪽에는 정장을 입은 수십 명의 남녀가 줄을 서 있었다.

모두 훌리오가 신수 야마타노도라고를 퇴치했다는 이야기를 듣고 일출국 각지에서 달려온 자들이었다.

"저 신수 야마타노도라고는 그야말로 자연재해라고 할까, 우리 인간족이나 마족의 힘으로서는 어떻게도 할 수 없는, 그야말로 오랫동안 천재지변으로 여겨졌습니다. 그것을 일출국 최강의 마도사라 일컬어지던 알베하루나가, 자신의 목숨과 맞바꾸어 호국산에 봉인했다고 했습니다만……. 이것 참, 훌리오 경은 알베하루나의 재래! 일출국의 수호자라 해도 과언이 아닙니다."

드높이 웃으며 남자는 훌리오에게 술을 권했다.

그리고 술잔을 나눈 뒤, 그 남자는 훌리오의 귓가로 입을 가져다 대고, 살며시 속삭였다.

"……어떻습니까, 당신만 괜찮다면 부디 저희 가문으로 모셨으면 합니다만……."

그러자……

"잠깐만 기다리세요!"

남자 뒤에 서 있던, 손에 새 깃털로 만든 부채를 든 여자가 다가왔다.

"신수 야마타노도라고를 쓰러뜨릴 만큼의 힘을 가지신 분에겐, 우리 주군의 곁이야말로 어울린다고 생각합니다! 그 증거로, 원하시는 만큼의 돈을 제공해 드릴 터이니."

그러면서 짝짝 손뼉을 치는 여자.

그것을 신호로 뒤에 있던 작은 원숭이 모습의 사역마들이 금괴를 가져왔다.

"에~잇, 돈으로 모든 걸 해결하려 들다니 천박하기 그지없군!"

그 작은 원숭이를 걷어차며 기골이 장대한 사슴 수인 여자가 훌리오 곁으로 다가왔다.

"우리 주군은 제공할 수 있는 돈의 양에서는 이 여자에게 뒤처지지만, 우리 주인을 비롯하여 모두가 진심으로 환대할 것은 약속드리죠……. 바라신다면 이다음에 당장에라도……."

그러면서 사슴 수인 여자는 가슴께를 드러내고 윙크했다.

다음 순간, 사슴 수인 여자의 목덜미에 날카로운 손톱이 닿았다.

사슴 수인 여자의 등 뒤에서는 오른손 끝만을 아랑화시킨 리스가 싱긋 미소 짓고 있었다.

"……있잖아요, 가족의 저녁식사 자리예요. 그런 건방진 이야기는 진심으로 민폐니까, 두 번 다시 서방님 앞에 얼굴을 내밀지 않았으면 하네요."

생글생글하는 말투와는 달리, 그 손톱에는 명백한 살의가 담겨 있었다.

그 손톱을 앞에 두고 사슴 수인 여자는 무심코 숨을 삼켰다.

'이 여자…… 훌리오 경의 아내라고 들었는데……. 서, 설마 내가 기척조차 못 읽고 배후를 잡히다니 상당한 실력이야…….'

리스의 박력을 앞에 두고 사슴 수인 여자는 미동도 할 수가 없었다.

그 여자에게 손톱을 들이밀며, 훌리오 앞에 줄을 지은 사람들을 싱긋 미소 지으며 둘러보는 리스.

"그러하오니 여러분, 오늘은 물러나 주시길."

"아, 아니…… 하지만……."

"우리도 주군의 명령을 받고 권유하러 온 것이라……."

"돌아가라고 해서 돌아갈 수는……."

리스의 말에 저마다 대꾸하는 줄을 선 자들.

그자들에게 리스는 다시금 시선을 향했다.

"알 겠 나 요?"

싱긋 미소를 지으면서도 그녀의 눈에는 얼음장 같은 냉기가 담겨 있었다.

등 뒤에는 마소의 오라가 일렁이고, 그 박력을 앞에 두고 그들은 더 이상 아무 말도 할 수가 없었다.

그런 일동을 리스는 다시 둘러봤다.

"알 겠 나 요?"

또다시 던져진 리스의 말에, 이의를 꺼내는 사람은 단 하나도 존재하지 않았다.

◇ ◇ ◇

각 가문의 부하들이 모두 물러난 방 안,

"이것 참, 훌리오 님과 여러분께 참으로 불쾌한 시간이 된 점, 정말로 죄송합니다."

일동 앞으로 이동해서 정좌를 한 무라사메가 깊이 머리를 숙였다.

"이곳 일출국에는 많은 귀족(貴族)이 존재합니다. 다들 하루하루 옥신각신하며 자신들의 영토 확대를 노리고 있습니다만, 그렇기에 힘을 가진 자를 하나라도 더 끌어들이고자 필사적입니다.

이번에 훌리오 님처럼 신수 야마타노도라고를 쓰러뜨린 분을,

끌어들일 수만 있다면 그것은 일출국 최강을 자칭하기에 걸맞다고 할 수 있으니……. 다들 필사적이라는 건 알겠지만…… 같은 일출국 사람으로서 참으로 부끄러운 일면을 보여드려, 무어라 사죄의 말씀을 드리면 좋을지……."

계속해서 깊이 머리를 숙이는 무라사메.

그런 무라사메에게 훌리오는 평소의 시원스러운 미소를 지었다.

"그런 일로 걱정하실 것 없어요. 전혀 신경 쓰지 않으니까요."

"훌리오 님……."

"저는 어디의 귀족도 섬길 생각은 없으니까, 다시금 그 이야기를 가지고 오더라도 전부 거절할게요."

"예, 그렇다면 모든 귀족이 납득할 거라 생각하오니……."

무라사메의 말에 훌리오가 끄덕였다.

그런 훌리오 옆에서 리스는 입술을 잔뜩 삐죽이며 고개를 홱 돌렸다.

"저는, 서방님께 꼬리를 치려던 여자는 용서할 수 없는데요."

"자, 자자, 리스……."

훌리오는 그런 리스의 어깨를 달래듯이 툭 두드렸다.

"내가 사랑하는 건 리스뿐이니까. 다른 여성에게 마음을 빼앗길 일은 절대로 없으니까 안심해."

그 말을 들은 리스는 어깨까지 새빨개졌다.

"저, 정말이지……. 다들 있는 앞에서 그런 부끄러운 말씀은 하지 마세요……. 그래도, 기뻐요."

새빨간 얼굴 그대로, 리스는 훌리오에게 살며시 몸을 기댔다.

조금 전까지 화가 나 있었던 얼굴은 순식간에 미소로 바뀌었다.

"그, 그럼 그렇게 되었으니까…… 저녁식사를 할까, 다들."

그런 리스를 곁눈으로 바라보며 훌리오는 모두에게 말을 전했다.

◇ ◇ ◇

훌리오의 말로 방에서는 간신히 저녁식사가 시작되었다.

"이 밥, 고급스럽고 맛있어."

엘리나자는 기쁜 듯 목소리를 높였다.

상 위에는 작은 사발이 잔뜩 놓여 있고, 그 사발 하나하나에 무척 공을 들인 요리가 하나씩 담겨 있었다. 겉보기만으로도 풍성한 만찬.

그 사발의 요리를 조금씩 입으로 옮기며 엘리나자는 감탄했다.

"정말로, 이런 요리는 클라이로드 마법국에서는 본 적 없어."

리슬레이도 미소를 지으며 사발의 요리를 입으로 옮겼다.

두 사람의 말을 들으며 리스는 상 위의 요리를 계속 바라보고 있었다.

훌리오 가의 식사를 책임지고 있는 리스.

식객을 합쳐서 상당한 인원수인 것은 물론, 매 끼니 혼자서 5인분 이상을 먹는 사람이 많은 훌리오 가에서는, 이렇게 사발에 나누어 요리를 낼 여유 따위는 없었다.

큰 접시에 대량의 요리를 담고, 그 접시를 식탁에 늘어놓고, 작은 접시에 각자가 나누는 것이 평상시 홀리오가 식탁의 광경이다.

'그렇군요. 이렇게 식사를 제공하는 방법도 있군요. 클라이로드 마법국의 식당에서는 이런 섬세한 요리는 본 적이 없어요…… 좋은 참고로 삼아야겠죠.'

리스는 모양새를 관찰하고, 입으로 옮기고는 꼼꼼히 씹어서 맛을 확인했다.

그런 리스의 어깨에 살며시 손을 얹는 홀리오.

"리스의 식사는 항상 맛있으니까, 오늘은 그냥 식사를 즐기면 되지 않을까."

그러면서 언제나처럼 시원스러운 미소를 지었다.

"서, 서방님…… 고, 고마워요."

그런 홀리오의 마음씀씀이에, 리스는 싱긋 미소로 답했다.

그런 두 사람 옆.

"더 줘! 더 줘!"

와인이 순식간에 요리를 비운 텅 빈 상을 들어 올리며 목소리를 높였다.

"아, 예예. 바로 가져올게요!"

그런 와인 곁으로, 배식을 위해 방에 남은 이츠하치가 웃는 얼굴로 달려갔다.

"아하하, 와인 누나는 여전히 잔뜩 먹는구나."

"물론이야! 잔뜩 먹고 기분도 최고 최고! 가리가리도 잔뜩 먹어! 먹어!"

"그러네, 나도 내일 검투 대회에 대비해서 제대로 먹어야겠지."

미소 짓는 와인에게 가릴도 미소로 답했다.

하지만 가릴의 말을 들은 무라사메가 그 자리에서 굳었다.

"……저, 저기 가릴 군."

"응? 왜 그래요, 무라사메 선생님."

"그, 그게…… 무척 말하기 어려운 일입니다만……."

무라사메는 상 뒤로 이동하더니 정좌한 상태로 깊이 머리를 숙였다.

"사, 사실은…… 검투 대회가 개최되는 투기장이, 호국산의 정상에 있었습니다……."

"……예?"

무라사메의 말에 가릴이 눈을 동그랗게 떴다.

주변의 다른 이들도 가릴과 마찬가지로 눈을 동그랗게 뜨고 있었다.

"호국산이라면…… 오늘, 업화가 뿜어 나온 저 산이죠?"

"그, 그렇습니다……. 업화 탓에 투기장이 날아가 버려서…… 내일 대회는 중지되어 버렸습니다……."

"이런…… 그렇구나."

무라사메의 말에 천장을 올려다보는 가릴.

하지만 숨을 크게 한번 내쉰 후.

"뭐, 하지만 부서져 버린 건 어쩔 수 없지……. 일단 오늘은 맛있는 밥을 먹을 수 있었으니까, 잘됐다는 걸로 할까."

그리 말하고 또다시 밥을 입으로 옮겼다.

"저, 저기…… 가릴 군?"

"무라사메 선생님, 투기장이 부서진 건 선생님 탓이 아니니까 걱정하지 마세요."

"가릴 군……."

가릴의 말에 무라사메는 안도한 표정을 지었다.

그 광경을 미소로 바라보는 홀리오.

'대회가 중지되었다는 말을 들어도 흐트러지지 않고, 도리어 무라사메 선생님을 배려할 수 있다니…… 성장했구나, 가릴…….'

연회장에서는 이날, 늦게까지 떠들썩한 목소리가 울렸다.

◇일출국 일몽암 바깥◇

일몽암 현관 앞에 많은 남녀의 모습이 있었다.

다들 신수 야마타노도라고를 퇴치한 홀리오를 끌어들이기 위해서 찾아온 자들이었다.

"……신수 야마타노도라고를 쓰러뜨린 홀리오 경이 굉장한 힘의 소유자라는 건 이해했다만, 설마 아내까지도 우리를 압도하는 박력을 가지고 있다니……. 계산 밖이로군……."

"허나 홀리오 경은 일출국의 어느 귀족도 섬기지 않겠다고 했으니, 우리 주군도 납득해 주시지는 않을까 싶군요……. 하지만, 아쉬워……. 정말로 아쉬워."

"물론 그건 저도 같은 기분입니다……. 하지만 본인이 그런 마음인 이상, 우리가 할 수 있는 일은 더 이상 없겠죠."

그런 대화를 나누며 한 사람, 또 한 사람 일몽암 앞에서 떠났다.

그중 하나가 호국산 쪽으로 시선을 향했다.

"……그건 그렇고, 신수가 출현한 탓에 투기장이 파괴되어 버린 것은 통한의 극치야……. 내일, 투기장에서 열릴 예정이었던 검투 대회가 중지되어 버렸으니까."

"그러네요……. 그 대회로 각 귀족 가문의 서열이 정해지니까요. 게다가 이번 대회에는 신수 야마타노도라고를 쓰러뜨리신 훌리오 경의 아드님도 참가할 예정이었다고 하니, 결과에 따라서는 그 아드님을 스카우트한다는 수단도 있었던 만큼 더욱……."

그런 대화를 나누며 호국산을 올려다보는 이들.

"……하지만 왜 호국산이 갑자기 업화를 터뜨렸을까. 봉인 결계가 약해졌다는 이야기는 못 들었는데……."

"그렇군……. 신수 야마타노도라고가 봉인되어 있는 지하 동굴까지 구멍이라도 뚫렸다면, 업화가 뿜어 나올 가능성도 있을지도 모르겠다만……."

"아니아니아니, 그건 말도 안 되겠지…… 신수 야마타노도라고가 봉인되어 있는 동굴은 지하 깊은 곳, 도중에는 결계도 쳐져 있었어……. 그 결계를 돌파하고, 그러면서 지하 깊은 곳까지 도달하는 구멍을 뚫는다니…… 그런 일은, 전설급 아이템이라도 쓰지 않고서야 있을 수 없겠지."

◇어느 마을의 어느 술집◇

이날 밤…… 금발 용사 일행은 어느 술집에서 파티 중이었다.

"핫핫핫. 역시 술은 좋구나. 백약지장이라니 참 그럴싸한 말이야."

술을 넘실넘실하게 따른 맥주잔을 들며 드높이 웃음을 터뜨리는 금발 용사.

그 옆에서는 입에 술병을 세 개나 물고 있는 아룬키츠가 의자 등받이에 몸을 기대듯이 쓰러져서 천장을 올려다보고 있었다.

"더, 더 이상 못 마시는…… 거, 겁니다……."

"앗~핫핫핫. 아룬키츠도 참, 술 약하구나."

그런 아룬키츠 옆에서는 왕창 우하가 즐겁게 웃으며 그녀의 풍만한 가슴을 찰싹찰싹 때렸다.

그때마다 아룬키츠의 가슴이 호쾌하게 흔들리고, 그 모습을 주변의 남자들이 흘끗흘끗 곁눈질로 바라봤다.

"우후후, 다 같이 밥을 먹는 건 역시나 좋구나."

거대한 고기를 뜯고 그것을 술로 흘려 넘기며, 기분 좋아 보이는 밸런타인.

그 호쾌한 모습에 술집 안에서 감탄이 터졌다.

"술은 좋네요……. 하루의 피로가 날아갑니다."

밸런타인 옆에 앉아 있는 리리안주는 뺨을 붉히며 컵에 든 술을 들이켰다.

그런 리리안주의 어깨를 금발 용사가 웃으며 두드렸다.

"음, 항상 척후로 앞장서 주어서 든든하다고, 리리안주. 자, 더 마셔라, 마셔!"

그러더니 텅 빈 잔에 술을 따랐다.

"위로의 말씀, 참으로 감사합니다."

그런 금발 용사의 말에 기쁜 듯 환하게 웃으며 컵의 술을 또다시 들이켰다.

"우후후~. 오늘은 돈이 잔뜩 있으니까, 계산을 걱정할 필요가 없네요오. 우후후~ 저도 잔뜩 마셔 버릴게요~."

츠야도 기쁜 듯 미소 지으며 컵에 따른 술을 들이켰다.

"음, 츠야에게는 항상 고생을 시키고 있으니까 말이다. 오늘 정도는 모두 잊고 마시도록 해라."

만족스럽게 끄덕이며 츠야에게 말을 건네는 금발 용사.

'……하지만 오늘 아침의 일은 무엇이었을까. 산꼭대기에 구멍을 파달라는 참으로 간단한 일이었다만……. 확실히 도중에 묘한 결계가 있었어도, 전설급 아이템인 드릴 불도저 삽을 사용하는 내 앞에서는 문제도 아니었지. 뭐, 큰돈을 받았으니까 신경 쓸 일은 아닌가…….'

그런 생각을 하며 금발 용사 역시도 술을 들이켰다.

그런 금발 용사 일행이 자리 잡은 술집의 테이블은, 여명이 가까운 시간까지 떠들썩한 목소리가 울려 퍼졌다.

◇다음날 아침◇

"……주인, 지금 뭐라고 했지?"

금발 용사는 눈앞에 있는 이 식당의 주인을 앞에 두고서 눈을 동그랗게 뜨고 있었다.

금발 용사 뒤에는 밤새도록 잔뜩 먹고 마신 일행들이 만족스러운 표정을 짓고, 휘청거리며 서 있었다.

그런 일동을 앞에 두고 술집 주인은 미간에 주름을 지으며 금발 용사에게 받은 금화를 바라보고 있었다.

"그러니까요, 그게……. 참으로 말씀드리기 어렵지만, 여기 내신 금화가…… 전부 무척 잘 만든 위폐라서요……."

다른 손님에게 들리지 않도록 금발 용사의 귓가에 살며시 말을 건넸다.

"뭐, 뭐……라고……."

주인의 말에 금발 용사는 또다시 눈을 동그랗게 떴다.

그 옆에서는 츠야가 금발 용사와 마찬가지로 눈을 동그랗게 뜨고서 우두커니 서 있었다.

술집 주인은 그런 두 사람을 교대로 바라보더니,

"그러니까…… 지불은, 다른 화폐로 부탁을 드렸으면……."

손을 비비며 금발 용사에게 다가갔다.

그런 술집 주인 앞에서 금발 용사는 시선만을 츠야에게 향했다.

'……다른 돈은 있나?'

눈의 움직임만으로 츠야에게 말을 건네는 금발 용사.

츠야는 그런 금발 용사의 시선을 알아차렸지만, 그녀의 검은 눈동자가 천천히 한가운데로 모였다.

(＞＜)

당장에라도 울 것 같은 표정인 츠야를 앞에 두고 다른 돈이 없다는 사실을 깨달은 금발 용사는, 시선을 술집 주인에게 되돌렸다.

"어…… 어어, 그렇군 주인…… 잠깐만 기다려다오……."

그러더니 금발 용사는 오른손을 뒤쪽으로 뻗었다.

그의 손이 바로 뒤에 서 있던 왕창 우하의 어깨를 붙잡았다.

"으응? 왜 그러세요, 금발 용사님?"

고주망태로 취한 왕창 우하는 흐릿한 눈빛으로 금발 용사의 손을 바라봤다.

그런 왕창 우하를 주인 앞에 세우고는 빠르게 말했다.

"……미안하군, 주인. 오늘 술값은 훗날 반드시 지불하러 오겠다! 그때까지 이 녀석을 여기서 일하도록 할 터이니, 지금은 그것으로 봐주게!"

그렇게 말하기가 무섭게 왕창 우하를 그 자리에 남기고 가게 밖을 향해 뛰어나갔다.

그 뒤를 츠야, 아룬키츠를 등에 업은 밸런타인과 리리안주가 쫓아갔다.

"후아?! 자, 잠깐만요 금발 용사님?!"

완전히 남겨진 왕창 우하는 곤혹스러운 표정을 지으며 허둥지둥했다.

"허어…… 뭐, 하나 남아 주었으니 괜찮은 걸로 할까요."

그러더니 술집의 주인은 왕창 우하의 어깨를 툭 두드렸다.

"그렇게 되었으니, 저분들이 돌아올 때까지 설거지라도 하도록 할까요."

"예? 예? 자, 잠깐만요……."

술집 주인의 말에 왕창 우하는 당장에라도 울 것 같은 표정을 지었다.

왕창 우하를 남겨놓고 가게 밖을 질주하는 금발 용사 일행.

"음, 지금 와서 생각해 보면, 묘하게 씀씀이가 좋은 의뢰주라고 는 생각했다만……. 설마 위폐로 우리에게 일을 시키다니……."

금발 용사는 이를 갈며 전방을 노려봤다.

일행의 모습은 순식간에 마을 밖으로 사라졌다.

◇ ◇ ◇

몇 각 후, 금발 용사 일행은 숲속 깊은 곳에 있는 거목의 뿌리 쪽에 모여 있었다.

"갓 위폐라고?"

리리안주의 말에 금발 용사는 미간에 주름을 지었다.

"예…… 본인이 주변 마을들에서 얻은 정보에 따르면, 최근에 이 근처의 마을들에서 진짜와 구별이 가지 않을 만큼 신들린 완 성도의 위폐가 돌고 있다는 모양이라, 그것을 갓 위폐라 부른다고 합니다만…… 이번에 우리가 받은 위폐가 아무래도 이 갓 위폐였던 모양입니다."

리리안주의 말에 금발 용사는 팔짱을 꼈다.

"……그래서, 그 갓 위폐의 출처는 알아냈나?"

금발 용사의 말에 리리안주는 미간에 주름을 지었다.

"일을 의뢰하고 이 갓 위폐로 지불한 녀석들은, 다들 고용된 자들이라는 것은 알아냈지만…… 그중에 하나, 유력한 정보가 있었습니다."

"유력한 정보?"

"예. 갓 위폐로 일을 알선하던 자들이, 클라이로드 마법국 근처에 있는 소국 카스토리아로 넘어가는 것을 봤다는 자가 있다고 하여……."

"흠…… 카스토리아인가…….'

금발 용사는 턱에 손가락을 대며 생각에 잠겼다.

"……음, 생각만 해봐야 어쩔 수 없지. 어쨌든 그 카스토리아로 가서 갓 위폐의 부정을 밝혀내고, 우리 노동의 대가로 제대로 된 돈을 받아 내야지. 상황을 보면, 피해를 당한 건 우리만이 아닌 모양이니까 말이다."

팔짱을 낀 금발 용사는 한번 크게 끄덕였다.

◇ ◇ ◇

금발 용사 일행은 짐마차 마인 아룬키츠가 변화한 짐마차로 가도를 이동하고 있었다.

"……동쪽의 섬나라에서 구멍을 팠던 일에 비용을 지불한 일행이 어제, 카스토리아로 들어간 것을 확인하였습니다."

리리안주의 보고를, 팔짱을 끼고서 듣고 있는 금발 용사.

금발 용사는 발밑에 굴러다니는 천주머니에 담긴 갓 위폐를 바라보며 생각에 잠겨 있었다.

"흠……. 그 일의 의뢰주가 그 나라로 들어갔다면, 이 갓 위폐에 대해서 알고 있다고 보더라도 틀리진 않겠군."

금발 용사의 말에 리리안주가 끄덕였다.

"사역마인 사마귀를 총동원해서 조사하였는데, 최근에 갓 위폐의 피해 보고가 빈발하고 있습니다……. 그리고 그 모든 사건에 이 카스토리아라는 나라가 엮여 있습니다……."

리리안주의 말에 금발 용사는 팔짱을 끼며 잠시 생각에 잠겼다.

"리리안주, 네 이야기로는 이 나라의 왕이란 녀석은 이미 죽었다고 하지 않았나. 그럼 누가 이 갓 위폐를 만들고 있는 거지?"

"카스토리아 왕이 서거하는 것과 동시에 발언력이 늘어난 귀족이 있다고 합니다. 이 귀족은 카스토리아 왕에게 귀족으로 갓 임명된 자였는데, 카스토리아 왕의 사후에 상당한 돈을 뒤로 뿌려서 지금의 지위를 얻었다고 하여……."

"……흠, 그때에 사용된 것이 갓 위폐라는 건가."

리리안주의 설명을 들으며 팔짱을 낀 채로 끄덕이는 금발 용사.

그러자 금발 용사 옆에 앉아 있는 츠야가 싱긋 웃었다.

"그럼 그 귀족님한테에, 이 갓 위폐를 넘기고 진짜 돈으로 교환하면 되는 거군요오?"

"뭐, 그렇기는 하다만……."

금발 용사는 그러더니 짐마차 창문 밖으로 시선을 향했다.

'뭐, 그리 간단히 이야기가 풀린다면 고생할 일이 없겠지만…….'

그때였다.

창밖을 바라보던 금발 용사의 시선 앞, 짐마차 상태인 아룬키츠 바로 옆을, 말을 탄 소녀가 굉장한 기세로 질주하고 있었다.

"뭐, 뭐냐?"

깜짝 놀란 표정을 짓는 금발 용사.

그리고 소녀의 뒤쪽에서 반인반마인 켄타우로스족 남자들이 질주하면서, 아룬키츠를 제치고 말을 탄 소녀를 쫓아갔다.

갑옷을 입은 켄타우로스족 남자들은 상당한 속도로 계속 질주했다.

"저 켄타우로스족도 참, 활 같은 걸 쏘다니. 위험하기 짝이 없네요."

창문에서 몸을 내밀고 전방의 상황을 확인한 밸런타인이 어이없다는 목소리를 높였다.

그에 금발 용사는, 아룬키츠에게 지시를 내렸다.

"아룬키츠, 일단 쫓아라!"

……하지만.

『아무리 그래도 저런 속도를 쫓아갈 수가 없으니……까요.』

아룬키츠는 그러면서 짐마차 후방 해치를 열었다.

『……하흥.』

그리고 아룬키츠의 요염한 목소리와 함께 로프에 묶인 소형 짐마차가 출현했다.

"아룬키츠…… 묘한 목소리를 내질렀다만, 저 짐마차는 어디서 나온 거지?"

『그건 엉덩…… 어흠어흠, 자, 자잘한 일은 신경 쓰면 안 됩니다. 그보다 이 소형 고속 짐마차로 쫓아갔으면 합니다.』

"으, 음, 알았다."

아룬키츠의 말에 금발 용사는 소형 고속 짐마차에 올라탔다.

『이 소형 고속 짐마차는 질주에 특화된 제 분신입니다. 마부석 발밑에 있는 것이 가속 지시기로, 이걸 밟으면 가속합니다. 좌우의 움직임은 고삐로 조종하시면 됩니다.』

"으, 음…… 대략은 알겠다."

금발 용사는 아룬키츠의 설명을 들으며 소형 고속 짐마차의 마부석에 올라타더니 고삐를 양손으로 움켜쥐고 동시에 가속 지시기를 밟았다.

그러자 소형 고속 짐마차는 아룬키츠를 따라잡고 켄타우로스족 남자들을 쫓기 시작했다.

'……음, 이건 상당한 속도로군.'

그렇게 생각한 금발 용사는 더더욱 가속 지시기를 밟았다.

그 신호에 더욱 가속하는 소형 고속 짐마차.

그 앞쪽으로 조금 전 켄타우로스족 남자들의 모습이 보이기 시작했다.

……이때 금발 용사는 어떤 위화감을 느꼈다.

"헌데 아룬키츠……. 이 소형 고속 짐마차는, 어떻게 멈추면 되는 거지?"

『어딘가에 부딪히는 겁니다.』

"허?"

아룬키츠의 말에 금발 용사는 아연실색한 표정을 지었다.

"……아룬키츠…… 제대로 못 들었다만…… 이 소형 고속 짐마차는 어떻게 멈추면 되는 거지?"

『그러니까 말했습니다. 그 소형 고속 짐마차는 그야말로 빨리 이동하는 것을 추구한 마차입니다. 그래서 고속에 지장을 줄 법한 쓸데없는 부품은 일체 달려 있지 않습니다. 브레이크같이 속도에 방해만 되는 장비는 배제했습니다. 높으신 분들은 그걸 모른다니까요, 음음.』

소형 고속 짐마차에서 들리는 아룬키츠의 목소리는 어딘가 득의양양하다는 느낌이었다.

"이 바보 녀석! 그건 높으신 분의 사고방식이 정답이라고……!"

그런 아룬키츠에게 금발 용사는 있는 힘껏 항의의 말을 던졌지만, 이미 상당한 속도로 주행하는 소형 고속 짐마차는 순식간에 아룬키츠의 시야에서 사라졌다.

그 광경을 아룬키츠의 본체인 짐마차 안에서 바라보던 다른 일행.

"……저, 저기 아룬키츠…… 금발 용사님은 괜찮을까?"

고속으로 달려간 소형 고속 짐마차를 지켜보던 밸런타인은 이마에 땀을 흘리고 있었다.

그런 밸런타인에게 아룬키츠는, 득의양양한 목소리로 단호하게 말했다.

『괜찮습니다. 소형 고속 짐마차가 아무리 부서지더라도, 제 안에 수납하고 2각만 있으면 완전히 수복할 수 있으니까요!』

"아니, 소형 고속 짐마차는 솔직히 아무래도 상관없는데…….
혹시 소형 고속 짐마차가 정지하려고 어딘가에 격돌했을 때, 타고 있는 사람은 어떻게 되는 걸까?"

밸런타인이 아룬키츠의 목소리가 들리는 짐마차 천장을 향해 말을 건넸다.

『……어~…….』

묘한 공백과 함께, 아룬키츠의 대답이 들렸다.

『핫핫핫. 저도 참…… 타고 있는 사람까지는, 생각이 미치지 않았습니다.』

""""잠깐만?!""""

태평한 아룬키츠의 대답을 들은 짐마차 안의 츠야, 밸런타인, 리리안주는 목소리를 높이며 일어섰다.

"그, 금발 용사니임!"

츠야가 짐마차 창문에서 몸을 내밀고 목소리를 내질렀다.

하지만 그녀의 시선에 금발 용사가 타고 있는 소형 고속 짐마차의 모습은 보이지 않았다.

……저씨…………… 아저씨

금발 용사는 아득하게 들려오는 목소리를 깨닫고 의식을 되찾았다.

아직 완전히 깨어나지 않은 머리는 몹시 어지럽고, 몸도 변변히 움직이지 않았다.

……하지만.

"아저씨? 괜찮아요, 아저씨?"

그의 귀에 간신히 또렷한 목소리가 들렸다.

"……으, 음……."

그 목소리에 금발 용사는 천천히 눈을 떴다.

"아아! 깨어나셨군요, 다행이야."

그 목소리의 주인인 소녀는 쓰러져 있는 금발 용사의 머리를 자신의 무릎에 얹고, 그의 손을 붙잡고서 열심히 계속 말을 걸고 있었다.

"……으음…… 나, 나는 어떻게 된 것이냐?"

그러면서 일어나려는 금발 용사.

"……으윽?!"

……하지만 그는 온몸에서 느껴지는 격통에, 또다시 쓰러지고 말았다.

그런 금발 용사의 모습에 소녀는 허둥지둥하며, 금발 용사의 이마를 눌러 또다시 자기 무릎 위로 되돌렸다.

"무, 무리하면 안돼요! 당신은 저를 쫓던 켄타우로스들과 격돌하면서 이 절벽 아래로 떨어졌으니까요…….”

소녀의 무릎에 다시 머리를 얹은 금발 용사는 서서히 기억이 되돌아왔다.

아룬키츠의 소형 고속 짐마차를 타고서 말을 탄 소녀를 쫓던 금발 용사.

『에잇! 나도 모르겠다!』

소녀에게 활을 쏘며 쫓아가던 켄타우로스족에게 후방에서 격돌하며 튕겨낸 것까지는 괜찮았다. ……다만 멈출 방법이 없는 소형 고속 짐마차는 그대로 쭉 직진하여 말에 탄 소녀를 따라잡고, 끝내는 절벽에서 떨어져 버린 것이었다.

“아저씨가 몸을 던져서 저 켄타우로스족을 물리쳐 주시지 않았다면, 저는 억지로 카스토리아 성에서 열리는 결혼식에 끌려갈 참이었어요…….”

소녀는 그렇게 말하더니 금발 용사를 향해 머리를 숙였다.

“제 이름은 쿨비즈…… 카스토리아의 제1왕녀이고…… 꺄아?!”

……그때, 자신을 쿨비즈라고 한 소녀의 몸이 갑자기 허공으로 떠올랐다.

비명을 지르는 쿨비즈.

쿨비즈가 하늘로 끌려 올라갔기에 금발 용사는 무릎베개에서 강제적으로 내동댕이쳐져서 바위에 머리를 부딪히고 말았다.

“……좋아, 켄타우로스 부대가 놓친 쿨비즈 제1왕녀를 무사히 확보했다. 매 인간 부대, 이제부터 복귀하겠다."

쿨비즈의 몸을 끌어안고서 하늘로 날아오른 매 인간은 어딘가로 사념파를 날리며 상승했다.

"아저씨~!"

매 인간에게 붙잡힌 쿨비즈는 비명과도 닮은 목소리를 높이며 손을 필사적으로 뻗었다.

……그러나 그녀의 손은 공허하게 허공을 헤맬 뿐, 쿨비즈와 매 인간들의 모습은 순식간에 보이지 않게 되어버렸다.

"으…… 으윽……."

금발 용사는 아픈 몸을 필사적으로 일으켜서 어떻게든 일어서려고 했다.

그러자 그 주위로 네 마리 슬라임이 에워쌌다.

"부들부들…… 이 녀석이 쿨비즈 제1왕녀를 도망치게 하려던 수상한 자로군요?"

"부들부들…… 우리 주인을 방해하는 자는 죽일 수밖에 없슬라."

"부들부들…… 그렇게 되었으니 체념하라임~."

"부들부들…… 우리 슬라임 사인방이 한순간에 처리해 주겠습니다."

서서히 금발 용사에게 다가오는 네 마리 슬라임.

'……칫, 다치지만 않았다면 슬라임 따위한테…….'

금발 용사는 주위를 둘러싸듯이 접근하는 슬라임들을 보며 혀를 찼다.

◇ ◇ ◇

……그 무렵. 카스토리아 성에서는 결혼식 준비가 거국적으로 진행되고 있었다.

화려하게 장식된 카스토리아 성을 국민들이 올려다보고 있었다.

"얼마 전 급사한 카스토리아 왕의 자식인 쿨비즈 제1왕녀와, 카스토리아 왕의 측근으로 발탁된 귀족 다크니스 님의 결혼식이라고 하는데 말이지……."

"다크니스 님, 원래는 하급 귀족에 불과했다지?"

"그래그래…… 카스토리아 왕이 돌아가신 것과 동시에, 급속하게 발언력이 늘었다는 소문이 있던데……."

"듣자 하니 수상쩍은 돈을 마구 뿌린다던 소문이 돌던데……."

"돈의 힘으로 나라의 최고 권력자 자리에 앉으려는 건가……."

"어쩐지 불쌍하네, 쿨비즈 제1왕녀……. 카스토리아 왕의 갑작스러운 서거 탓에 왕의 자리를 물려받게 되었다고는 해도, 이제막 성인이 되었을 뿐이잖아……."

"다크니스 님은 아무래도 그런 쪽으로 더럽다는 인상이고…… 저 부하 녀석들도 아무래도 수상쩍단 말이지."

"그, 묘하게 으스대면서 궐련 피우는 남자랑 야한 화장을 한 차이나드레스 여자 둘이지?"

"그 녀석들이 다크니스 님의 저택에 드나들게 된 이후로, 위폐를 뿌려 대기 시작했다고……."

"쉿…… 함부로 떠들 일이 아니야…… 다크니스 님의 위병이 어디서 귀를 세우고 있을지 모르니까…….”

성 아랫마을은 소곤소곤 그런 대화를 나누는 사람들로 넘쳐났다.

그런 카스토리아 성으로 이어지는 가도를 짐마차 한 대가 나아가고 있었다.

“……여기가, 이번 경호 임무지입니까…….”

마차에서 내려선 것은 흡혈귀족 자마스였다.

흡혈귀족 자마스.

전직 마왕군 사천왕 겸 현재 호우타우 마법 학교의 교장인 요르미니트의 측근으로, 호우타우 마법 학교의 교직원이기도 한 자마스.

학교 교직원으로서의 일과 병행해서, 호우타우 마법 학교 졸업생 취직처의 일환으로서 니트 경비 회사를 설립, 운영하고 있었다.

자마스는 카스토리아 성을 올려다보며 손에 든 채찍으로 지면을 찰싹 때렸다.

‘……일이라고는 해도, 아무래도 이번 일은 내키지 않는단 말입니다.’

그런 자마스 뒤쪽으로 니트 경비 회사 멤버들이 모여서 경례했다.

“자마스 님, 점호 끝났습니다.”

“수고했습니다. 여러분은 주어진 숙소로 즉각 이동, 짐을 내려

놓으면 언제든지 순찰을 개시할 수 있는 태세로 대기하십시오. 저는 도착 보고와 상세한 경비 내용을 관계자와 논의하고 오겠습니다."

"""예!"""

자마스의 말에 활기찬 목소리를 대답을 한 일동은 종종걸음으로 그 자리를 떠났다.

그들의 뒷모습을 확인한 자마스는 하이힐 소리를 내며 성 안으로 돌아갔다.

◇카스토리아 성 안의 별실◇

카스토리아 성 안에서 완전히 격리된 탑의 상부에 있는 방.

성에서 가교를 연결하지 않으면 오갈 수 없는 구조로 된 그 격리실 안에, 귀족 다크니스의 모습이 있었다.

그의 눈앞에는 침대 위에 잠들어 있는 쿨비즈 제1왕녀의 모습.

수면 마법으로 잠들었는지 깨어날 기척은 전혀 없었다.

그런 쿨비즈의 모습을 내려다보며 다크니스는 음흉한 미소를 지었다.

"나, 생각하기에 설마 이렇게까지 이야기를 척척 진행할 수 있는 것도, 전적으로 나의 말솜씨와 갓 위폐의 힘이 있었기에 가능한 일이었다, 라고 난 생각합니다."

"이것 참, 착각하지 마라."

그 뒤쪽에서 궐련을 피우며 풍채 좋은 남자가, 그의 좌우에서는 차이나드레스를 입은 두 여자가 모습을 드러냈다.

"그렇다캥. 당신이 이 나라의 왕이 될 수 있는 건 암왕님과 우리, 마호 자매 덕분이다캥."

"우리 조력이 없었다면 갓 위폐도 변변히 증산하지 못했다캥. 게다가 이런 단기간에 국력을 높이는 것도 불가능했다캥."

사나운 미소를 짓고 있는 암왕과 마호 자매.

그런 세 사람을 다크니스는 음흉한 미소 그대로 바라봤다.

"나, 물론 이해하고 있습니다. 귀공들의 조력이 있었기에, 이런 단기간에 이 나라의 권력을 얻을 수 있었습니다. 원래는 마왕군의 일원으로서 권력을 휘두르던 내가, 설마 인간족으로서 국왕의 자리에 앉으리라고는 생각도 안 해봤다고, 나 생각합니다."

다크니스는 쿨비즈에게 시선을 향하더니 또다시 음흉한 웃음을 터뜨렸다.

『다크니스 님.』

그의 머릿속에, 성 쪽에서 집무를 맡고 있는 다크니스의 측근 죠르노의 사념파가 닿았다.

"뭡니까, 라고 나 생각합니다."

『의뢰했던 니트 경비 회사의 사람들이 도착하여, 그들의 책임자가 다크니스 님과 면회를 청하고 있습니다.』

"알았다, 바로 가겠다, 라고 나 생각합니다."

다크니스는 쿨비즈의 얼굴에 자신의 얼굴을 가져다 대고 그녀의 얼굴을 들여다봤다.

'……뭐, 내가 왕의 자리에 앉으면 뜻밖의 죽음을 맞이할 예정이라고 나 예정하고 있습니다만, 그 전에 제대로 즐기도록 합시다

처녀의 선혈을 탐한다는 것도 하나의 재미, 라고 나 생각합니다.'

음흉한 미소를 지으며 다크니스는 이 방의 유일한 출입구로 향했다.

동시에 암왕과 마호 자매도 그 뒤를 따랐다.

네 사람이 나가는 것과 동시에 가교가 올라가고, 이 방은 또다시 탑 위에 고립된 상태가 되었다.

그 방 안에서 쿨비즈는 그저 계속 잠들어 있었다.

금발 용사는 거친 숨을 반복하며 어깨를 들썩이고 있었다.

그의 손에는 전설급 아이템 드릴 불도저 삽이 들려 있었다.

금발 용사의 눈앞에는 무수한 함정이 뚫려 있고, 그 안에는 조금 전 금발 용사에게 다가오던 슬라임들이 무참한 모습으로 굴러다니고 있었다.

조금 전, 부상 탓에 제대로 움직이지 못하는 금발 용사에게 다가오던 네 마리 슬라임들.

"부들부들…… 자, 저 세상으로 가는 거다임!"

일제히 덤벼드는 슬라임들.

그때, 허리춤의 마법 주머니에서 파트너 드릴 불도저 삽을 꺼낸 금발 용사는 '흠!' 하는 기합과 함께 자신의 주변에 다수의 함정을 팠다.

그 시간, 불과 1초.

"부들부들······이네요~?!"

"부들부들······이다임~?!"

"부들부들······이슬라?!"

"부들부들······입니다~?!"

슬라임들은 갑자기 출현한 함정을 피하지 못하고, 단말마를 남기고 모두 함정 안으로 추락한 것이었다.

"멍청한 녀석들······. 파트너인 드릴 불도저 삽을 손에 든 내게 패배란 글자는 없다."

금발 용사는 드릴 불도저 삽을 지팡이 삼아서 일어섰다.

"금발 용사니임!"

그곳으로 밸런타인을 선두로 츠야가 달려왔다.

그 뒤쪽으로는 짐마차 상태인 아룬키츠의 모습이 있고, 그곳에서 뛰어나온 다른 일행들이 금발 용사를 향해 맹렬하게 대시했다.

"밸런타인, 조금 더 빨리 오지 못하겠느냐······고, 말하고 싶은 참이다만, 이런 잔챙이 따윈 나 혼자서도 충분했다."

어깨를 들썩여 숨을 몰아쉬면서도 무리하게 득의양양한 표정을 짓는 금발 용사.

그런 금발 용사를 밸런타인이 정면에서 끌어안았다.

"정말이지! 이런 부상을 당하신 상태로, 억지로 허세를 부리지 마세요. 정말로 괜찮으신가요?"

금발 용사를 풍만한 가슴으로 끌어안으며 밸런타인이 울 것 같은 목소리를 높였다.

"……으, 으윽……."

'……괘, 괜찮았는데…… 지, 지금, 호흡 곤란으로 질식할 것 같다만……'

밸런타인의 가슴으로 호흡 정지 상태가 된 금발 용사는 필사적으로 양손을 흔들었다.

그러나 그런 금발 용사의 상태를 깨닫지 못한 밸런타인은 그를 더욱 강하게 끌어안고 있었다.

질식 직전이 된 금발 용사를 알아차린 츠야 덕분에 구사일생한 그는, 격렬하게 기침을 하며 가슴을 누르고 있었다.

"저기, 금발 용사님, 죄송해요. 저도 참, 너무 걱정이 되어서."

"으, 음…… 그건 이제 됐다, 그보다도 서두르자고."

금발 용사는 그러더니 아룬키츠를 향해 걷기 시작했다.

"금발 용사님, 어디로 가는 건가요?"

그 뒤를 황급히 쫓아가는 일행.

"그렇군…… 일단 성이다. 카스토리아 성으로 가자고."

◇ ◇ ◇

화려하게 장식된 카스토리아 성에서는 성의 위병에 더해 각국에서 고용된 경비단이 경비를 더욱 두텁게 하여, 엄중한 경계 상태가 펼쳐져 있었다.

니트 경비 회사에서 파견된 자마스는 대원들을 이끌고 종종걸음으로 성문 주위를 계속 순찰 중이었다.

자마스를 선두로, 2열종대로 순찰 행군을 하는 니트 경비 회사 멤버들.

정장인 메이드복을 입고, 직립부동 자세 그대로 그 행렬의 선두에서 걸어가는 자마스.

'……아무리 그래도, 이렇게나 경비가 두터운 건 이상합니다.'

도착했을 때, 성의 응접실에서 미팅을 위해 자마스와 마주한 다크니스는, 얼굴을 마스크로 가리고서 결코 맨얼굴을 드러내려 하지 않았다.

'다크니스라는 저 남자, 맨얼굴을 가리고서 기척을 은폐하고 있었지만…… 마족의 기척이 느껴졌습니다.'

행진하며 성을 곁눈질로 올려다보는 자마스.

그 시선 구석으로, 무언가의 그림자가 날아들었다.

"행군 중지! 입니다."

오른손을 들어 대열을 정지시킨 자마스는 시선을 집중했다.

그 시선 끝, 알 수 없는 그림자는 성의 별채인 고립된 탑을 향해 하늘을 날고 있었다.

◇ ◇ ◇

"아룬키츠! 이걸로 틀림없이 탑에 다다를 수 있는 거겠지?!"

앞이 뾰족한 짐마차에 타고 있는 금발 용사는 절규와도 닮은 목소리를 높였다.

그 탑승물은 카스토리아 성의 상공을 날고 있었다.

『괜찮습니다! 궤도, 고도 모두 문제없습니다. 소형 상륙정 돌격형은 이제 곧 탑에 착탄합니다.』

"차, 착탄이라니 너…… 이건 무슨 포탄이냐?!"

『비유입니다. 비유…… 아, 그보다도 금발 용사님.』

"뭐, 뭐냐? 이런 비상시에?!"

『……착타~안…….』

"허?"

『……지금!』

쿠우~웅!

아룬키츠의 '지금'이라는 목소리와 동시에, 소형 상륙정 돌격형은 끝부분이 탑에 박혔다.

쿨비즈가 격리되어 유폐된 장소였다.

"……뭐, 뭐지?"

갑자기 방 안에 울려 퍼진 큰 소리에 간신히 깨어난 쿨비즈는 침대 안에서 상반신을 일으켰다.

그 시선 앞, 벽의 한 모퉁이에는 앞부분이 뾰족한 무언가가 벽을 꿰뚫듯이 박혀 있었다.

쿨비즈가 깜짝 놀란 표정 그대로, 그것을 바라보고 있자니.

『금발 용사님, 지금 열겠습니다.』

아룬키즈의 목소리와 함께 뾰족한 앞부분이 좌우로 열렸다.

"……정말이지, 고정 벨트인가 하는 녀석이 없었다면 엄청난 일이 벌어졌을 거라고……."

탑승물 안에서 모습을 드러낸 금발 용사는 아픈 머리를 좌우로 내저으며 실내를 둘러봤다.

"……당신은…… 분명히 가도에서 절 구해 주신, 아저씨?"

그런 금발 용사의 모습을 본 쿨비즈는, 쭈뼛쭈뼛 금발 용사에게 다가갔다.

금발 용사는 그런 쿨비즈의 모습을 확인하고는 미소 지었다.

"네가 누군지 모르겠다만, 눈앞에서 잡혀가는 걸 보고만 있어서야 꿈자리가 사나우니까 말이다."

"세, 세상에…… 저, 절 구하러 와주신 건가요……."

쿨비즈는 금발 용사의 말에 우선 놀라고, 이내 감동해서 눈물을 글썽였다.

금발 용사 곁으로 다가가서 손을 뻗었다.

"거기까지입니다."

그런 실내에 자마스의 목소리가 울렸다.

소형 상륙정의 모습을 확인한 자마스는 높은 힐을 벽에 박으며 뛰어 올라서, 이 탑의 실내로 들어온 것이었다.

자마스는 금발 용사와, 그 옆으로 다가가는 쿨비즈에게 얼음장처럼 차가운 시선을 보냈다.

"당신, 어디선가 본 얼굴이로군요……. 하지만 지금은 그런 걸 아무래도 상관없습니다. 요르미니트 님의 이름으로 이 결혼식의 경비를 맡은 이상, 저 자마스, 침입자인 당신을 여기서 붙잡겠습니다."

그러더니 오른손에 들고 있는 검은 채찍으로 바닥을 후려쳤다.

그러자 금발 용사 앞에 쿨비즈가 양팔을 펼치고 막아섰다.

"쿨비즈 님…… 무슨 생각입니까?"

차가운 표정 그대로, 안경을 밀어 올리는 자마스.

그런 자마스를 앞에 두고 쿨비즈는 한 걸음도 물러나려고 하지 않았다.

"부탁이에요! 이 분은 살려 주세요. 이 분은, 절 다크니스에게서 구하려고 와주셨을 뿐이에요!"

그 말에 자마스는 눈썹을 꿈틀 움직였다.

"……다크니스에게서 지킨다……고요?"

그때, 금발 용사와 자마스를 향해 방 밖에서 화살이 날아들었다.

"으음?!"

"뭡니까?!"

금발 용사와 자마스는 간발의 차이로 그것을 피했다.

두 사람 옆, 탑의 창가에는 어느샌가 다수의 매 인간이 모여서는 저마다 활을 들고 있었다.

금발 용사는 쿨비즈를 끌어안고서 침대 밑으로 숨어들더니, 자마스에게 소리쳤다.

"너도 와라!"

자마스는 채찍으로 화살을 쳐내며 금발 용사에게 대답했다.

"무슨 말입니까?! 저는 경비 책임자를 맡고 있는데……."

"이러쿵저러쿵 할 때가 아니야! 죽는다고!"

금발 용사는 자마스의 발을 붙잡더니, 억지로 침대 밑으로 끌어당겼다.

"다, 당신?! 돕는다고 해도 방법이란 게 있을 텐데요!"

억지로 끌려간 탓에 치마가 들쳐 올라가서 속옷이 훤히 드러난 상태 그대로 침대 밑에 들어온 자마스는, 허둥지둥 치맛자락을 고치며 항의의 목소리를 높였다.

하지만 금발 용사는 아무것도 들리지 않는다는 듯이 오른손을 팔랑팔랑 휘둘렀다.

"어쨌든 저 소형 상륙정으로 도망치자고. 저것 안으로 들어가면 뒷일은 어떻게든 된다."

그리고 벽에 여전히 박혀 있는 소형 상륙정 돌격형을 가리켰다.

그 말에 자마스는 혀를 차고, 분개를 감출 수 없다는 목소리를 짜냈다.

"……지금뿐입니다. 지금만 협력해 주도록 하죠."

그것을 확인한 금발 용사는 화살 숫자가 줄어든 틈을 노려 외쳤다.

"그럼 가자고, 3, 2, 1!"

신호와 동시에 침대 밑에서 뛰어나갔다.

쿨비즈와 자마스도 그를 뒤따랐다.

이번에는 방 입구 방향에서 무수한 마법탄이 날아들었다.

"커헉."

창 밖에서 쏘는 활에 정신이 팔려 있던 금발 용사는 마법탄 몇 발을 가슴에 맞고 입에서 선혈을 흩뿌리며 그 자리에 쓰러졌다.

"아저씨!"

실내에 쿨비즈의 비명이 울렸다.

쿨비즈는 허둥지둥 금발 용사에게 달려가려고 했으나, 쿨비즈의 몸을 방 안으로 뛰어든 다크니스가 옆에서 안아들었다.

"내 아내여, 넌 이쪽이겠지, 라고 나 생각합니다."

"싫어! 이거 놔! 아저씨!"

필사적으로 금발 용사에게 달려가려 하는 쿨비즈를 다크니스는 가볍게 안아든 채, 방 입구까지 물러났다.

그와 교대하듯이 마법 총을 든 다크니스의 위병들이 실내로 밀려들었다.

"쿨비즈 제1왕녀는 확보했다, 라고 나 생각합니다. 난입한 도적 둘은 이 자리에서 처리해도 된다, 라고 나 생각합니다."

다크니스의 말을 들은 자마스는 얼음장같이 차가운 표정을 지었다.

"……저까지 도적 취급입니까……."

채찍을 휘두르는 자마스.

그 채찍의 끝이 위병들의 마법 총을 쳐서 떨어뜨렸다.

위병들이 주춤거리는 틈에, 쓰러져 있는 금발 용사의 몸을 소형 상륙정 안으로 억지로 밀어 넣었다.

그러자 금발 용사가 탄 것을 확인한 소형 상륙정 돌격형의 앞문이 자동으로 닫혔다.

『지금부터 강제 회수 모드로 이해합니다. 승무원은 자리에 앉아서 시급히 몸 고정 벨트를…….』

쿠구~웅.

함정 안에 아룬키츠의 목소리가 울리는 가운데, 소형 상륙정은 격렬한 충격을 받았다.

"이, 이번에는 뭡니까?!"

그 충격에 자마스는 금발 용사를 끌어안은 채, 소형 상륙정 돌격형 안으로 쓰러졌다.

"좋아, 한 번 더, 라고 나 생각합니다."

희희낙락하는 목소리를 높이는 다크니스.

그 옆에는 입구에서 달려온 위병들이 셋이서 끌어안은 대형 마법 바주카가 있었다.

마법 바주카에 직격을 당한 소형 상륙정 돌격형은 크게 선체가 우그러들었다.

그것을 보며 다크니스는 입가에 악마 같은 미소를 지었다.

다크니스에게 옆으로 안긴 채로 그의 표정을 올려다보는 쿨비즈는 필사적으로 다크니스에게 애원했다.

"알겠어요! 당신의 신부든 뭐든 될게요. 더는 도망치지 않을게요! 그러니까 저 분을 살려 주세요!"

……하지만 쿨비즈의 시선에도 다크니스는 씨익 웃었다.

"안 된다, 라고 나 생각합니다. 네가 내 신부가 되는 건 확정 사항이라고, 나 생각하니까, 이 나를 방해하려던 자들은 만 번 죽어 마땅하다, 라고 나 생각합니다."

음흉한 미소를 지으며 눈앞의 소형 상륙정 돌격형을 향해 오른손을 휘둘렀다.

그것을 신호로 대형 마법 바주카가 또다시 불을 뿜었다.

지근거리에서 발사된 마법탄은 소형 상륙정 돌격형의 앞부분에 명중하여 선체를 크게 우그러뜨렸다.

"칫. 아직 구멍이 안 뚫리다니 건방지구나, 라고 나 생각합니다. 계속해서 한 발 더, 라고 나 생각합니다."

다크니스의 지시에 따라, 후방에 대기하고 있던 마도사들이 대형 마법 바주카에 마력을 주입했다.

그그극……궁.

그런 일동 앞에서 소형 상륙정 돌격형은 중저음을 울리며 후퇴하고, 벽에서 빠져나와 지상을 향해 추락했다.

"아저씨!"

애써 팔을 뻗는 쿨비즈.

하지만 그녀의 몸은 다크니스에게 옆으로 안겨 있어서, 그 자리에서 움직일 수는 없었다.

◇ ◇ ◇

"좌석으로 이동할 수 없습니다!"

금발 용사를 끌어안으며 어떻게든 자마스는 좌석으로 이동하려고 했지만, 낙하하는 부유감 탓에 제대로 움직이지를 못했다.

『착석 미확인⋯⋯이지만 비상사태이기에 이대로 이동을 속행합니다.』

함정 안에 아룬키츠의 목소리가 울렸다.

『긴급 탈출 모드로 이행합니다. 두 사람 모두 일단 어딘가를 붙잡으십시오.』

그렇게 말하기가 무섭게 소형 상륙정 돌격형의 하부에서 마법 동력을 이용한 압축 에너지가 방출되고, 어딘가를 향해 고속 이동을 개시했다.

"크윽!"

어떻게든 자마스는 함정 안의 손잡이를 붙잡았지만, 소형 상륙정 돌격형의 굉장한 가속에 손을 놓치고 금발 용사와 함께 함정 안을 굴러다녔다.

소형 상륙정 돌격형은 그 순간 하늘을 날고 있었다.

"에~잇, 빨리 떨어뜨려라! 라고 나 생각합니다!"

다크니스의 목소리와 동시에 위병들이 소형 상륙정 돌격형을 향해 또다시 대형 마법 바주카를 쐈다.

자동 추적 모드로 발사된 마법탄은 곡선을 그리며 소형 상륙정 돌격형을 쫓았고.

쿠구~웅……!

그대로 소형 상륙정 돌격형에 명중했다.
소형 상륙정의 함체는 공중에서 산산이 흩어졌다.
그 광경을 가까운 곳에서 보고 만 쿨비즈.
"아, 아저씨……."
그녀는 다크니스의 품속에서 의식을 잃었다.

소형 상륙정이 파괴된 위치에서 조금 떨어진 숲속.
아룬키츠가 변화한 짐마차에 타고 있는 일행은, 짐마차 위에
서서 상공을 계속 바라보고 있었다.
그 시선 끝에는 공중에서 폭발한 소형 상륙정 돌격형에서 튕겨
나온 자마스와 금발 용사가 있었다.
"저거예요. 그럼, 갑니다!"
금발 용사의 몸이 이동하는 방향을 확인한 밸런타인은 양손 앞
으로 마의 실을 출현시켜 그것을 펼쳤다.
마의 실은 그물 상태가 되어 아룬키츠 주위에 퍼졌다.
금발 용사의 몸은 밸런타인이 예상한 그대로의 포물선을 그리
며 그물 중앙으로 추락했다.

"역시 밸런타인 님! 딱 맞았어요!"

그 모습에 츠야가 함성을 터뜨렸다.

"후후. 이 정도야 간단하지."

그런 츠야 앞에서 득의양양한 표정을 짓는 밸런타인.

『그런 것보다, 금발 용사 경을 회수했다면 이 자리에서 이탈하겠습니다.』

아룬키츠는 그러더니 짐마차의 속도를 올렸다.

……그리고 금발 용사보다도 가벼운 자마스는 밸런타인의 그물을 넘어 숲속으로 추락했다.

◇ ◇ ◇

가도를 질주한 아룬키츠는 교외 인근에 있는 헛간 안으로 몸을 숨겼다.

부상을 당한 금발 용사를 밸런타인이 마의 실로 만든 침대 위에 눕히고, 일동은 그의 용태를 지켜보고 있었다.

"……여긴 어디지?"

간신히 깨어난 금발 용사는 주위로 시선을 향했다.

"금발 용사니임?! 여러부운! 금발 용사님께서 깨어나셨어요오!"

금발 용사의 얼굴을 들여다보던 츠야가 눈물을 글썽이며 목소리를 높였다.

그 목소리와 동시에.

"금발 용사님!" "금발 용사 경!"

금발 용사 곁으로, 밸런타인을 선두로 금발 용사의 동료들이 일제히 달려왔다.

"금발 용사니임! 다행이에여어어어어어어어어. 이제는 돌아가시는 줄 알았아고요오오오오오."

그런 일동 앞에서 츠야는 눈물을 뚝뚝 떨어뜨리고 콧물을 흘리며 금발 용사에게 안겨들었다.

주위에서는 밸런타인이나 리리안주도 눈물을 마구 흘리고 있었다.

"……자, 잠깐만…… 기다리지 않겠느냐, 츠야."

금발 용사의 가슴에는 붕대가 칭칭 감겨 있었다.

마법탄에 직격을 당한 상처를 처치한 부분인데…… 그 상처에 츠야가 가차 없이 얼굴을 들이밀었기에 금발 용사는 격통을 느꼈다.

"금발 용사니이이이이이이이이임."

"에잇! 진정해라! 진정하지 못하겠느냐!"

◇얼마 후◇

간신히 진정한 츠야를 앞에 두고 금발 용사는 쓴웃음을 지었다.

"괘괘괘괜찮으세요오, 금발 용사니임."

"음, 조금(죽을 만큼) 아프다만, 별건 아니다."

"저기~ 슬쩍 엿보인 마음의 목소리가 신경 쓰이는데요오…….."

"음, 그건 신경 쓰지 마라…… 그보다도, 말이다."

그리고는 리리안주에게 시선을 향하는 금발 용사.

"······리리안주, 쿨비즈와 다크니스의 결혼식이 내일 열린다는 건 분명한가?"

"틀림없습니다. 주변 국가에서 초대된 내빈들이 속속 카스토리아로 입국하고 있습니다.

그리고 금발 용사 경의 침입 탓인지 카스토리아 성의 경비가 이제까지 이상으로 엄중해졌습니다······. 현재는 쿨비즈 제1왕녀 곁으로 다다르는 건, 일단 불가능하진 않을지······."

그러면서 극비로 입수한 카스토리아 성의 지도를 가리켰다.

그 지도의 도처에 빨간 × 마크가 표시되어 있어서 상당한 숫자의 경비병이 배치되어 있음을 가리켰다.

"흠······ 감금 장소가 지하실이라면 드릴 불도저 삽을 사용해서 침입할 수 있는데······."

리리안주의 말에 금발 용사는 팔짱을 끼며 생각에 잠겼다.

그런 금발 용사의 얼굴을 츠야가 들여다봤다.

"금발 용사니임? 그렇게까지 해서 쿨비즈 제1왕녀를 구할 필요가 있나요오? 저희느은, 갓 위폐만 환금할 수 있다면 그걸로 충분하지 않나요오? 이 갓 위폐가 카스토리아에서 유출된 증거를 교섭의 재료로 삼아서 환금으로 제안하면 어떨까요오. 다른 나라의 이목이 몰려 있을 때에 큰일이 벌어지는 건 피하고 싶을 테니까, 교섭에 응해 주지 않을까요오."

츠야의 말을 들은 금발 용사는 크게 끄덕였다.

"츠야의 말대로, 우리의 목적은 갓 위폐를 정식 돈으로 교환하는 것이다······만 말이야, 그렇다고 해서 저 아이가 불행해지는 걸 잠자코 보고만 있을 수는 없어. 금발 용사의 이름을 걸고서.”

그러더니 리리안주가 펼치고 있는 성의 도면으로 시선을 향했다.

“정말로, 손이 많이 가는 분이세요오⋯⋯ 하지만 바로 그렇기에, 금발 용사님이겠죠오.”

그런 금발 용사를 츠야는 뺨을 붉게 물들이며, 진지한 표정으로 지도와 눈싸움 중인 금발 용사를 바라봤다.

금발 용사 일행은 지도를 보며 논의를 거듭했다.

그러나 묘안이 떠오를 리도 없고, 논의는 공회전만 할 뿐이었다.

그때였다.

“곤란한 모양이로군요?”

헛간 창문에서 갑자기 여자의 목소리가 울렸다.

“무슨 녀석이냐?!”

금발 용사는 창문 쪽으로 시선을 향했다.

밸런타인도 손에 마의 실을 출현시키고, 리리안주도 팔꿈치 앞쪽을 도검화하고, 아룬키츠도 술병을 양손에 들고, 츠야도 프라이팬을 손에 들어 저마다 임전태세를 취했다.

그러자 창문에서 실내로 뛰어든 한 여자가 금발 용사 곁으로 다가왔다.

“본인, 어느 분의 비밀 첩보원으로 일하고 있기에 정체는 밝힐 수 없지만, 그분의 지시로 힘을 빌려줄 수도 있어요."

그러면서 하얀 마스크로 맨얼굴을 가린, 고스로리풍 메이드복 차림인 그 여자는 종이 한 장을 금발 용사에게 건넸다.

그 종이는 카스토리아 안에서 배포되고 있는 신문의 스크랩.

『오늘밤, 결혼식에 참석하기 위해 마왕군에서도 사자 방문.』

"이봐, 이건……."

그러면서 금발 용사가 고개를 들었을 때, 이미 그 여자의 모습은 없었다.

◇ ◇ ◇

카스토리아 성의 국경 근처에 여관 하나가 있었다.

이 여관 주위에는 카스토리아의 위병들이 배치되어 있었다.

마법 총 따위로 무장한 위병들은 개미 한 마리 놓치지 않겠다는 경비 태세로 이 여관을 둘러싸고 있었다.

이 여관의 한 방에 자마스의 모습이 있었다.

자마스와 함께 카스토리아에 와 있는 니트 경비 회사 멤버들도 전원 이 여관 안에 갇혀 있었다.

쿨비즈 제1왕녀를 유괴하려던 금발 용사를 도왔다며 자마스 및 부하들 전원, 이 여관에 유폐된 것이었다.

"정말이지, 곤란하네 자마스 씨…… 아니, 흡혈귀족 자마스라고 해야 하나캥?"

침대에서 상반신을 일으킨 자마스에게, 금색 차이나드레스를 입은 여자가 쿡쿡 웃으며 말을 건넸다.

"왜 마왕군에서 추방당한 마호 자매가 이런 장소에 있습니까? 게다가 카스토리아의 위병을 지휘하는 입장에 있는 건 어째섭니까?"

추락했을 때의 부상 탓에 몸을 움직이지 못하는 상태인지, 자마스는 침대에 앉은 채로 차이나드레스 여자——마호 자매 중 언니, 금각을 응시했다.

그런 자마스의 시선 앞에서 금각 여우는 손에 든 부채를 우아하게 부쳤다.

"그야 당연하다캥. 우리 주인, 암왕님이 이 나라의 새로운 왕이 될 다크니스와 업무 제휴를 했으니까캥."

"그 암왕이 뒤에서 암약하고 있었습니까."

"그렇다캥. 놀랐냐캥?"

금각 여우가 우아하게 미소 지었다.

그런 금각 여우를 자마스는 어이없다는 표정으로 바라봤다.

"예, 놀랐습니다. 이제까지 그만큼 많은 실패를 반복했으면서 아직도 살아있다는 사실에, 말입니다."

그 말에 금각 여우는 분노한 표정을 지었지만.

"어흠…… 뭐, 뭐어 지금은 마음대로 말하게 두도록 하겠다캥. 어차피 너희는 결혼식이 끝나는 것과 동시에 금발 용사와 함께 처분당한다캥. 그때까지 여기서 얌전히 있으라캥."

득의양양하게 웃는 금각 여우.

허리를 낭창거리며 방을 뒤로하자, 마법으로 문이 잠겼다.

◇ ◇ ◇

"자마스…… 사천왕 요르미니트의 측근이라면서 항상 새침한 표정을 짓던 지긋지긋한 여자였다캥. 하지만 이것으로 저 여자도 끝이다캥."

자마스의 방을 마법으로 잠근 금각 여우는 쿡쿡 웃으며 복도를 걸어갔다.

"금각 여우 언니, 이야기는 끝났어캥?"

금각 여우 앞으로 은색 차이나드레스를 입은 여자가 걸어왔다.

"그래, 틀림없이 끝났다캥, 은각 여우. 그보다도 그쪽 수속은 어떻게 됐나캥? 언뜻 들었는데, 일출국에서의 작전은 실패했다지캥?"

"응~…… 구멍 파는 게 특기인 자를 고용해서 신수가 봉인되어 있는 산에 커다란 구멍을 파는 건 성공했다캥……. 그 다음에 신수가 출현해서 사람들이 이리저리 도망치는 틈에 금은보화를 강탈할 계획이었는데, 어찌된 영문인지 신수가 순식간에 사라져버렸다캥."

"사라졌다캥? 신수가?"

"그렇다캥……. 그 탓에 강탈할 시간이 없었다캥. 곧바로 철수했다캥."

"뭐, 어쩔 수 없다캥. 신수가 봉인되어 있는 사이에 약체화되어서 간단히 퇴치 당했을지도 모른다캥."

"응~…… 아직 원인은 불명이지만, 그 실패한 몫도 다음에 다시 만회하겠다캥."

"그래캥. 이 나라의 주조 기술을 잘 이용하면 갓 위폐를 계속 만드는 것도 가능하다캥. 그러면 암상회의 손으로 클라이로드 세계를 좌지우지하는 것도 꿈이 아니다캥."

금각 여우는 눈을 반짝이며 오른손을 움켜쥐었다.

"나도 열심히 하겠다캥, 금각 언니."

그 옆에서 은각 여우도 금각 여우와 마찬가지로 오른손을 움켜쥐었다.

두 사람은 즐겁게 웃으며 여관을 뒤로했다.

금각 여우가 여관을 뒤로한 후, 자마스는 침대 위에서 크게 한숨을 흘렸다.

'……눈앞에서 악행이 벌어지는데도…… 나는 이런 장소에서 꼼짝도 못 한다니…….'

눈을 감은 채로 미동도 하지 않았다.

("……자마스 님.")

그런 자마스의 머릿속에 사념파가 닿았다.

("……아르네…… 예의 정보, 금발 용사에게 전했습니까?")

("……예. 틀림없이 전하고 왔습니다.")

("……좋습니다. 뒷일은 계획대로입니다.")

("……알겠습니다.")

그리고 사념파는 끊어졌다.

동시에 바닥 밑에 있던 인기척도 사라졌다.

눈을 감은 채, 자마스는 천천히 침대에 누웠다.

'……다크니스가 이 나라에서 귀족으로 발탁된 것은 토목 공사에서 막대한 공헌을 했기 때문이라고 들었습니다. 하지만 자세히 조사해 봤더니, 공사 대금으로 지불된 돈의 대부분이 갓 위폐라 불리는 위폐였다는 의혹이 제기되고 있었습니다.

다크니스 혼자라면 위폐 제조 노하우나 토목 공사 노하우 따위도 가지고 있지 않았을 테지만, 그런 악행에 뛰어난 암왕과 손을 잡았다면 납득이 갑니다.

이르든 늦든, 갓 위폐 건으로 다른 나라에서 힐문하는 사자를 보낼 테지만, 국왕이 된다면 그것을 유야무야시키는 것도 어렵지 않겠죠……. 위폐를 지불받은 자들 대부분은 클라이로드 마법국과 마왕군 사이에 휴전이 맺어지며 일자리를 잃은 자들. 그자들의 말을 듣고 국왕을 힐문하는 것은 어지간한 증거가 없이는 어렵습니다. 만일 그 여자가 국왕이 될 수 있다면 자국 안의 일이기에 철저히 조사하여 다크니스와 암왕의 악행을 백일하게 드러내는 것도…….'

눈을 감은 채, 계속 생각하는 자마스.

건물 주위는 많은 위병들이 계속해서 경비 중이었다.

◇다음 날◇

귀족 다크니스와 죽은 카스토리아 왕의 제1왕녀 쿨비즈의 혼례
식이 진행되는 이날, 카스토리아 성 주변은 참석자들의 마차로
북적였다.

그런 정체를 곁눈으로 바라보며, 마왕 독슨의 측근인 서큐버스
후훈은 가도를 걷고 있었다.

사역마인 하피들을 다수 거느리고, 외교용의 호화로운 드레스
를 입고서 가도를 걸어가는 후훈 일행.

"정말이지, 길이 막힐 건 불을 보듯이 빤한데도 어째서 마차를
타는 걸까요……. 인간족은 이러니까 어리석다는 겁니다……."

후훈은 그러면서 오른손 검지로 공갈 안경을 꾹 밀어 올렸다.

걷고 있다고는 해도 마법으로 떠 있기에 상당한 속도로 이동 중
인 후훈 일행.

'하지만 마왕 독슨 님의 사자라고는 해도, 이런 소국까지 오게
될 줄이야……. 하지만 뭐, 이 나라는 일자리를 잃은 마족들을 채
용하고 있으니까 우호적인 관계를 유지해야겠죠…….'

그런 생각을 하며 또다시 안경을 꾹 밀어 올리는 후훈.

카스토리아 성을 향하여 많은 짐마차가 북적이는 가운데, 순식
간에 그녀의 모습은 성문 안으로 사라졌다.

◇ ◇ ◇

카스토리아 성 안에 있는 예배당이 결혼식장으로 준비되어 있

었다.

결혼식장에는 이미 다수의 초대 손님이 들어와 있었다.

그 초대 손님을 불러들이고 있는 입구에는 위병들의 꼼꼼한 수화물 검사가 몇 중으로 진행되고, 또한 행사장 및 주변에는 다수의 경비병이 배치되어서 순찰을 돌고 있었다.

"혼례식 준비는 어떻게 되고 있나, 라고 나 생각합니다."

행사장을 내려다볼 수 있는 위치에 있는 대기실에서 상황을 내려다보던 다크니스는, 턱에 오른손을 대며 음흉한 미소를 짓고 있었다.

그 말을 듣고 암왕이 궐련을 피우며 다크니스에게 다가갔다.

"그렇게 말씀하셔도 말이지, 수화물 검사를 저렇게나 엄중하게 하니 시간도 걸리겠지요. 뭐, 여기까지 왔다면 결혼식이 시작되기를 기다리는 것뿐이니까 말입니다."

'……뭐, 그 수화물 검사에 드는 비용, 경비에 드는 비용, 그것들 모두 우리 암상회가 한몫 거들고 있지만. 이 어찌나 간단한 돈벌이인가.'

크크크 낮은 목소리로 웃는 암왕.

암왕의 말에 다크니스는 만족스럽게 끄덕였다.

"훌륭하다, 라고 나 생각합니다……. 그래서, 혼례식이 끝난 다음의 준비도 지체 없나, 라고 나 확인하고 싶습니다만?"

"……음, 쿨비즈 제1왕녀는 다크니스 경과의 혼례를 마친 뒤, 며칠 중으로 사망할 계획으로 되어 있습니다. 클라이로드 마법국에서 전국에 지명수배당한 금발 용사에게 몸값을 목적으로 유괴당한 뒤에……라는 시나리오로. 이미 금발 용사 역할을 맡을 마족들의 수배도 갖추어져 있습니다."

"흠…… 대죄인인 금발 용사를 죽였다는 것으로, 클라이로드 마법국에 은혜를 주장할 수도 있겠다, 라고 나 생각합니다……. 정말이지, 그 나라도 참, 기껏 초대해 줬는데 축하의 말 하나 보내지 않는다니 실례되기 짝이 없는 태도, 라고 나 생각합니다."

"자자, 금발 용사를 처리한 것으로 하고, 그 보수를 챙기면 되지 않겠습니까."

'……뭐, 그때에는 계획을 마련한 수수료로서 보수 절반은 받겠지만.'

암왕과 다크니스는 서로 얼굴을 마주보며 드높이 웃었다.

행사장으로 들어온 후훈은 귀빈석으로 이어지는 복도를 걷고 있었다.

그 주변을 경호를 핑계로 위병들 열 명이 둘러싸고서, 후훈과 보조를 맞추듯이 따르고 있었다.

긴 치마를 끌듯이 우아하게 걸어가는 후훈.

종자인 하피들은 다크니스의 제안에 따라 대기실에서 기다리고 있기에, 행사장으로 가는 것은 후훈 혼자였다.

"……잠깐 실례할게요."

후훈은 우아하게 인사한 뒤, 복도 도중에 있던 화장실로 들어갔다.

위병들도 역시나 여자 화장실 안까지 동행할 수는 없었기에, 전원 출입구에 자리를 딱 잡고서 대기했다.

곁눈질로 그것을 흘끗 보고 개인실로 들어간 후훈.

"……이제 괜찮아요."

그녀는 오른손 검지로 공갈 안경을 꾹 밀어 올리며 누군가에게 작은 목소리로 말을 건넸다.

그에 호응하듯이 후훈의 치마가 꾸물꾸물 움직이기 시작했다.

"……잘도 몸수색을 통과했군?"

치마 안에서 들리는 작은 목소리에, 후훈은 세면대 물을 크게 틀어서 밖으로 목소리가 새어나가지 않도록 했다.

"전 서큐버스예요. 몸수색을 하러 온 자들을 매료해서 마음대로 조작하는 것 따위는, 별것도 아닙니다."

"그래서 치마 안까지 검사를 받지는 않았나…… 어쨌든, 덕분에 살았다. 감사하지."

후훈의 치마 안에서 기어 나온 금발 용사가 인사를 건넸다.

그 뒤로 아룬키츠가 따라 나왔다. 미니스커트라서 뒤에서 보면 속옷이 훤히 보이지만 그런 것은 개의치 않는 듯이 화장실 천장부터 살폈다.

"금발 용사 경, 저 통기구를 통해 내부로 침입할 수 있을 것 같습니다."

"음, 알았다. 그럼 우리는 이만 실례하지."

후훈을 향해 인사한 뒤, 천장에 있는 통기구를 비집어 열고 안으로 사라지는 두 사람.

그런 금발 용사 일행의 뒷모습을, 후훈은 오른손 검지로 공갈 안경을 꾹 밀어 올리며 배웅했다.

"······당신과 함께 여행을 하며 마왕 독슨 님은 다시 일어설 수 있었습니다. 그 은혜의 일부를 갚은 것에 불과해요."

일찍이 친형인 마왕 고우르를 상대로 반란을 일으켜서 마왕의 자리를 억지로 빼앗은 마왕 유이가드.

그러나 힘을 지나치게 과신한 마왕 유이가드 아래에서는 마족들의 반란·이탈이 끊이지 않았고, 그것에 싫증이 난 마왕 유이가드는 마왕의 자리를 내던지고서 도망쳐 버렸다.

독슨이라 이름을 바꾸어 방랑하던 그는, 도중에 금발 용사와 만나서 함께 여행을 하게 되었다.

그 여행 와중에 금발 용사에게서 많은 것들을 배우고 마족으로서, 마왕으로서 크게 성장한 마왕 독슨은 명군이라 일컬어질 정도로 초석을 닦을 수 있었다.

마왕 독슨은 그 일에 은혜를 느끼고 있었다.

그리고 후훈 역시도 마왕 독슨과 마찬가지로 금발 용사에게 은혜를 느낀 것이었다.

세면대 물을 잠그고 후훈은 화장실을 뒤로했다.

"기다리셨죠. 자, 행사장으로 갈까요."

새침한 얼굴로 그렇게 말하더니 아무 일도 없었다는 듯 복도를 걸었다.

그 주변을 위병들이 또다시 둘러싸고, 일행은 행사장을 향하여 이동했다.

◇ ◇ ◇

혼례식이 진행되는 예배당 안은 초대 손님으로 이미 만석 상태였다.

각국의 보도원들도 다수 초대되어서, 훗날 혼례식 기사를 써내리기 위해 취재 활동을 벌이고 있었다.

술렁이던 예배당 안에 파이프오르간 소리가 울려 퍼졌다.

동시에 예배당 안에 대기하고 있던 악단이 음악을, 성가대가 찬미가를 각자 연주하기 시작했다.

예배당 안이 엄숙한 분위기로 뒤덮인 가운데.

남편이 될 다크니스가 예배당 안으로 먼저 모습을 드러냈다.

카스토리아의 예복인 빨간 바탕에 검은 라인이 들어간 의상을 입고, 같은 색의 마스크를 쓰고, 망토를 나부끼며 주례석 앞까지 이동했다.

다크니스가 주례석 앞에 멈춰 서자, 이번에는 아내가 될 쿨비즈 제1왕녀가 예배당 안에 모습을 드러냈다.

하얀색을 바탕으로 한 드레스를 입은 쿨비즈.

그녀의 아름다움에 초대객들 사이에서 감탄이 새어 나왔다.

박수와 함성이 쏟아지는 가운데, 쿨비즈는 무표정 그대로 다크니스 옆으로 나아갔다.

'······감정 억제 마법을 이용해서 지금의 쿨비즈는 그저 꼭두각시 인형, 이라고 나 생각합니다.'

다크니스는 쿨비즈의 모습에 만족스러운 미소를 지으며, 그녀의 모습을 발끝에서 정수리까지 핥듯이 응시했다.

"그럼 혼례식이라는 걸 시작하기로 할까."

"······응?"

사제의 말에 다크니스는 의아하다는 표정을 지었다.

너무나도 퉁명스러운 말투에 위화감을 느낀 다크니스는 사제의 얼굴을 찬찬히 바라봤다.

"······어, 어째서 네놈이, 거기에 있냐, 라고 나 생각합니다?!"

그리고 다크니스는 눈을 부릅뜨며 놀랐다.

"뭐냐? 혼례식이 진행 중이라고? 왜 그렇게 깜짝 놀란 표정을 짓는 거냐?"

그곳에 서 있던 것은 사제 복장을 걸친 금발 용사였다.

금발 용사는 입가에 미소를 지으며 다크니스를 바라보고 있었다.

"······뭐, 이 혼례식을 박살내러 온 나로서는, 그런 건 아무래도 상관없는 일이다만 말이다."

사나운 미소를 지으며 금발 용사는 다크니스에게 다가갔다.

다크니스는 옆에 있는 쿨비즈를 등 뒤로 숨기듯이 뒷걸음질 쳤다.

"위병! 당장 이 자를 붙잡는 것이다, 라고 나 생각합니다!"

다크니스의 말을 듣고, 행사장 여기저기 있던 위병들이 다크니스 주위로 들이닥쳤다.

그런 소동 가운데도 쿨비즈의 눈은 초점이 흐릿한 상태로 허공을 헤매고, 그녀의 얼굴에 표정은 없었다.

"……흠, 감정 억제 계열의 마법이라도 사용했나…… 뭐, 됐다. 구출만 하면 어떻게든 되겠지."

"무슨 바보 같은 소리냐, 라고 나 생각합니다! 이런 경비 가운데, 어떻게 도망칠 수 있다는 겁니까!"

득의양양한 미소를 짓는 다크니스.

위병들은 다크니스와 쿨비즈를 지키듯이 전개하며, 동시에 사제복 차림의 금발 용사를 포위했다.

"후…… 이 금발 용사에서 싸움을 걸다니, 너희는 배짱도 좋군."

그러더니 금발 용사는 허리춤의 마법 주머니에서 드릴 불도저 삽을 꺼내어 양손으로 들었다.

그런 금발 용사를 향해 위병들이 달려든다.

……하지만, 다음 순간.

"뭐어?!"

"야아?!"

"으어?!"

위병들은 발밑에 갑자기 출현한 함정에 빠져서 차례차례 모습을 감추었다.

"어, 어떻게 된 것이냐…… 저런 구멍, 조금 전까지는 없었을 텐데……."

위병들은 곤혹스러운 표정을 지으며 발밑으로 시선을 향했다.

그런 위병들 앞에서 금발 용사는 드릴 불도저 삽을 어깨에 짊어지고 있었다.

해설하겠다…….

전설급 아이템인 드릴 불도저 삽은 흙이든 암반이든 돌바닥이든, 순식간에 파고 나아갈 수가 있다.

스킬 '구멍 파기'를 소지하여 드릴 불도저 삽을 완벽하게 사용할 수 있는 금발 용사는, 자신의 발밑에 무수한 함정을 판 것이었다.

그 시간, 불과 0.1초.

"자, 이번에는 이쪽에서 간다고."

금발 용사가 다시금 드릴 불도저 삽을 들었다.

그 모습을 2층 객석에서 응시하던 암왕은 주변의 위병들을 둘러보고 지시를 날렸다.

"활과 마법이다! 원거리 공격을 가하는 것이다! 저 남자의 능력은 함정뿐이다! 원거리 공격이라면 그것을 막을 수단은 없다!"

암왕의 말을 듣고, 2층 객석에서 대기하고 있던 위병들이 활을 들고 마법을 영창하며 금발 용사를 조준했다.

"으음, 약아빠진 짓을!"

겁먹지 않고 드릴 불도저 삽을 고쳐드는 금발 용사.

그때였다.

"클라이로드 마법국의 현상수배범, 금발 용사! 우리 니트 경비 회사의 손으로 붙잡아 주겠습니다!"

갑자기 2층 객석에 자마스를 선두로 한 니트 경비 회사의 위병들이 들이닥쳤다.

"자마스 님, 적은 이 녀석들입니까!"

"그렇습니다! 1층 좌석을 향해 공격하려는 자들은 전원 금발 용사의 부하가 틀림없습니다! 한 사람도 남기지 않고 붙잡는 겁니다!"

"무, 무슨 바보 같은 소리를 하느냐! 이 자식, 금발 용사와 결탁한 죄로 유폐 당했을 텐데!"

들이닥치는 니트 경비 회사 직원들을 앞에 두고 암왕의 목소리가 거칠어졌다.

그런 암왕을 자마스는 싸늘한 눈빛으로 바라봤다.

"전국 단위 지명수배범을 잡기 위해서라면 그런 건 신경 쓰지 않습니다!"

자마스가 득의양양한 표정으로 말을 던졌다.

"그, 그런 말도 안 되는……."

그 말에 허둥대는 암왕.

이윽고 2층 객석은 니트 경비 회사의 위병들에게 완전히 점거 당했다.

"좋아, 지금이다 아룬키츠!"

2층 객석이 점거 당한 것을 확인한 금발 용사가 목소리를 높였다.

『알겠습니다!』

그 목소리에 호응하여, 예배전 뒤쪽에서 마포 전차의 모습으로 변화한 아룬키츠가 나타났다.

『자, 화려하게 가겠습니다!』

마포 전차의 포구가 불을 뿜으며 마법탄을 발사했다.

"멍청한 녀석, 어딜 노리느냐, 라고 나 생각합니다."

다크니스의 말대로 아룬키츠의 마법탄은 아무도 없는, 예배당의 벽면에 격돌했다.

꿍음과 함께 벽이 무너졌다.

"자, 너무나도 기다리고 있었어요!"

그러자 그 너머에서, 밸런타인이 마의 실을 방출하며 나타나 위병들을 칭칭 감았다.

"본인도, 갑니다."

밸런타인 뒤쪽에서 리리안주가 질주했다.

양쪽 팔꿈치 앞을 도검화한 리리안주는 위병들에게 도검을 휘둘렀다.

"크헉."

"으윽."

"으억."

위병들은 그 자리에 쓰러졌다.

"안심하십시오. 칼등으로 쳤습니다."

리리안주는 쓰러진 위병들을 흘끗 보고는 다음 위병을 향해 다시 질주했다.

'……행사장 벽을 아룬키츠가 파괴하고 밖에서 대기 중인 밸런타인과 리리안주를 안으로 끌어들이는 작전이었다만, 아무래도 잘 풀린 모양이군.'

행사장 안의 상황을 확인하며 만족스러운 표정을 짓는 금발 용사.

"좋아, 아룬키츠! 두세 발 더 쏴줘라!"

뒤쪽의 아룬키츠를 향해 금발 용사가 말을 던졌다.

하지만 뒤쪽의 아룬키츠를 확인한 금발 용사는 깜짝 놀랐다.

마포 전차에서 인간 형태로 돌아온 아룬키츠가 바닥에 쓰러져 있었다.

"하…… 하하하…… 이, 이미 마력이 떨어졌습니다……."

"마, 마력이 떨어지다니, 아직 한 발밖에 안 쏘지 않았나?!"

"조, 조금 지나치게 힘을 내버린 바람에, 마력을 잔뜩 실어 쏴버렸……습……니다……."

안면부터 바닥에 쓰러진 아룬키츠는 몸을 꿈틀꿈틀했다.

그 주변으로 위병들이 밀려들었다.

"아, 안 돼요! 가까이 오지 마아!"

아룬키츠 곁으로 달려온 츠야가 프라이팬을 휘두르며 위병들을 위협했다.

……하지만 그야말로 엉거주춤한 자세에, 명백하게 눈물을 글썽이는 츠야의 모습.

"이, 이봐…… 이 녀석은 약한 거 아냐?"

"어, 어어, 그러네…… 간단히 확보할 수 있을 것 같은데……."

그 모습에 위병들은 어딘가 안도한 표정을 지으며 츠야와 아룬키츠를 포위했다.

"아~…… 정말이지, 손이 가는군요."

그런 츠야 옆에 한 여자가 출현했다.

"사연이 있어 이름을 밝힐 수 없지만, 주인의 명령에 따라 처리하겠다."

하얀 마스크로 맨얼굴을 가린 고스로리풍 메이드복을 입은 그 여자는, 그리 말하고는 굉장한 기세로 발차기를 날렸다.

"아으?!"

"이익?!"

"으어?!"

방심하고 있던 위병들은 그 발차기를 고스란히 맞고 차례차례 쓰러졌다.

어느샌가 숫자에서 뒤처지던 금발 용사와 니트 경비 회사의 멤버들이 행사장 안을 완전히 제압한 상태였다.

"이, 이건 어떻게 된 거냐? 라고 나 생각합니다……."

곤혹스러운 표정을 지으며 주위를 둘러보는 다크니스.

그곳으로 2층 객석에서 1층으로 이동한 자마스가 달려왔다.

"목표는! 금발 용사입니다! 도중에 뭐가 있든지 멈추지 말고 돌격하는 겁니다!"

자마스가 금발 용사를 향해 오른손을 휘둘렀다.

다만 그녀가 향하는 길목, 자마스와 금발 용사의 딱 중간 지점에 다크니스가 있었다.

채찍을 휘두르며 질주하는 자마스를 선두로, 그 뒤를 일사불란하게 따라가는 니트 경비 회사 멤버들.

그런 자마스 앞에 네 마리 슬라임이 출현했다.

"부들부들…… 다크니스 님, 여긴 저희에게 맡기세요!"

"부들부들…… 전에는 뒤처졌지만, 이번엔 그렇게 두지 않을라."

"부들부들…… 네놈들의 쾌진격도 여기…….'

"방해됩니다!"

세 번째 슬라임이 말하고 있던 중에, 자마스가 채찍을 휘둘러 슬라임 사인방을 단번에 날려버렸다.

전방에서 니트 경비 회사.

후방에 금발 용사.

그리고 행사장 안에서 마구 날뛰는 밸런타인과 리리안주.

"에~잇! 우선은 금발 용사를 노려라! 녀석이 있는 장소가 가장 허술하다, 라고 나 생각합니다!"

다크니스가 절규했다.

그 목소리에 호응하듯이 다크니스 주위를 지키던 위병들이 금발 용사를 향해 일제히 들이닥쳤다.

"에잇, 쓸데없는 짓을!"

그들을 상대로 금발 용사는 드릴 불도저 삽을 휘둘러 더더욱 함정을 만들었다.

위병들은 차례차례 함정으로 추락했지만 너무나도 숫자가 많았기에, 함정은 점차 가득해졌다.

거리가 가까우니 새로운 함정을 파기 위한 공간도 점점 고갈된다.

"으윽, 이건 위험한데……."

금발 용사는 드릴 불도저 삽을 옆으로 들어 위병들이 휘두르는 검을 받아냈다.

"핫핫핫, 통쾌합니다! 자, 살려 둘 필요는 없습니다! 그대로 박살 내서 다진 고기로 만들면 된다, 라고 나 생각합니다!"

다크니스가 드높이 웃으며 금발 용사를 가리켰다.

위병들에게 밀리고 있는 금발 용사.

쾅쾅~~앙!

그곳으로 대형 짐마차가 돌진했다.

『금발 용사님! 기다리셨습니다. 아룬키츠 부활입니다!』

그 짐마차에서 아룬키츠의 목소리가 울렸다.

"오오! 아룬키츠, 기다렸다고!"

자기 옆에 정지한 짐마차를 향해 금발 용사가 함성을 터뜨렸다.

아룬키츠의 모습이 짐마차에서 인간 형태로 변화했다.

그 모습을 확인한 금발 용자의 눈이 점으로 변했다.

"아니, 너…… 그건, 어떻게 된 거냐?"

깜짝 놀란 금발 용사의 시선 앞, 아룬키츠는 꼬치구이를 양손에 들고 있었다.

"홋홋홋. 행사장 뒤쪽에 있던 뷔페에서 잔뜩 먹은 덕분에, 고갈된 마력을 보충할 수 있었거든요!"

그러더니 아룬키츠는 손에 든 꼬치구이를 먹었다.

자세히 보니 행사장 중앙에서 싸우는 밸런타인도 요리를 입에 가득 담고 있었다.

"저 먹성 탓에 좀 안쓰러워 보인단 말이지…… 여전히……."

멍한 표정으로 밸런타인을 보던 금발 용사는, 한번 헛기침을 하더니 다시 다크니스를 돌아봤다.

"그렇게 되었으니, 다시 간다고!"

"칫, 지, 지금은 쿨비즈를 데리고 일시 퇴각한다, 라고 나 생각합니……다?"

그러면서 다크니스는 쿨비즈에게 손을 뻗었다.

하지만…… 조금 전까지 쿨비즈가 서 있던 장소에는 아무도 없었다.

황급히 돌아보는 다크니스.

"너, 거기서 뭘 하고 있나, 라고 나 생각합니……."

그 시선 앞에는 쿨비즈의 손을 잡아끌며 몰래 그 자리를 벗어나려 하는 츠야의 모습이 있었다.

"하, 하와와아?! 들켜버린 건가요오?!"

펄쩍 뛰듯이 당황한 츠야가 쿨비즈의 손을 잡고서 종종걸음으로 그 자리에서 이탈하려 했다.

"이 빌어먹을 여자가! 뭘 인질을 데리고서 도망치려는 거냐! 라고 나 생각합니다!"

다크니스는 분노한 표정을 지으며 츠야를 뒤쫓았다.

"하와와아?!"

츠야 역시도 쿨비즈의 손을 잡아끌며 맹렬하게 대시했다.

도망치는 츠야.

쫓는 다크니스.

"더, 더, 더는 안 돼요오⋯⋯."

하지만 원래 체력에 자신이 없는 츠야는 순식간에 숨이 차는 바람에, 휘청휘청하며 그 자리에 주저앉고 말았다.

그 뒤로 다크니스가 따라붙었다.

"훗훗훗, 자, 포기하는 겁니다, 라고 나 생각합니다."

다크니스가 득의양양한 표정을 지으며 검을 들어올렸다.

키잉!

그 검을 옆에서 돌진한 리리안주가 도검 상태의 팔로 쳐서 떨어뜨렸다.

"리리안주! 잘했다!"

뒤따라 달려온 금발 용사가 양손으로 움켜쥔 드릴 불도저 삽을 휘둘렀다.

까아~앙!

다음 순간.

금발 용사가 풀 스윙한 드릴 불도저 삽이 다크니스의 안면에 클린 히트했다.

"아, 아가, 아가가…… 라고, 나, 나, 나…… 생각……합니다."

무릎부터 무너져 내리며 다크니스는 그대로 바닥에 쓰러졌다.

엉덩이만 내민, 꼴사나운 모습으로 쓰러진 다크니스.

금발 용사는 그의 엉덩이를 드릴 불도저 삽으로 쿡쿡 찔렀다.

하지만 다크니스는 완전히 정신을 잃었는지 전혀 반응하지 않았다.

"음, 아무래도 처리 완료인가 보군."

금발 용사는 만족스럽게 끄덕였다.

그런 금발 용사 옆, 츠야에게 팔을 붙들려 있던 쿨비즈의 눈동자에 빛이 돌아왔다.

츠야에게 이끌려 다닌 탓인지 마법이 해제된 쿨비즈는 퍼뜩 놀라며 금발 용사에게 시선을 향했다.

"아, 아저씨?!"

크게 목소리를 높이며 금발 용사에게 달려가는 쿨비즈.

"음, 이제 괜찮다."

미소를 짓는 금발 용사의 가슴에 안겨들어 쿨비즈가 울음을 터뜨렸다.

그 주위를 밸런타인, 리리안주, 아룬키츠가 둘러싸고서 위병들을 견제했다.

그런 행사장 중앙.

찰싹!

자마스가 바닥에 채찍을 휘둘렀다.

그 소리에 행사장 안의 사람들이 모두 움직임을 멈췄다.

자마스는 그런 행사장 안을 둘러봤다.

"이번 위폐 사건의 주모자 다크니스는 붙잡았습니다! 저항하는 사람은 모두 포박하겠습니다!"

그 목소리를 들은 위병들은 움직임을 멈췄다.

"이, 이봐…… 위폐 사건의 주모자라니, 정말이냐……."

"그, 그러고 보니…… 다크니스 님은, 그런 소문도……."

"암왕인가 하는 위험해 보이는 녀석이랑, 자주 대화를 나누던 모양이니까……."

자마스의 말에 위병들은 명백하게 동요했다.

그 광경을 암왕과 마호 자매는 2층 객석의 구석에서 바라보고 있었다.

"음, 아무래도 여기까지인가 보군……. 이봐, 바로 도망치자고."

"아, 알았다캥."

"뒤에 탈출용 짐마차를 준비해 뒀다캥."

은각 여우를 선두로 행사장을 뒤로하는 암왕 일행.

"……두고 보자, 반드시 내가 다시금 세계를 이끌어 줄 테니까."

행사장의 상황을 분하다는 듯이 바라보며 암왕은 통로 안쪽으로 사라졌다.

이후로 카스토리아 국내에서 암왕 일행의 모습을 본 자는 없
었다.

◇ ◇ ◇

자마스의 한마디로 카스토리아의 위병들은 완전히 전의를 상
실했다.

그 기회를 놓치지 않고 자마스는 니트 경비 회사의 위병들을 지
휘, 다크니스와 관계자들을 일망타진했다.

그런 자마스 옆에 드레스차림의 후훈이 서 있었다.

"저 다크니스 말입니다만, 마왕군에서 신병을 맡도록 하죠."

그러더니 사역마 하피들을 지휘하여, 밸런타인이 마의 실로 칭
칭 감아 놓은 다크니스를 행사장 밖으로 끌고 나갔다.

귀족 다크니스라는 인간족으로 위장하여, 위폐를 제조하거나
쿨비즈와 결혼해서 카스토리아를 손에 넣으려고 한 다크니스.

그러나 그의 정체가 마족이었기에 신병을 마왕 독슨 곁으로 보
내고자 그의 신병을 넘겨받은 후훈이었다.

"저, 저기…… 아저씨…… 다크니스는, 이걸로 사라진 건가요?"

하피들에게 끌려 나가는 다크니스를 바라보며 쿨비즈는 금발
용사에게 물었다.

그런 쿨비즈의 머리에 금발 용사는 손을 툭 얹었다.

"그래. 넌 이제 자유다."

드높이 웃으며 쿨비즈의 머리를 툭툭 쓰다듬었다.

"자, 자유⋯⋯."

"음, 그래. 이제까지 고생했구나."

금발 용사의 말에 쿨비즈는 그 자리에서 굳었다.

그녀의 뇌리에 이제까지의 일이 주마등처럼 되살아나며, 눈에서 뚝뚝 눈물이 떨어졌다.

양손으로 얼굴을 덮고 그 자리에 무너지는 쿨비즈.

금발 용사는 그런 쿨비즈에게 자신의 망토를 덮어주고는, 그녀의 등을 다정하게 쓰다듬었다.

"울고 싶을 때는 마음껏 울어도 된다⋯⋯ 눈물이 마르면, 다시 일어서면 돼."

쿨비즈는 등을 쓰다듬는 금발 용사에게 몸을 맡기고 그 자리에서 계속 울었다.

며칠 뒤⋯⋯.

클라이로드 마법국에서 카스토리아로 기사단을 보냈다.

카스토리아가 갓 위폐를 제조한다는 정보가 들어와서 진위를 확인하기 위한 파견이었다.

기사단의 조사에 따라 카스토리아 국내에 있던 갓 위폐 제조

공장이 발견되고, 제조에 관여한 자들의 조사가 철저하게 이루어졌다.

조사 결과, 갓 위폐 제조에는 다크니스와 암왕 일파가 관여했다는 사실이 판명.

공장 운영도 암왕의 수하가 맡았다는 사실을 알아냈기에 갓 위폐 제조로 처벌당하는 사람은 없었다.

그리고 마왕 독슨 곁으로 보내진 주모자 다크니스는 마왕성 지하 작업장에서 무상 노동 천 년의 판결이 내려지고 즉각 실행되었다.

암왕에게는 이번 갓 위폐 제조의 죄와 카스토리아 탈취의 죄가 추가되어 지명수배는 계속 이어졌다.

그리고 전·클라이로드 왕이라는 입장인 암왕은, 클라이로드 국내 지명수배가 아니라, 국경을 넘어서 클라이로드 마법국의 특별 지명수배자라는 취급이 되었다.

카스토리아 성 안.

쿨비즈는 자기 방 창문으로 밖을 바라보며, 가슴 앞으로 양손을 맞잡으며 가도로 계속 시선을 향하고 있었다.

"……그자를 찾습니까?"

그 옆으로 자마스가 다가왔다.

다크니스 포박 사건 이후, 아직 혼란스러운 국내 사정이 진정될 때까지라는 약속으로 쿨비즈의 호위를 맡고 있는 자마스.

그런 자마스의 말에 쿨비즈는 말없이 끄덕였다.

그 동작을 바라보며 자마스는 계속 말했다.

"……그자도 죄 많은 남자로군요. 적어도 한마디는 해주고 가면 될 것을……."

"……아뇨, 괜찮아요."

자마스의 말에 쿨비즈는 크게 고개를 가로저었다.

"언젠가 그분이 다시 이 나라를 찾아왔을 때에 '제 나라예요'라고, 가슴을 펴고 소개할 수 있는 나라로 바로 세울 겁니다……. 그분과 만나는 건 그 다음이면 돼요."

다시 한번 가도를 바라본 쿨비즈는, 창문에서 시선을 떼고 방문을 향해 걸어갔다.

그녀의 뺨은 붉게 물들고, 눈에서는 눈물이 한 줄기 흘렀다.

그럼에도 그녀는 강한 결의가 느껴지는 표정을 짓고 있었다.

아룬키츠가 변화한 짐마차는 카스토리아의 국경 근처 가도를 나아가고 있었다.

"금발 용사님, 정말로 인사 같은 거 없이 가도 될까요오?"

고개를 갸웃거리며 츠야는 금발 용사에게 말을 건넸다.

금발 용사는 팔짱을 낀 채로 답했다.

"갓 위폐를 진짜 화폐로 교환한다는 목적은 달성했고, 이 나라에 있을 이유도 이제는 없으니까."

"……그런가요오. 금발 용사님께서 괜찮으시다면, 그걸로 됐어요오."

그러더니 츠야는 금발 용사에게 다가갔다.

"……금발 용사님, 수고했어요오."

"그래, 너도 수고했다, 츠야. 그리고 밸런타인, 리리안주, 아룬키츠도 잘 해줬다."

금발 용사의 말에 미소를 지으며 끄덕이는 일동.

"그러고 보니……."

리리안주가 고개를 갸웃거렸다.

"금발 용사 경이 갓 위폐와 교환한 화폐 말인데, 저건 정말로 교환해도 되는 겁니까? 성 밖에 세워져 있던 짐마차 안에서 멋대로 꺼내어서……."

"음, 신경 쓰지 마라."

"시, 신경 쓰지 말라고 하셔도……."

"제대로 갓 위폐와 등가교환했다. 문제없겠지."

"아, 아니…… 그러니까…… 갓 위폐랑……."

"자자, 금발 용사님이 괜찮다고 하니까, 괜찮지 않을까."

리리안주는 연신 고개를 갸웃거렸다.

그녀의 등을 밸런타인이 웃으며 두드렸다.

"이 이야기는 여기까지다. 그보다도, 다음은 어디로 갈까."

짐마차 창문으로 밖을 바라보는 금발 용사.

'……잠깐만…… 뭔가 잊고 있는 것 같은데…….'

어느 술집의 주방 안.

"우하, 여기 접시도 설거지 해줘."

"아, 예, 알겠어요!"

술집 주인이 건넨 접시를 받아든 왕창 우하는 자포자기한 목소리를 높였다.

갓 위폐 사건 당시에, 술집에 남겨진 왕창 우하.

'……금발 용사님, 빨리 데리러 와주세요.'

눈물을 글썽이며 왕창 우하는 설거지를 계속했다.

"우하, 이 접시도 부탁할게."

"예에! 어, 얼마든지!"

술집 안에서는 오늘도 왕창 우하의 자포자기한 목소리가 울려퍼졌다.

모두를 태운 아룬키츠는 그저 국외를 향하여 가도를 계속 나아가는 것이었다.

◇ ◇ ◇

어느 술집.

"뭐, 뭐라고……."

이날, 술집에서 저녁식사를 마친 암왕은 돈을 지불하고자 금화가 든 천주머니를 꺼내었다……만…….

안의 동전을 확인하고는 경악한 표정을 지은 암왕은 이마에서 식은땀을 흘렸다.

"왜, 왜 그러냐캥, 암왕님?"

이변을 깨달은 금각 여우가 암왕의 귓가에서 말을 건넸다.

그 옆에서 은각 여우도 의아하다는 표정을 지었다.

그런 두 사람 앞에서 암왕은 어깨를 부들부들 떨었다.

'왜냐……. 왜 내 돈이 갓 위폐가 되어 있는 것이냐……?'

암왕의 말대로 천주머니 안의 금화는 전부 갓 위폐였다.

'카스토리아에서 가져온 돈은 전부 진짜 돈이었을 텐데……. 왜 갓 위폐가 되어 있지……? 갓 위폐 사건이 발각당한 탓에, 이 위폐를 사용하는 건 무척 위험한데…….'

부들부들 계속 떠는 암왕.

"……아, 암왕님. 그 금화는……."

"설마…… 갓 위폐냐캥?"

이변을 깨달은 금각 여우와 은각 여우도 눈을 동그랗게 뜨며, 암왕이 손에 든 동전을 바라봤다.

이 동전…….

카스토리아에서 탈출하기 위해 암왕 일당이 짐마차에 실어놓은 동전이었는데…… 그 짐마차를 발견한 금발 용사가 안의 동전을 모두 자신들이 받은 갓 위폐와 교환한 것이었다.

그런 줄은 꿈에도 모르는 암왕 일행은, 그저 계속 떨고 있는 것이었다.

◇일출국 일몽암◇

저녁식사를 마친 훌리오 일행은 일몽암의 대욕탕에 들어왔다.

이츠하치는 '여러분의 방에 각자 욕조가 있어요. 그쪽을 사용하시는 건 어떨까요?' 하고 권유했지만.

"큰 욕탕에 들어가고 싶어!"

"⋯⋯포르미나 누나가 그렇게 말한다면, 나도 큰 욕탕이 좋아."

포르미나와 고로가 그렇게 말한 것을 시작으로.

"그러네. 모처럼 왔으니까 나도 큰 쪽이 좋을지도."

"그러게. 모처럼 왔으니까 그렇게 할까."

가릴이랑 리스까지 찬동하기도 해서, 대욕탕을 이용하게 된 것이었다.

"⋯⋯후우, 가끔은 이런 목욕도 좋구나."

욕탕 안에서 다리를 뻗은 훌리오는 양팔을 뻗으며 크게 숨을 내쉬었다.

"집의 욕실도 최고지만, 가끔은 기분전환을 하는 것도 나쁘지 않네."

훌리오와 나란히 욕탕에 들어온 가릴도 기분 좋은 듯 팔다리를 뻗었다.

"⋯⋯어라?"

그때 무언가를 느낀 훌리오가 탈의실 쪽으로 시선을 향했다.

"왜 그래, 아버지?"

"아니…… 지금 누군가가 들어오려던 것 같은데……. 그 기척이 갑자기 사라졌길래……."

고개를 갸웃거리며 탈의실로 시선을 향하는 훌리오.

그때였다.

"와핫! 파팡이랑 가리가리랑 같이! 같이!"

훌리오의 시선 앞에서 탈의실 문이 호쾌하게 열리더니, 알몸의 와인이 만면의 미소와 함께 뛰어든 것이었다.

이곳은 물론 남탕이다.

"잠깐?! 와, 와인 누나?! 그건 위험하다고!"

"아하하, 와인은 전혀 안 위험해! 안 위험해!"

양손으로 제지하는 가릴.

하지만 와인은 그것을 무시하고 욕탕을 향해 다이빙했다.

"잠깐! 와인 언니!"

남탕 안에 이번에는 엘리나자의 목소리가 울려 퍼졌다.

몸에 수건만 감은 상태인 엘리나자는, 남탕으로 한 걸음 들어와서는 오른손을 뻗었다.

이마의 보옥이 무지갯빛으로 빛나고 동시에 와인의 몸도 무지갯빛으로 빛났다.

다음 순간.

욕탕에 뛰어들려던 와인의 모습이 한순간에 사라져 버렸다.

첨버~엉!

"꺄아?! 와인 언니가 떨어졌어?!"

"이, 이 녀석 와인! 탕에 뛰어들면 안 돼!"

동시에 여탕 쪽에서 거대한 물소리에 이어서, 곤혹스러워 하는 홀리오 가 여성진의 목소리가 들렸다.

남탕으로 침입하려던 와인.

그것을 탐지한 엘리나자가 마법을 써서 강제적으로 와인을 여탕으로 전이시킨 것은 명백했다.

"죄, 죄송해요 파파. 와인 언니의 폭주를 눈치채는 게 늦었어요."

엘리나자는 깊이 머리를 숙이더니 탈의실로 돌아갔다.

'와인 언니 덕분에 파파의 알몸을 볼 수 있었어……. 오늘은 정말 좋은 날이야…….'

엘리나자는 여탕으로 돌아가며 뺨을 상기시키고 만면의 미소를 지었다.

뒤틀린 파더콤으로 파파를 지나치게 좋아하는 엘리나자였다.

◇같은 시각 여탕◇

"우웅~…… 에리에리 너무해, 너무해."

머리부터 욕탕에 처박힌 탓에 머리카락까지 흠뻑 젖은 와인은, 탕 안에서 코부터 위쪽만 내밀고는 입에서 부글부글 거품을 일으켰다.

"정말이지, 와인도 참…… 안 돼요, 남탕에 들어가면."

그런 와인 옆으로 다가온 리스가 쿡쿡 웃으며 그녀의 머리를 쓰다듬었다.

"웅~…… 마망, 정말 좋아! 정말 좋아!"

머리를 쓰다듬어 주자 순식간에 기분이 풀린 와인은 미소로 리스를 끌어안았다.

"예예, 저도 정말 좋아해요."

리스는 그런 와인을 미소로 마주 안았다.

그러자 그런 와인 뒤쪽에서 리루나자가 다가왔다.

"저, 저기…… 저, 저도…… 그게……."

리루나자도 와인처럼 리스에게 응석을 부리려던 모양이지만 부끄러운 나머지 얼굴만 새빨갛게 물들일 뿐, 말을 잇지 못하고 있었다.

그러자 그런 리루나자의 모습을 알아차린 리스.

"자, 리루나자도 이리 와요."

미소를 지으며 리루나자도 끌어안았다.

"어, 아, 예…… 감사합니다."

"정말이지, 그렇게 어색하게 굴 것 없어요."

리스에게 안기며 긴장한 표정인 리루나자.

그런 리루나자에게 리스는 미소로 뺨을 댔다.

그런 그들의 모습을 발리로사가 조금 떨어진 장소에서 바라보고 있었다.

'……그, 그러네…… 나, 나도 어머니니까, 포르미나랑 고로를 저렇게…….'

결심한듯 한번 끄덕이는 발리로사.

"포, 포르미나, 고로, 나랑 같이……."

이내 미소를 지으며 두 사람 쪽으로 시선을 향했다……만.

"……나, 포르미나 누나랑 같이 있어서 기뻐."

"아하하, 고로는 응석받이구나."

아직 어린 탓에 여탕으로 들어온 고로는, 좋아하는 누나 포르미나에게 찰싹 붙어 있었고, 그런 고로를 포르미나도 미소로 끌어안았다.

'그런가, 나로서는 안 되는 건가……. 생각해 보니 집에서 목욕할 때도 응석을 부리진 않는구나, 응…….'

그렇게 친근한 두 사람의 광경을 바라보며 발리로사는 혼이 빠져나간 것 같은 표정을 지었다.

'……어머니라는 것도 힘들겠구나.'

그런 그들의 모습을 리슬레이는, 몸을 씻으며 쓴웃음을 지을 뿐이었다.

이른 아침. 가릴은 홀로 일몽암 근처 가도를 달리고 있었다.

검술을 시작한 이후…… 가릴은 아침에 일어나면 우선은 한바탕 달리는 것이 습관이 되었다.

이날도 같은 방에서 잠들어 있던 엘리나자랑 리슬레이, 포르미나랑 고로가 깨지 않도록 조심하며, 자신을 끌어안고서 잠든 와인을 어떻게든 떼어내고 달리러 나온 것이었다.

"기분 탓인지 어젯밤에는 복도 쪽이 좀 시끄러운 것 같았는데, 무슨 일이 있었나…….'

어젯밤의 일을 떠올리며 가도를 상당한 속도로 달려가는 가릴.

날이 막 밝은 시간대라 일대에는 안개가 피어올라서 시야는 넓지 않았다.

가릴은 탐색 마법을 전개하여 주위에 주의를 기울이며 계속 달렸다.

"……어라?"

갑자기 가릴은 다리를 멈췄다.

자신이 전개한 탐색 마법에 무언가가 반응한 것이었다.

가릴은 다리를 멈추더니 눈을 감고 탐색 마법을 더욱 전개하여 주위를 둘러봤다.

……그러자 가릴의 머릿속에 표시되고 있는 탐색 마법이, 앞의 모퉁이를 따라서 돌아간 곳에 무언가의 반응을 나타냈다.

출현과 소멸을 거듭하는 반응.

"……이 반응은 뭐지?"

신기한 그 반응에 가릴은 고개를 갸웃거렸다.

그리고 다음 순간, 입가에 미소를 지었다.

"……뭔가 재밌을 것 같아! 이건 확인하러 갈 수밖에 없지!"

그러더니 가릴은 그 반응을 향해 달려갔다.

성장했다고는 하지만 이런 점은 여전한 가릴이었다.

◇ ◇ ◇

가릴이 가도 모퉁이를 따라 돌아간 곳에는 다리가 있었다.

"탐색 마법의 반응은 이 다리 한가운데 즈음인 것 같은데⋯⋯."

그러면서 가릴은 다리로 걸음을 내디뎠다.

그때였다.

("거기 애송이, 이 다리를 건너고 싶다면 칼을 놓고 가라⋯⋯.")

안개 속에서 중저음의 목소리가 울렸다.

그 목소리와 동시에 가릴의 눈앞, 안개 속에서 한 여자가 모습을 드러냈다.

머리에 하얀 두건을 두르고 검은 승려복을 입은 장신에 늘씬한 여자는, 손에 거대한 언월도를 들고 등에는 큰 바구니를 짊어졌다.

그 바구니 안에는 상당한 숫자의 칼이 마구잡이로 꽂혀 있었다.

가릴은 여자의 모습을 찬찬히 바라봤다.

"⋯⋯미안하지만 나, 칼 같은 건 없는데?"

가릴의 말에 여자는 혀를 차더니,

("⋯⋯그렇다면 용건은 없다⋯⋯. 냉큼 돌아가⋯⋯. 나를 당해 내지 못하는 자가, 이 언조대교(言條大橋)를 건너게 할 수는 없어.")

그러더니 가릴에게서 등을 돌리고, 출현했을 때와 마찬가지로 안개 속으로 몸을 감추었다.

그런 여자를 바라보며 가릴은, 눈을 반짝이며 감탄을 터뜨렸다.

"호오…… 누나는 사념체 같은 거야? 안개 속으로 사라질 수 있다니 굉장하네."

그 말에 여자는 걸음을 멈추고 천천히 돌아봤다.

그 여자는 하얀 두건 틈새에서 엿보이는 눈으로 가릴을 응시했다.

("어머…… 날 보고도 두려워하기는커녕, 나를 품평이라도 한다는 거니…….")

여자는 그런 말을 중얼거리며 언월도를 들었다.

("……재밌구나. 애송이, 마음에 들었어. 잠시 나와 대결하지 않겠니?")

그러더니 여자는 등에 진 바구니 안에서 칼을 꺼내어 가릴에게 던졌다.

……하지만 그것을 받아든 가릴은, 다시 여자에게 칼을 던졌다.

"난 이런 거 필요 없어."

그러더니 자세를 낮추고, 양손을 아랑의 모습으로 변화시켰다.

그 모습에 여자는 놀란 목소리를 높였다.

("어머?! 애송이, 너, 서방에 산다는 마족이었어?!")

"난 가릴, 어머니가 아랑족이고 아버지는 인간족의 굉장한 사람이야."

가릴은 그렇게 말하고는 양팔을 아랑족의 모습으로 변화시킨 채로 씨익 미소 지었다.

그런 가릴과 대치하고 있는 여자는 답했다.

("내 이름은 벤네에. 칼 사냥꾼 벤네에가 바로 나야.")

언월도를 옆구리 쪽으로 들고 오른손을 앞으로 내밀더니 꽤 과장스러운 포즈를 취하는 벤네에.

'……벤네에 씨, 육체는 이 세상에 존재하지 않는 것 같네. 다말리나세 씨 같은 사념체라는 건가…… 그건 그렇고, 굉장한 박력네.'

자세를 잡은 벤네에를 바라보며 가릴도 스스로에게 기합을 넣었다.

"그럼, 갑니다!"

가릴이 지면을 박차고 벤네에와의 거리를 좁혔다.

("그럼 승부!")

벤네에 역시도 언월도를 휘두르며 가릴을 향해 돌진했다.

키잉!

언조대교 중간에서 가릴의 손톱과 벤네에의 언월도가 격렬하게 교차했다.

("우엇?! 꽤 하는구나, 애송이.")

"누나도 그래."

일단 서로 거리를 벌리고 시선을 주고받는 두 사람.

한 번 맞붙은 것만으로 서로가 서로의 역량을 인정한 것이리라.

두 사람의 얼굴에는 즐거운 미소가 드리워 있었다.

"대회가 중지되어서 아쉬웠는데, 이런 곳에서 이런 맹자와 붙을 수 있다니 엄청 기뻐."

("나도 그래, 여길 지나가는 실력자에게 승부를 걸기를 수백 년. 애송이 같은 실력자와 맞붙는 건 처음이야.")

뒤로 다리를 뻗으며 가릴은 더욱 몸을 낮추었다.

벤네에는 가릴을 응시하며 언월도를 후방으로 끌어당겼다.

"……하앗!"

달려가는 가릴.

("으음!")

언월도를 휘두르는 벤네에.

두 사람이 동시에 움직였다.

언월도를 횡으로 휘둘러 가릴을 노리는 벤네에.

작게 점프한 가릴은 언월도 위에 발을 얹더니, 그대로 언월도 위를 달렸다.

("으, 엇?!")

벤네에가 황급히 언월도를 되돌렸다.

하지만 한순간 먼저 언월도 위를 달린 가릴의 양팔이 벤네에의 목덜미에 닿았다.

……시간을 따지자면 1초 미만.

("이곳에서 계속해서 승부를 해왔지만…… 처음이야…….")

벤네에는 언월도를 발밑에 놓더니 그 자리에 한쪽 무릎을 꿇었다.

가릴을 향해 머리를 숙이며 말했다.

("졌습니다.")

그 말을 듣고 가릴은 아랑화한 양팔을 원래대로 되돌렸다.

"고마워. 엄청 즐거웠어."

가릴은 상쾌한 미소를 지었다.

◇일몽암 대형 연회실◇

해가 뜨고 또다시 연회실로 모인 훌리오 일행.

어젯밤, 저녁을 먹은 곳과 같은 방에서 일행은 아침을 먹고 있었다.

"후아아…… 안녕…… 안녕."

"정말이지, 와인 언니도 참, 잠 좀 깨."

아직 졸린지 눈을 뜨지 못하는 와인은, 옆에 앉아 있는 엘리나 자에게 몸을 기대고 있었다.

엘리나자는 그런 와인에게 잠 깨는 마법을 걸고 있었지만, 와인은 전혀 깰 기미가 없었다.

"아침도 맛있어요. 하지만……."

달걀프라이를 반찬으로 밥을 먹던 리루나자는 리스에게 시선을 향했다.

"저는, 역시 마마가 해주시는 밥이 더 좋아요."

뺨을 붉히며 싱긋 미소 짓는 리루나자.

"어머나, 고마워 리루나자."

그런 리루나자에게 리스는 싱긋 미소로 답했다.

일동 옆에서는 어젯밤과 마찬가지로, 이츠하치가 대기하다 모두의 밥그릇이 빌 것 같은 타이밍을 계산해서 밥통을 들고 다가왔다.

"자자, 아직 더 있어요. 여러분 실컷 드세요."

이츠하치는 미소로 밥을 퍼주며 돌아다녔다.

　리스 옆에서 식사를 하던 훌리오는 가릴에게 시선을 향했다.

"그러고 보니 아침부터 달리러 나간 모양인데, 어땠어?"

"어, 응. 아침부터 엄청 즐거웠어."

훌리오의 말에 가릴은 씨익 미소를 지었다.

　그 말을 들은 이츠하치가 가릴의 눈앞으로, 정좌를 한 자세 그대로 고속으로 다다미 위를 이동했다.

"가릴 님, 달리러 가시는 건 말리진 않겠지만, 이 앞에 있는 언조대교 쪽으로는 가시지 않도록 주의하세요."

"어? 뭔가 위험한가요?"

"위험하다고 할까요, 저곳에 조금 귀찮은 원령이 있어서……."

"원령?"

이츠하치의 말에 엘리나자가 끼어들었다.

　그 말에 이츠하치는 잠시 생각하더니 입을 열었다.

"……그렇군요, 비밀로 해둘 필요도 없겠죠. 클라이로드 마법국에 사시는 여러분께는 '사념체'라고 말씀을 드리는 편이 이해하기 편하시지 않을까 싶은데. 저 다리에는 아득히 옛날부터…… 그런 존재가 씌어 있거든요."

이츠하치는 굳이 오싹오싹한 말투로 이야기했다.

"사념체라니…… 다말리나세 아줌마 말이야?"

이츠하치의 말에 포르미나가 고개를 갸웃거렸다.

"이, 이 녀석 포르미나! 안 된다고, 아줌마라고 하면!"

그런 포르미나의 말을 황급히 정정하는 발리로사.

"푸흡…… 화, 확실히 틀린 말은 아니지만, 조금 실례일지도."

그 모습에 입가를 막으며 리슬레이가 쿡쿡 웃었다.

그런 일동의 모습을 둘러본 이츠하치는, 한 번 헛기침을 하고는 다시금 가릴에게 시선을 향했다.

"듣자하니 그 원령은, 생전에는 승려였다고도, 서방에서 흘러든 용병이었다고도 일컬어지는데……. 처음에는 악당을 응징하고 그의 칼을 빼앗던 선한 존재였나 봐요……. 하지만 어느샌가 실력자를 발견하면 도전하고, 쓰러트려서 칼을 빼앗는 것에만 집착하는 바람에…… 육체가 소멸한 뒤, 영혼이 원령, 사념체가 되었다고 해요. 지금도 저 다리에 씌어 있어서, 지금도 실력자가 다가오면 앞뒤구분 없이 승부를 도전한다죠."

("실례되는 소리는 하지 마요…… 나는 앞뒤구분 없이 승부를 도전하지는 않아요. 반드시 사전에 싸울지 아닐지를 물어본다고요.")

"……예?"

갑자기 들린 목소리에 이츠하치가 눈을 동그랗게 떴다.

"뭐, 뭔가요, 지금 목소리는……. 어젯밤에는 그런 목소리를 가진 분은 안 계셨을 텐데요."

이츠하치는 허둥지둥 주위를 둘러봤다.

그러자…… 가릴 뒤쪽에 안개가 발생하기 시작했다.

그 안개가 어느 정도 짙어진 참에, 그 안에서 하얀 두건에 검은 승려복을 입은 여자가 출현했다.

그 여자야말로 아침에 가릴과 싸우고 깨진 벤네에였다.

그 모습을 본 이츠하치는 눈을 동그랗게 뜨며 펄쩍 뛰어서 물러났다.

"다다다, 당신은…… 서서서, 설마…… 언조대교의 원령인가요?! 어어어, 어째서 이런 곳에 있나요?!"

기모노 안으로 손을 집어넣더니 부적 몇 장을 꺼내는 이츠하치.

"원령 퇴치의 부적! 받으세요!"

일어서서 벤네에를 향해 그 부적을 던졌다.

동시에 오른손으로 인을 맺고 영창했다.

이츠하치의 영창에 호응하여 부적이 빛나고 벤네에를 향해 날아갔다.

그러나…….

("잠깐만요. 지레짐작하지 말아요……. 애초에 이런 빈약한 부적으로는, 내게 상처도 낼 수 없어요.")

벤네에는 그 부적을 한 손으로 간단히 쳐서 떨어뜨려 버렸다.

"지지지, 지레짐작하지 말라니…… 무슨 뜻이죠?"

("내가 이곳에 있는 건 그저 주인이라 정한 분을 따르고 있기 때문이에요. 모습을 드러낸 것은 귀공이 나에 대해서 오해하는 발언을 했으니까 그것을 정정하기 위함이지, 귀공들에게 위해를

가할 의도 따위는 전혀 없어요.")

고개를 가로저으며 벤네에는 양팔을 좌우로 펼쳤다.

그 말에 이츠하치는 더더욱 눈이 동그래졌다.

"예? ……주인, 이라고요?"

그 말에 벤네에는 크게 끄덕였다.

("음…… 주군이에요. 조금 전, 언조대교에서 여기 가릴 경과 저는 일전을 겨루었는데…… 저 벤네에, 처음으로 완패를 했죠. 저 벤네에가 그렇게까지 압도당할 줄이야……. 오히려 더없이 통쾌했어요.")

그러더니 입가를 가리며 즐겁게 웃음소리를 높였다.

그런 벤네에를 보고 가릴은 쓴웃음 지으며 정정했다.

"벤 누나, 굳이 겸손하게 그럴 것 없어요. 승부는 한순간이었지만 결과는 종이 한 장 차이였다고 생각해요. 실제로 벤 누나는 엄청 강했으니까, 나도 엄청 즐거웠어요."

친근함을 담아서 벤네에를 누나라 부르며 씨익 미소를 짓는 가릴.

그런 가릴의 말에 벤네에도 기쁜 듯 미소를 지었다.

("아뇨아뇨, 승부에 우연은 없어요. 모두 평상시의 수련이 있고, 그것을 거듭한 귀결이 결과로 이어지는 법……. 그 패배는 필연적인 패배예요.")

조금 전, 싸우고 서로의 역량을 확인한 두 사람은 함께 웃었다.

그 온화한 분위기에 훌리오를 비롯한 일동도 무심코 미소를 지었다.

"나, 난폭한 짓을 하러 온 것이 아니라면……."

칼에 손을 대고 있던 무라사메도 함께 웃는 두 사람의 모습을 확인하고는, 손에서 칼을 놓았다.

그리고 무의식중에 얼굴을 마주보는 이츠하치와 무라사메.

"……아니 잠깐만 기다려요."

"가릴 군…… 귀공이, 벤네에게 이겼다는 겁니까?!"

눈을 동그랗게 뜨며 가릴과 벤네에에게 바싹 다가가는 두 사람.

그런 두 사람 앞에서 가릴은 씨익 미소를 지었다.

"오늘은 내가 우연히 이겼지만, 승패보다도 즐거운 대결을 했다는 게 기뻤거든."

("아뇨아뇨, 내 완패였어요. 역시나 내가 주군이라 인정하신 분이에요.")

그런 대화를 나누며 가릴과 벤네에는 또다시 함께 웃었다.

그런 두 사람을 바라보며 이츠하치는 여전히 놀란 표정을 짓고 있었다.

'어, 언조대교의…… 칼 사냥꾼 벤네에……. 일출국의 검투 대회에서 우승한 실력자가 이제까지 백 명 이상 도전했는데도 누구 하나 승리는커녕 제대로 손도 못 썼다고 일컬어지는 괴물인데요……. 그런 원령을 상대로 혼자서 완승했다는 건가요…….'

그저 놀라며 이츠하치는 가릴과 벤네에를 바라봤다.

그 옆에서 무라사메도 같은 생각을 하는지, 입을 떡 벌린 채로 두 사람에게 시선을 향하고 있었다.

그런 두 사람 앞에서 가릴과 벤네에는 즐겁게 함께 웃고 있었다.

◇ ◇ ◇

"무척 신세를 졌습니다."

일몽암 출구에서 훌리오가 머리를 숙였다.

"""신세 졌습니다."""

훌리오에 이어서 일가 사람들도 인사를 하며 머리를 숙였다.

"또 오시길 기다리겠습니다."

그 인사에, 배웅하러 나온 일몽암 종업원들도 깊이 머리를 마주 숙였다.

종업원들의 배웅을 받으며 일몽암을 뒤로하는 훌리오 일행.

가릴의 등 뒤에는 벤네에가 있었다.

벤네에는 당연하다는 듯 가릴을 뒤따랐다.

"……그러고 보니 벤네에 씨는 가릴을 따라오는 건가요?"

("예. 원래 난 주군에 걸맞은 분을 찾아서, 칼로 승부를 걸어왔던 거예요. 이번에 가릴 경에게 완패하며 이 분이야말로 내 주군에 걸맞다고 인정하였기에, 사역마로서 따르기로 했어요.")

훌리오의 말에 깊이 머리를 숙이는 벤네에.

"그렇군요……. 승부에 완패해서 가릴을 주인이라 인정했다면, 그건 어쩔 수 없겠죠."

벤네에의 말에 음음, 끄덕이는 리스.

힘을 숭상하는 마족인 리스.

그런 만큼, 벤네에게 제대로 공감한 것이었다.

("일단 평소에는 안개 안에서 대기하여 여러분께 방해가 되진 않을 터이니, 그것은 이해해 주시기를…….")

그러더니 벤네에는 자신 주변에 안개를 발생시켰다.

그녀의 모습이 순식간에 안개로 뒤덮이고, 그 안개가 사라지자 벤네에의 모습도 사라졌다.

'그런가, 또 사는 사람이 늘어났나……. 하지만 뭐, 방을 준비할 필요는 없는 모양이니까. 뭐, 됐나…….'

그 광경을 바라보며 훌리오는 무심코 쓴웃음 지었다.

그는 머릿속에서 전날 블로섬 농원으로 이주한 우라의 마을 사람들의 모습을 떠올리고 있었다.

가도로 나와서 강가의 길을 나아가는 일행.

"사실 오늘은 이제부터 검투 대회에 참가하는 가릴을 응원하러 갈 예정이었는데…… 신수 소동 탓에 중지되어 버려서 시간이 완전히 비어 버렸네."

주변의 모습을 둘러보며 엘리나자가 작게 한숨을 내쉬었다.

"그, 그게 말인데…….."

당황한 분위기로 일동 앞으로 이동하는 무라사메.

이번에 검투 대회에 가릴을 참가시키자고 제안했던 무라사메인 만큼, 대회가 중지된 것이 무척 마음에 걸린 것이었다.

"어젯밤 이츠하치 경과도 이야기를 했는데, 여러분만 괜찮으시다면 관광을 겸해서 상점가를 둘러보는 건 어떠실까요."

"상점가라고요?"

무라사메의 말에 훌리오는 무심코 표정이 밝아졌다.

"그렇군요, 일출국의 상점에서 어떤 물품을 판매하는지 무척 흥미가 있으니까 모쪼록 부탁하고 싶네요. 너희는 어때?"

뒤를 돌아보는 훌리오.

"물론 서방님의 결정에 이의를 제기할 사람은 없어요. 게다가 저도 일출국의 기모노에 사용되는 천을 구입할 수 있다면 좋겠다고 생각하니까요."

리스가 싱긋 미소 지으며 끄덕였다.

그러자 무라사메 곁으로 와인이 달려왔다.

"맛있는 것도, 있어? 있어?"

"아, 예, 물론 일출국의 명물 과자를 판매하는 가게도 많이 있으니까요."

"와~! 갈래! 갈래!"

무라사메의 말에 기쁜 듯 펄쩍 뛰는 와인.

'아니, 저기…… 와인 경은 조금 전에 아침으로 덮밥을 스무 그릇 먹은 참일 텐데……. 더 먹을 수 있는 겁니까…….'

와인의 모습에 무라사메는 놀란 표정을 지었다.

"모두에게 줄 선물도 사고 싶으니까 마침 괜찮을지도."

리슬레이도 미소로 끄덕였다.

"나는 무기도 보고 싶군. 동쪽 나라의 도검에는 조금 흥미가 있으니."

무라사메가 허리춤에 찬 칼을 바라보며 발리로사도 끄덕였다.

시끌벅적 대화를 나누는 훌리오 일가.

그 모습을 바라보며 무라사메는 안도한 표정을 지었다.

'……다행입니다, 아무래도 기뻐하시는 모양이라.'

"그럼 이대로 상점가로 안내하겠습니다."

◇같은 시각 일몽암 뒤◇

어젯밤, 훌리오 일행이 머무른 일몽암 뒤.

팔짱을 낀 이츠하치가 분노한 표정을 짓고 있었다.

그런 이츠하치 앞에는 수십 명의 남녀가 무릎을 꿇고서 머리를 숙이고 있었다.

그자들은 어젯밤, 훌리오에게 권유를 하려던 귀족의 사자들이었다.

"……귀공들에게는 실망했어요. 훌리오 님과 접촉하지 않는다. 그게 일출국 외교부의 결정이라고 전달했을 텐데…… 그런데도!"

이츠하치는 손에 든 죽도로 지면을 힘껏 때렸다.

그 소리에 무릎을 꿇은 일동은 일제히 몸을 움츠렸다.

그런 일동을 둘러보며 이츠하치의 표정이 더더욱 험악해졌다.

"훌리오 님께, 목욕 중에 접촉을 시도했던 무례한 사람이 스물한 명! 잠자리에 숨어들려던 사람이 서른여덟 명……! 대체 무슨 생각인가요!"

또다시 죽도로 지면을 우려치는 이츠하치.

"어쨌든 여러분은 훌리오 님께서 돌아가실 때까지, 여기서 반성하세요! 알겠나요!"

"""'잘못했습니다!'"""

이츠하치의 말에 일동은 일제히 사죄의 말을 입에 담았다.

어젯밤 대욕탕으로 와인이 들어오기 전에 훌리오가 느낀 위화감이나 자고 있을 때에 가릴이 알아차린 복도의 소란은, 전부 훌리오와 접촉하려던 귀족의 사자들을 이츠하치가 붙잡을 때의 기척이었던 것이다.

'……우리 주군을 위해 어떻게든 훌리오 경을 끌어들이고 싶었습니다만.'

'……역시 닌자 스킬을 가진 이츠하치 경을 제칠 수는 없었나.'

'……지금부터라도 무언가 방법은 없을까…….'

무릎을 꿇고 머리를 숙이며 그런 생각을 하는 일동.

이츠하치는 그런 일동을 둘러보며 죽도를 꽉 움켜쥐었다.

◇관문 근처에 있는 상점가◇

무라사메의 안내로 관문 근처에 있는 상점가로 이동한 훌리오 일행.

"이곳은 일출국 안에서도 유수의 점포수를 자랑하는 상점가입니다. 각 가게에서만 판매하는 상품도 다수 있으니, 돌아보는 것만으로도 분명히 즐거우실 겁니다. 몇몇 식품은 시식도 가능하니까 맛을 확인하는 것도……."

"시식?!"

무라사메의 말에 민감하게 반응한 와인이 만면의 미소를 지었다.

와인은 튀어나가듯이 상점가 안으로 달려갔다.

"자, 잠깐만 와인 언니! 시식이라고 해서 전부 먹어 버리면 안 되니까!"

그런 와인을 엘리나자가 황급히 뒤쫓았다.

"포르미나도 갈래! 시식!"

그들을 포르미나도 쫓아갔다.

"……포르미나 누나가 간다면, 나도…….."

그리고 고로가 그녀를 뒤따랐다.

고로가 따라오는 것을 알아차린 포르미나는 동생의 손을 단단히 붙잡는다.

"알겠니? 미아가 될지도 모르니까, 떨어지면 안 돼. 알겠지?"

미소로 고로를 타일렀다.

"……응, 알았어."

포르미나의 말에 고로는 미소로 끄덕였다.

"포르미나도 참, 동생을 잘 돌보다니 장하구나. 고로도 누나 말을 잘 듣고, 장하네."

그런 두 사람에게 다가간 가릴은, 두 사람의 머리를 슥슥 쓰다듬었다.

"에헤헤, 기뻐. 가릴 오빠한테 칭찬받았어."

"……응, 나도 기뻐."

포르미나와 고로는 머리를 쓰다듬는 가릴의 손길에 기쁜 듯 미소를 지었다.

그런 가릴을 옆에서 바라보는 리슬레이.

"가리도 완전히 오빠구나."

"그런가? 이건 그냥 평범한 일을 하는 것뿐인데."

리슬레이의 말에 가릴은 수줍은 듯 미소를 지었다.

그런 가릴 곁으로 리루나자가 달려왔다.

"가릴 오빠, 저도 같이 갈래요."

"그래, 그럼 같이 갈까."

가릴이 리루나자에게 손을 내밀자 그녀는 미소로 그 손을 붙잡았다.

가릴을 중심으로 리루나자, 포르미나, 고로, 그리고 리슬레이가 한데 뭉쳐서 걸어갔다.

그런 아이들의 모습을 바라보며 홀리오는 미소를 짓고 있었다.

'……가릴도 어느샌가 성장했구나. 뭐, 그도 그런가. 에리 씨와 친해졌으니까.'

그런 생각을 하는 홀리오 옆으로 리스가 살며시 다가왔다.

"가릴도 어느샌가 의젓해졌네요."

아내 리스가 자신과 같은 생각을 했다는 사실에 무심코 미소를 짓는 홀리오.

"그러네…… 정말로 의젓한 오빠야."

홀리오의 말에 리스도 미소로 끄덕였다.

이윽고 홀리오 가 일동은 상점가 안으로 들어섰다.

◇ ◇ ◇

어느 가게 앞에서 엘리나자가 팔짱을 끼고 있었다.

"저기…… 엘리나자 언니, 무슨 일 있나요?"

"리루나자, 이것 좀 봐줄래?"

엘리나자는 가게 앞에 진열된 과자를 가리켰다.

그곳에는 병아리 모양의 만주가 놓여 있었다.

그 만주 옆에는 '병아리 만주'라고 적힌 팻말이 놓여 있었다.

"으음…… 이 병아리 만주가 어쨌나요?"

"……문제는, 그 옆이야."

엘리나자의 말에 리루나자는 병아리 만주 옆으로 시선을 향
했다.

그곳에는 병아리 만주와 꼭 닮은 만주가 놓여 있었다.

그것은 어떻게 봐도 옆에 있는 병아리 만주와 같은 모양이었다.

"여기 있는 것도 병아리 만주죠?"

의아하다는 표정을 지으며 고개를 갸웃거리는 리루나자.

그 말에 엘리나자는 한숨을 흘렸다.

"그쪽은 있지, 병아리 만주가 아니야……."

"예?"

엘리나자의 말에 리루나자는 눈을 동그랗게 떴다.

다시금 만주로 시선을 향하자, 이쪽 만주 밑에는 '아기 뇌수조
만주'라고 적혀 있었다.

"어? ……모, 모양은 똑같은데…… 이름이 다른 건가요?"

"……게다가 있지, 그것만이 아니야."

그러면서 엘리나자는 또 옆을 가리켰다.

그곳에는 병아리 만주와, 아기 뇌수조 만주와 똑같은 모양의 만주가 죽 진열되어 있었다.

"으음, 이것도 병아리 만주랑 똑같은데요……."

그 만주 밑으로 시선을 향하는 리루나자.

그곳에는 '지옥조 아기 만주'라고 적혀 있었다.

그리고 그 옆에는, '본가 병아리 만주' '삐약삐약 만주' '새끼 화산 괴조 만주'라고…… 전부 모양은 똑같은데도 다른 이름의 만주가 죽 진열되어 있는 것이었다.

"상자 포장도 미묘하게 다르네요……."

"……시식해 봤는데, 맛은 전부 똑같아……."

"예? 그, 그런가요?"

엘리나자와 리루나자는 병아리 모양의 만주를 둘러보며 곤혹스러운 표정을 지었다.

그런 두 사람의 모습을 떨어진 장소에서 바라보던 무라사메.

'……두 분. 그, 그건 어른의 사정이라는 녀석이니까…… 부디 깊이 파고들지는 않으셨으면 합니다…….'

마음속으로 그런 생각을 하며 두 사람이 그 자리에서 이동하기를 바랐다.

그런 두 사람에게서 조금 떨어진 가게 안에 리슬레이의 모습이 있었다.

"······이거, 뭐지?"

가게 벽에 걸려 있는 키홀더를 바라보며 고개를 갸웃거리는 리슬레이.

그곳으로 점원 여성이 다가왔다.

"그건 말이죠, 이곳 일출국의 각지를 통치하는 귀족의 가문 문양 키홀더에요."

"가문 문양?"

"그래요. 손님은 서방에서 오신 모양인데, 국기 같은 거라고 하면 이해하기 쉬울까요."

"그렇구나····· 그럼 이곳 일출국에는 이렇게나 많은 귀족이 있다는 거구나."

리슬레이는 키홀더를 찬찬히 바라봤다.

'······그러고 보니 렙터는 키홀더를 모았지. 이걸 사가면 기뻐하려나······.'

그런 생각을 하며 리슬레이는 키홀더의 문양을 살펴봤다.

"그래, 이 꽃 모양 문양이 좋겠어."

이윽고 마음에 든 키홀더를 들고는 계산대로 향했다.

"이거 주세요."

"예, 감사합니다······. 아, 손님. 이거, 같은 게 두 개 있는데 괜찮으실까요?"

"아, 예. 두 개 사는 거 맞아요. 빨리 포장해 주세요!"

리슬레이는 허둥지둥하며 점원에게 말을 건넸다.

'……가, 같은 키홀더를 다는 건…… 역시 부끄러우려나…….'

돈을 지불하며 그런 생각을 했다.

"으~음……."

선물 가게 앞에서 가릴은 팔짱을 끼고 있었다.

"어머, 왜 그러니 가릴?"

그곳으로 훌리오와 함께 걷고 있던 리스가 지나갔다.

"아, 어머니……."

쓴웃음 짓는 가릴의 손에는 종이 한 장이 들려 있었다.

그 종이에는 사람의 이름이 죽 적혀 있었다.

"가릴, 그 종이에 적혀 있는 이름은 뭐니?"

"이거 있지, 검투부에서 연습할 때에 응원해 주거나 선물을 주거나, 그런 사람들인데……. 뭔가 선물이라도 사다 주자고 생각했는데…… 의외로 비싸구나, 싶어서."

쓴웃음 짓는 가릴.

그런 가릴 곁으로 다가간 리스는,

"그렇구나…… 선물을 사다주는 것도 좋겠지만, 손수 만드는 것도 괜찮지 않을까?"

"손수 만들어?"

"그래. 이곳 일출국에서 재료를 구입하고, 그걸 써서 집에서 과자를 만들어 그걸 모두에게 나눠 주면 어떨까? 그러면 상당히 절약할 수 있을 거라 생각하는데."

"과연…… 그런 방법이 있었나."

가릴은 리스의 말에 납득한 듯 끄덕이고는 미소를 지으며 머리를 숙였다.

"고마워, 어머니. 애들 쇼핑이 끝나면 재료를 찾아볼게."

그 근처에는 미소로 상품을 둘러보는 포르미나와 고로의 모습이 있었다.

즐겁게 상품을 둘러보는 두 사람을, 가릴은 자기 쇼핑을 하며 조금 떨어진 장소에서 지켜보고 있던 것이다.

'……나도 탐색 마법을 전개해서 확인하고 있지만, 가릴이랑 엘리나자가 다른 사람들을 챙겨 주니까 안심하고 둘러볼 수 있겠구나.'

그들의 뒷모습을 바라보며 미소를 짓는 홀리오.

그런 홀리오의 팔을 리스가 붙잡았다.

"서방님! 저길 보고 싶어요!"

앞쪽의 가게를 가리킨 리스가 얼른 달려갔다.

그 가게에는 빼곡하게 옷감이 진열되어 있었다.

형형색색의 옷감을 앞에 두고 리스는 눈을 반짝였다.

"인도르의 소재도 훌륭하지만, 일출국의 옷감도 멋지네요. 이걸 써서 옷을 만드는 게 벌써부터 정말 기대돼요."

옷감 가게에 도착한 리스는 얼른 그것들을 살피기 시작했다.

그런 리스의 모습을 홀리오는 미소로 바라봤다.

'리스는, 옷 소재에는 정말 집중하는구나. 아이들 옷을 손수 만들기 시작했을 무렵부터 빠지더니, 이제는 홀리스 잡화점에서 판

매하는 의류 디자인까지 손을 대고 있으니까······.'

훌리오의 말대로······.

리스는 아이들의 옷을 손수 만든 것을 계기로 의복의 디자인, 제작에 빠져 버려서, 이제는 훌리스 잡화점에서 판매하는 의류 디자인도 혼자 떠맡고 있는 것이었다.

"아~ 이것도 멋져······. 이 옷감이랑 저 소재를 조합하면 재미있을지도······."

리스는 점원을 앞에 두고 여러 옷감을 비교하며 계속 음미했다.

'······다만 리스는 굉장히 따져 보는 성격이니까······ 고르는 데 시간이 걸리겠는데.'

그런 리스의 모습을 훌리오는 쓴웃음 지으며 바라봤다.

'······하지만 리스의 멋진 모습을 볼 수 있었으니 좋았단 걸로 할까.'

그런 생각을 하며 자신도 옷감을 둘러보기 시작했다.

'그럼 내 차례는 마지막에 계산할 때려나.'

옷감을 둘러보며 훌리오는 그런 생각을 했다.

원래 있던 세계에서 상인으로 일했기에 가격 교섭도 익숙한 훌리오였다.

옷감을 둘러보며 조용히 기합을 넣는 훌리오.

'……이 사람…… 상당한 수준이로군…….'

그런 훌리오의 뒷모습을 옷감 가게 주인은 곁눈으로 바라보며 무심코 침을 삼키고 말았다.

◇ ◇ ◇

상점가에서 쇼핑을 마친 훌리오 일행은, 상점가에서 점심식사까지 마치고 관문으로 이동했다.

"저 옷감 가게, 무척 훌륭했죠. 게다가 엄청 싸게 받았고요."

리스는 기분 좋은 듯 콧노래까지 부르고 있었다.

'리스가 기뻐해 주니까 다행이지만……. 가격 교섭에 너무 분발해 버렸나 저 가게 주인 아저씨, 마지막에는 눈물을 글썽이던 것 같은데…….'

리스의 미소를 바라보며 옷감 가게에서 있었던 일을 떠올리고 훌리오는 무심코 쓴웃음 지었다.

"와하, 맛있었어! 맛있었어!"

만족스럽게 배를 퉁퉁 두드리며 기분 좋아 보이는 와인.

그런 와인의 모습에 엘리나자와 리루나자는 무심코 쓴웃음 지었다.

"와인 언니도 참, 그만큼 시식을 잔뜩 먹고, 점심도 왕코소바* 라는 걸 백 그릇도 넘게 먹다니……."

---

* 작은 접시에, 한 젓가락 분량으로 나오는 방식의 소바

"그 다음에, 또 시식을 잔뜩 먹고 선물도 잔뜩 사고…… 굉장한 식욕이에요."

"아하하, 아직 더 먹을 수 있어! 먹을 수 있어!"

그렇게 말하기가 무섭게, 조금 전에 막 구입한 만주를 뜯더니 그것을 입으로 던져 넣었다.

"저기…… 벌써 먹나요?"

"응! 맛있어! 리루리루도 먹을래? 먹을래?"

"저, 저기…… 저는 이미 배가 불러서……."

미소로 건넨 만주를 앞에 두고 리루나자는 쓴웃음 지으며 고개를 가로저었다.

그렇게 다양한 대화를 나누며 훌리오 일행은 이츠하치의 안내에 따라 블랙헤볼 곁으로 이동했다.

블랙헤볼에게는 먹이를 주는 것은 물론이고 몸까지 씻겨 줬는지, 왔을 때보다도 비늘이 눈에 띄게 더 빛났다.

"이것저것 신경 써주셔서, 정말로 감사합니다."

그러면서 머리를 숙이는 훌리오.

그 뒤에서는 블랙헤볼도 훌리오와 마찬가지로 머리를 숙이고 있었다.

"아뇨아뇨, 마수를 타고 오시는 분들께는 해드리는 일이니까, 마음 쓰실 필요 없어요."

이츠하치는 미소를 지으며 고개를 가로저었다.

그 뒤에서는 블랙헤볼을 돌보았는지, 검은색 옷차림의 작업원들이 정렬하여 훌리오 일행을 향해 인사했다.

그런 일동의 배웅을 받으며 훌리오는 오른손을 뻗었다.

영창하자 그의 손앞으로 마법진이 전개되고, 그 앞으로 왔을 때에 사용한 짐마차가 출현했다.

그 짐마차를 탑승하는 훌리오 일행.

훌리오는 모두가 탑승한 것을 확인하고는 배웅을 위해 서 있는 이츠하치에게 시선을 향했다.

"여러모로 신세를 졌어요. 그럼 정기 마도선이 준비되면 또 실례할게요."

"예. 기다릴게요."

훌리오의 말에 이츠하치는 미소로 끄덕였다.

인사를 마치고 훌리오가 짐마차에 탑승한 것을 확인한 뒤, 블랙헤볼은 하늘로 날아올랐다.

짐마차를 발로 붙잡고 크게 날개를 퍼덕이더니 단숨에 상공으로 날아올랐다.

굉장한 속도로 상승하는 블랙헤볼.

그 모습은 순식간에 구름 사이로 사라졌다.

◇반나절 뒤 호우타우 마법 학교 앞◇

왔을 때와 마찬가지로, 반나절도 안 걸려서 블랙헤볼은 호우타우 마법 학교 앞에 도착했다.

"즐거웠지, 일출국."

가릴은 뒤통수로 팔을 두르며 즐겁게 미소를 지었다.

"그렇게 말해 주니 저도 기쁩니다. 다만 이번에는 정말로 이래 저래 면목이 없어서……."

그런 가릴에게 무라사메는, 사죄의 말을 입에 담으며 다시금 머리를 숙였다.

자신이 권유한 검투 대회가 중지된 것이 아직도 신경 쓰이는 모양이었다.

하지만 가릴은 그런 무라사메의 말을 미소로 막았다.

"그건 불가항력이었잖아요. 무라사메 선생님의 책임이 아니니 걱정하지 마세요. 그보다도 또 대회가 있다면 이야기해 주세요."

('주군이라면 그런 대회에 참가할 가치는 없어요. 그 대회의 상위 입상자 중에서 내 상대가 된 사람은 하나도 없었으니까.')

"호오, 그렇구나……."

그 말에 가릴은 대답을 했지만…….

"……어라? 지금 누구야?"

익숙하지 않은 목소리를 들은 가릴은 무심코 움직임을 멈추고 주위를 둘러봤다.

그러나 가릴의 뒤에서 안개가 발생하고 그 안에서 벤네에가 모습을 드러냈다.

그녀의 모습을 확인한 가릴은 깜짝 놀란 표정을 짓고 그만 소리를 지르고 말았다.

"벤 누나?! 어? 어라? 정말로 따라와 버렸어요?!"

그런 가릴에게 벤네에는, 태연하게 답했다.

('말씀드리지 않았나요, 난 귀공을 평생 섬길 주군으로 결정했

다고. 그러니 영원토록 잘 부탁드립니다.")

가릴을 향해 한쪽 무릎을 꿇고 벤네에는 공손히 인사했다.

여성이면서도 가릴보다도 키가 큰 벤네에.

그런 벤네에의 인사를 받는 가릴의 모습은 필연적으로 눈에 띄고 말았다.

그런 가릴과 벤네에의 모습을, 조금 떨어진 건물 뒤에서 바라보던 사리나가 있었다.

"가릴 님께서 돌아오셨다링!"

자기 집 창문에서 블랙헤볼이 날아오는 것을 발견한 사리나는, 환호성을 터뜨리며 달려왔지만……. 그곳에서 벤네에게 인사를 받는 가릴의 모습과 맞닥뜨렸다.

'……저 여자는 누구냐링…….'

눈을 동그랗게 뜨며 표정이 굳어지는 사리나였다.

◇호우타우 훌리오 가◇

블랙헤볼을 호우타우 마법 학교 마수 사육장으로 데려간 훌리오 일행은, 훌리오의 전이 마법을 통해 집으로 돌아왔다.

가릴은 리스랑 엘리나자와 함께 바로 주방으로 이동했다.

모두에게 나누어 줄 간식을 만들려는 것이었다.

가릴은 일출국에서 구입한 재료를 주방에 늘어놓고 기합을 넣으며 재료를 손에 들었다.

"좋아, 그럼 해볼까."

"그래그래…… 그렇게 그 박력분이라는 것에 물을 섞고 반죽하는 거야."

리스는 가릴이 사온 재료에 붙어 있던, '맛있는 경단 만드는 법'이라고 적힌 레시피 종이를 바라보며 지시를 내렸다.

훌리오와 막 결혼했을 무렵…….

먹을 수만 있으면 된다고, 생고기나 굽기만 하는 요리밖에 못했던 리스.

그러나 훌리오나 발리로사 일행이 만든 요리를 보고 먹는 사이에, '인간족의 요리는 이렇게나 깊이가 있고 맛있는 건가요'라는 인식이 생겼다. 충격을 받은 후 요리 학교에 다니는 등 요리스킬을 높여서, 이제는 레시피를 보는 것만으로도 요리를 만드는 것만이 아니라 지시하는 일까지 가능해진 것이었다.

"이런 느낌일까?"

가릴은 커다란 그릇 안에 들어 있는 가루와 물을 힘을 써서 반죽했다.

그들이 작업하고 있으니 리슬레이와 리루나자가 상황을 보러 찾아왔다.

"상태는 어때? 도와줄 건 있어?"

"고마워, 리슬레이. 그럼 여기 팥소라는 걸, 이 정도로 나눠서 둥글게 뭉쳐 줄래?"

가릴은 뒤쪽의 선반 위에 놓여 있는 팥소 덩어리를 가리키며 오른손으로 대략적인 크기를 정했다.

흠흠, 하고 할 일을 확인한 리슬레이.

"오케이~, 그럼 이쪽은 나랑 리루가 팍팍 해버릴까."

"예, 저도 열심히 할게요!"

리슬레이의 말에 기합이 들어간 표정으로 끄덕이는 리루나자.

그 주위에는 소형 마수들이 달라붙어 있었다.

집에서 자리를 지키던, 리루나자의 친구 마수들이었다.

한동안 리루나자와 떨어져 있었기 때문일까, 마수들은 평소 이상으로 리루나자에게 달라붙었다.

그런 마수들을 리루나자도 미소로 바라봤다.

일동은 시끌벅적 대화를 나누며 작업을 진행했다.

◇같은 시각 훌리오 가 거실◇

"훌리오 경, 이번에는 우리 가족이 신세를 졌군."

고자르는 훌리오에게 선물로 받은 경단을 먹으며 머리를 숙였다.

"일 문제만 없었다면 우리도 가고 싶었다냐."

그 옆에서 함께 경단을 먹고 있는 우리미나스도 머리를 숙였다.

거실에는 막 귀가한 훌리오를 중심으로 고자르와 우리미나스를 비롯한 훌리오 가의 어른들이 모여서는 일출국 이야기를 나누고 있었다.

　그런 일동 앞에서 훌리오는 수정을 꺼냈다.

　"……이게 그때에 붙잡은 야마타노도라고라는 신수예요."

　평소의 시원스러운 미소를 지으며 설명하는 훌리오.

　그 말에 함께 있던 우라가 눈을 동그랗게 떴다.

　"시, 신수 야마타노도라고라고?! 그, 그건 저건가?! 일출국의 호국산에 봉인되어 있다는 그 신수 말인가?!"

　"아, 예. 우라 씨는 알고 계신가요?"

　"알고 말고……. 나는 일출국 출신인데, 신수 야마타노도라고 라면 우리 선조분들도 전혀 손도 못 썼다는 이야기가 있는, 전설 의 마수다만……. 설마 이렇게 이 눈으로 볼 수 있는 날이 올 줄 이야……."

　우라는 깜짝 놀라면서도 수정을 빤히 바라봤다.

　그 시선 앞, 수정 안에는 일곱 개의 목을 가진 신수 야마타노도 라고가 일렁이며 존재하고 있었다.

　"흠, 신수 야마타노도라고인가……. 이런 형태의 마수를 보는 건, 이 나이가 되어 처음이군. 세계라는 건 아직 넓구먼."

　칼시므는 음음, 고개를 끄덕이며 차룬이 타준 차를 호로록 들 이켰다.

　"정말로…… 진귀한 검다."

　그 옆에서 차룬도 신기한 듯 수정으로 시선을 향했다.

　그녀의 머리 위로 히야가 부유하며 다가왔다.

"이 마수…… 재앙 마수의 아종이로군요……. 키메라화된 모습을 보면, 아무래도 복수의 재앙 마수가 무언가의 영향으로 융합하고 그 결과 태어난 희소종으로 여겨집니다."

"호오, 그렇구나……. 이 녀석은 그렇게나 진귀한 마수구나."

히야의 설명에 납득한 듯 끄덕이는 훌리오.

그런 훌리오를 히야는 미간에 주름을 지으며 바라봤다.

'가벼운 말투로 감탄하시지만…… 복수의 재앙 마수가 융합한 키메라체라는 것은, 통상적인 재앙 마수보다 몇 배나 강력한 힘을 가졌다는 의미. 봉인되어 있는 수정 너머로도 그 힘이 전해집니다만…… 그런 마수를 아무렇지도 않게 봉인해 버리다니…….'

히야는 바닥에 내려서더니 무의식중에 그 자리에 한쪽 무릎을 꿇었다.

'역시 지고하신 주인님……. 저 히야, 다시금 감탄했습니다.'

경외의 마음이 더더욱 강해진 히야.

"이 신수 야마타노도라고 말이지, 비늘 같은 걸 조금 시험해 봤는데……."

그런 히야 앞에서 훌리오는 평소처럼 시원스러운 미소를 지으며 대화를 계속했다.

클라이로드 세계를 멸망시킬 수 있는 신수 야마타노도라고.

그런 마수가 봉인된 수정을 앞에 두고 훌리오 가 멤버들은 시끌벅적 대화를 나누는 것이었다.

◇몇 각 후 훌리오 가 주방◇

"후우…… 이 정도인가."

완성된 만주를 조금씩 나누어 담은 봉투를 앞에 두고 만족스러운 표정을 짓는 가릴.

"그건 그렇고 가리는 성실하구나…… 쫓아다니는 여자애들한테도 이거, 나눠 줄 거지?"

리슬레이의 말에 가릴은 쓴웃음 지으며 봉투를 바라봤다.

"쫓아다닌다고 할까, 다들 항상 연습을 보러 와주고 선물도 주니까, 가끔은 답례를 해두지 않으면 어쩐지 미안한 기분이라."

그러자 가릴 뒤쪽에 안개가 발생하고 그 안에서 벤네에가 모습을 드러냈다.

("역시 주군이세요. 그 배려, 역시 대단하세요.")

감탄하는 벤네에……였지만, 눈길은 봉투 옆에 놓여 있는 접시 위의 경단 산더미로 향하고 있었다.

그 시선을 깨달은 가릴.

"혹시 벤네에 누나도 경단을 먹고 싶어?"

그러자 벤네에는 허둥지둥 고개를 가로저었다.

("무무무무슨 말씀이시온지……. 사역마인 내가 주군께서 만드신 경단을 나누어 받는다니, 그런 실례되기 짝이 없는 생각이라고는 정말로 조금밖에는…….")

벤네에는 항상 쿨하고 냉정하지만, 뺨을 붉히고 가슴 앞으로 검지를 교차하며 허둥지둥하고 말았다.

그런 벤네에의 태도에 가릴은 무심코 쓴웃음 지었다.

"주군이라든지 그런 건 됐으니까. 친구로서, 먹어 줬으면 좋겠어."

그러면서 경단이 담긴 쟁반을 벤네에에게 내밀었다.

("그, 그런 과분하신 말씀……. 하, 하지만, 그렇게까지 말씀하신다면…….")

그것을 앞에 두고 어떻게든 벤네에는 냉정한 말투로 이야기하려고 했지만 경단을 앞에 두고 입가가 헤실 풀어지고, 입술 끝에서는 침이 흐르고 있으니 이래저래 허사가 되어 버렸다.

("마…… 마, 맛있어! 최고로 맛있어!")

벤네에는 가릴의 권유대로 경단을 들고 입으로 옮기더니, 정신없이 환호성을 터뜨렸다.

그런 벤네에의 모습에 싱긋 미소 짓는 가릴.

"기뻐해 주니 잘 됐어요. 괜찮으면 더 먹어요."

그러면서 가릴이 쟁반을 내밀었다.

……하지만.

"잘 먹을게인 거야! 잘 먹을게인 거야!"

그 옆에서 달려온 와인이 경단으로 손을 뻗었다.

그러자 그녀의 손에 벤네에가 언월도를 들이밀었다.

("귀공! 그 경단은 내 주군께서 내게 권유하신 일품! 그것을 가로채려고 하다니, 무례하기 짝이 없다!")

"싫어~! 독점하는 건 치사해! 치사해!"

벤네에와 와인은 얼굴을 들이밀며 말다툼을 벌였다.

"자자, 둘 다 싸우지 말고, 사이좋게 먹어 줘."

그런 두 사람에게 그저 쓴웃음만 짓는 가릴이었다.

◇며칠 뒤 클라이로드 성◇

클라이로드 성 안에 있는 여왕의 방.

"……후우."

오늘의 일을 마친 여왕은 한숨을 흘리며 침대에 앉았다.

"카스토리아의 갓 위폐 사건도 어떻게든 해결했지만, 설마 피해가 그렇게나 넓었을 줄이야……."

보고를 받은 내용을 떠올리며 여왕은 잠시 고개를 숙이고 또다시 한숨을 내쉬었다.

'……여왕 자리에 앉고 시간이 꽤 지났지만, 나 같은 풋내기한테는 역시나 아직 짐이 무겁네요.'

고개를 들더니 여왕은 고개를 가로저었다.

"침울해 해봐야 소용없겠죠……. 아버님이 그렇게 되어버린 이상, 제가 제대로 해서…… 이 나라를 이끌어야……."

여왕은 새로이 결의를 다지고 표정을 다잡았다.

……하지만 그녀의 표정이 또다시 어두워졌다.

"그건 그렇고…… 갓 위폐 사건에 또 저 암왕이 관여하고 있었다니. 정말로 그 사람은……."

자신의 아버지이자 전 국왕인 암왕의 악행이 백일하에 드러난 것을 떠올리고 여왕은 또다시 머리를 부여잡았다.

순진하고 고지식한 성격 탓에 작은 일에도 걱정하고 괴로워하는 여왕.

어두운 표정으로 몇 번이고 한숨을 흘렸다.

그런 여왕의 시선 앞, 책상 위에는 종이봉투가 하나 놓여 있었다.

그것을 깨달은 여왕의 표정이 환하게 밝아졌다.

"그랬죠……! 가릴 군이 가져다준 선물이 있었어요."

책상으로 달려가서 봉투를 손에 들었다.

봉투를 열자 안에는 조금씩 나눈 만주가 들어 있었다.

"……이건 아마도…… 가릴 군이 직접 만든 거겠죠……."

뺨을 붉히며 만주를 하나 먹었다.

입 안에 달콤한 맛이 퍼지고 여왕의 몸을 행복으로 감쌌다.

"……아아, 맛있어…… 정말 맛있어……."

눈물을 글썽이며 흘러나오는 기쁨의 목소리.

'……갓 위폐 사건 탓에 가릴 군네 집에 찾아가지도 못했는데, 그것도 해결되었으니까. 바쁜 일을 정리하면 내일에라도 또, 가릴 군을 만나러 가볼까…….'

그런 생각을 하며 만주를 하나 더 먹었다.

"그건 그렇고……."

다음 순간…… 여왕의 표정이 또다시 어두워졌다.

"……이렇게나 맛있는 만주를 만들 수 있다니, 가릴 군은 얼마나 굉장한 걸까. 나는 리스 님에게 그렇게나 특훈을 받았는데도 전혀 요리 실력이 늘지를 않고……. 게다가 클라이로드 성으로 만나러 와준 가릴의 등 뒤에 있던 저 여성은 대체 누굴까……? 벤 누나라고 가릴 군은 그랬는데, 훌리오 님의 집에 저런 여성은 없었을 텐데……. 역시 나처럼 연상에 질투심 많은 여자는 가릴 군에게 어울리지 않는 걸지도……."

중얼중얼 말을 흘리며 계속 시무룩한 모습.

순진하고 고지식한 성격 탓에 작은 일에도 걱정하고 괴로워하
는 여왕.

그런 여왕의 마음에 평온이 찾아오는 날은, 아직 먼 듯했다.

◇클라이로드 성 안◇

클라이로드 성 안.

중앙 정원 한편에 건설된 석조 건물을 마크타로가 올려다보고 있었다.

"아무래도 다음 달부터 학생 접수를 개시할 수 있겠군."

그 옆에 서 있는 홀리오도 마크타로와 함께 그 건물을 올려다보고 있었다.

"어떻게, 희망에 맞으실까요?"

"음, 홀리스 잡화점에는, 이곳 클라이로드 기사 양성 학교 건설로는 정말 신세를 졌어. 덕분에 생각했던 것 이상의 완성도야."

홀리오의 말에 만족스럽게 끄덕이는 마크타로.

"마왕군과 휴전 협정을 맺으며 마족도 받아들일 수 있도록 신설된 것이 바로 이 클라이로드 기사 양성 학교인데, 덕분에 좋은 스타트를 끊을 수 있겠어."

문득 마크타로가 홀리오를 돌아봤다.

"그런데…… 가릴 군은, 이곳 클라이로드 기사 양성 학교에 다니겠는가?"

"어떨까요. 진로에 대해서는 모두 본인의 뜻에 맡기고 있으니까요."

"흠, 그런가……. 그럼 나도 가릴 군의 결단을 기다리기로 할까. 다만 조카인 룬이, 가릴 군이 입학하는 걸 싫어하는 모양이라 말이야…….."

"……무슨 일이 있었나요?"

"듣자 하니 내가 가릴 군을 몹시 칭찬하니까, 호우타우 마법 학교의 개방일에 견학을 하러 갔나 본데…… 그곳에서 가릴 군은 여자들이랑 헤실헤실하고 있더라고 하더군……."

살짝 짓궂은 말투의 마크타로.

그런 마크타로에게 홀리오는 평소의 시원스러운 미소를 향했다.

"아, 그거라면 검투부 부장으로서 부원들의 지도를 했겠죠. 그곳에서 가릴이 나름대로 진심으로 맞붙을 수 있는 건 무라사메 선생님밖에 없을 테니까요."

"흠…… 그렇군, 그렇게 된 건가."

홀리오의 말에 마크타로는 납득한 듯 끄덕였다.

"하지만 그렇군……. 이 세계에 평화가 찾아오며, 최전선에서 계속 싸우던 나 같은 인간족이 이렇게 학교 교장으로서 여생을 보낼 수 있는 날이 찾아오다니…… 솔직히 꿈에도 생각해 본 적이 없어."

"그러네요. 역시 모두 사이좋게 살 수 있는 세계가 좋겠죠. 마족이라서, 아인이라서 차별하는 건 잘못이라고 생각하거든요. 다들 살아있으니까요."

크게 끄덕이는 홀리오. 그 말에 마크타로도 끄덕였다.

두 사람의 앞에는 완성이 가까운 클라이로드 기사 양성 학교가 우뚝 서 있었다.

◇호우타우 훌리오 가◇

훌리오 가 앞에는 광대한 방목장이 펼쳐져 있다.

슬레이프와 빌레리 부부가 주로 마마를 사육하는 이 방목장.

그 안쪽에는 블로섬이 관리하는 농원이 펼쳐져 있다.

"최근에 농원이 또 넓어지지 않았나?"

농원 근처에 있는 야트막한 언덕 위.

이마 위로 손을 대며 농원을 바라보던 훌리오는 무심코 말을 흘렸다.

"에헤헤, 우라 형씨 쪽에서 엄청 열심히 일해 주니까. 덕분에 농원을 팍팍 키울 수 있었거든."

훌리오 옆에서 팔짱을 낀 블로섬은 기뻐하는 미소를 지으며 호쾌하게 웃음을 터뜨렸다.

"그건 잘된 일……인데 말이지…….'"

훌리오는 평소의 시원스러운 미소를 지었지만 그의 시선이 블로섬의 발밑으로 이동했다.

"저기, 블로섬…… 그 여자애는, 누굴까?"

의아하다는 표정인 훌리오의 시선 앞에는 자그마한 여자아이의 모습이 있었다.

부끄러운지 훌리오의 시선을 피하듯 여자아이는 블로섬의 등 뒤로 숨었다.

"아, 이 아이 말인데, 우라의 따님이고 이름은 코우라라는 하는데 말이지……."

씨익 웃더니 블로섬은 여자아이를 안아들었다.

코우라는 얼굴을 새빨갛게 물들이면서도 어딘가 기뻐하는 표정을 짓고 있었다.

그런 코우라를 블로섬은 목말을 태우며 입을 열었다.

"코우라는 있지, 우라 형씨가 일하러 나간 동안에는 집에서 혼자거든. 그러니까 내 상황이 될 때는 이렇게 같이 있어 주는 거야."

"호오, 그렇구나."

훌리오와 블로섬이 대화를 나누는 가운데, 블로섬의 목말을 탄 코우라는 그녀의 머리를 끌어안으며 머리카락 안으로 얼굴을 파묻었다.

이따금 머리카락 사이로 훌리오에게 시선을 향했다.

훌리오가 평소의 시원스러운 미소로 답하자 깜짝 놀란 표정을 지으며, 금세 블로섬의 머리카락 안으로 얼굴을 파묻어 버렸다.

그런 코우라의 행동을 훌리오는 미소로 바라봤다.

"코우라는 블로섬을 좋아하나 보네."

"아하하, 그럴까? 나는 잘 모르겠지만, 자주 같이 놀아 주긴 해."

미소를 지으며 블로섬은 코우라의 손을 잡았다.

코우라는 그 손을 맞잡으며 기뻐하는 표정이었다.

"여어~, 훌리오 경! 블로섬 경, 그리고 코우라!"

그곳으로 우라의 목소리가 들렸다.

배달을 갔다가 돌아오는지 우라가 짐수레를 끌며 가도를 따라 다가왔다.

"아, 우라 형씨, 수고했어."

그런 우라에게 씨익 미소를 지으며 달려가는 블로섬.

"오오, 블로섬 경. 오늘도 코우라를 상대해 줘서 정말 고맙소."

"됐다니까. 우리 농원에서 일을 해주고 있으니까. 내가 손이 빌 때라면 얼마든지 상대해 줄게."

그러더니 블로섬의 코우라를 땅에 내려줬다.

"아빠…… 어서 와."

그러자 코우라는 타다닥 달려가서 우라의 다리를 끌어안았다.

"음, 다녀왔다, 코우라. 얌전히 잘 지내고 있었느냐?"

"……응. ……가 하는 말, 잘 들었어."

우라의 말에 얼굴을 새빨갛게 물들이며 끄덕이는 코우라.

'……어라?'

코우라의 말에서 위화감을 느낀 훌리오는 무심코 고개를 갸웃 거렸다.

'기분 탓일까. 뭐라고 하는지 안 들린 것 같은데…….'

"그래 그래, 블로섬 경의 말을 잘 들었구나."

"……응. ……가 하는 말, 잘 들었어."

코우라는 우라의 말에 대답을 했다.

'역시 일부가 안 들려. 아니, 의도적으로 목소리를 작게 하는 것 같은데…….'

그것을 깨달은 훌리오는 작게 영창을 했다.

그와 동시에 훌리오의 귀 주위로 작은 마법진이 전개되었다.

청각 스킬을 상승시켜서 코우라의 말을 놓치지 않으려 했다.

그런 훌리오 앞에서 블로섬이 코우라 곁으로 다가갔다.

자그마한 코우라와 시선을 마주하고자 블로섬은 그 자리에 쪼그려 앉더니,

"정말로 코우라는 착한 아이구나. 아빠랑 한 약속을 지켜서 내 말을 잘 들어주고."

씨익 미소를 지으며 코우라의 머리를 쓰다듬었다.

머리카락 틈새로 뿔이 하나 엿보였다.

그 주위를 블로섬이 조금 거칠게 쓰다듬었다.

블로섬 나름대로의 애정 표현이었다.

그것을 알고 있는지 코우라는 기쁜 듯 미소를 지었다.

"응 ……가 하는 말, 들을게."

작은 목소리로 그렇게 대답을 하는 코우라.

그 말을 들은 훌리오는 무심코 미소를 지었다.

『응, 엄마가 하는 말, 들을게.』

마법으로 강화된 훌리오의 귀에는 코우라의 말이 선명히 들린 것이었다.

'그렇구나……. 코우라는 블로섬을…….'

훌리오는 다시금 블로섬과 우라를 바라봤다.

"나중에 같이 밥이라도 먹지 않겠는가?"

"괜찮네, 실례가 안 된다면 나도 끼워줘."

훌리오 앞에서 즐겁게 대화를 나누는 우라와 블로섬.

그리고 그 사이에 서서 오른손으로 우라의 손을, 왼손으로 블로섬의 손을 살며시 잡고 있는 코우라의 모습이 있었다.

"서방님!"

그곳으로 집 쪽에서 리스가 달려왔다.

"서방님, 점심을 가져왔어요. 괜찮으면 근처에서 같이 드시지 않을래요?"

홀리오 곁으로 달려온 리스는 싱긋 미소 지었다.

그런 리스에게 미소로 답하는 홀리오.

"그러네. 기왕 나왔으니까 우라의 산에 있는 경치 좋은 곳에서 먹을까."

"예!"

홀리오의 말에 기뻐하는 미소를 지으며 리스는 우라에게 시선을 향했다.

"그러기로 했다면, 경치가 좋은 장소로 안내해 주세……."

"어, 아니아니…… 우리는 둘이서 먹고 올 테니까, 셋이서 따로 먹고 와. 그럼."

리스의 말을 가로막으며 말을 꺼낸 홀리오는 바로 영창했다.

그러자 홀리오와 리스의 발밑에 마법진이 전개되고 두 사람의 모습은 순식간에 사라졌다.

산 중턱으로 전이한 리스는, 놀란 표정을 지으며 홀리오를 바라봤다.

"서, 서방님, 갑자기 왜 그러시나요?"

그런 리스에게 시선을 향하며 훌리오는 쓴웃음 지었다.

"설명도 않고 갑자기 미안해. 오늘은 있지, 둘이서만 먹고 싶었으니까 그만……."

리스는 훌리오의 말에 뺨을 붉게 물들이며 표정이 환해졌다.

"기, 기뻐요 서방님……. 저도 단둘이면 더 기쁘니까요……."

훌리오의 팔을 끌어안으며 구현화한 꼬리를 좌우로 계속 흔들었다.

그런 리스를 훌리오는 미소로 바라봤다.

'챙겨 주려는 게 심한 리스니까 우라와 블로섬 일을 설명했다가는, 두 사람을 붙여주려고 이것저것 나설 것 같으니…….'

그런 생각을 하며 훌리오는 리스를 끌어안았다.

그런 두 사람을 구름 사이로 얼굴을 내민 햇빛이 비추고 있었다.

◇어느 숲속 깊은 곳◇

공중에서 거대한 와이번이 내려왔다.

머리가 둘인 그 쌍두 와이번은 크게 숨을 내쉬었다.

그 몸이 빛나는가 싶더니 서서히 줄어들고, 순식간에 체구가 작은 남자의 모습으로 변화했다.

——후기 무기.

전 마왕군 사천왕 중 하나로 쌍두조.

마왕군을 그만둔 이후, 어느 숲속 깊은 곳에서 세 아내와 아이들과 함께 느긋하게 살고 있다.

"잠깐만 후, 무슨 일 있었어? 갑자기 날아가니까 놀랐잖아."

그 남자 곁으로 괭이를 짊어진 여성——카사가 달려왔다.

——카사.

근처 마을 농가의 딸.

사람의 모습인 후기 무기에게 한눈에 반해서 맹렬하게 대시한 끝에 아내의 자리를 쟁취하는 것에 성공. 지금은 숲속의 오두막 안에서 다른 두 아내와 함께 살고 있다.

""카사, 별일 아니라고. 조금 성가신 녀석이 있었다고.""

"성가신 녀석?"

""응, 막 생긴 마도선 발착장을 자기 둥지로 삼으려던 마수가 있었으니까, 살짝 주제를 알려 주고 왔다고.""

"우와 그거, 최악이잖아…… 아이들이 학교에 못 갈 뻔 했네."

후기 무기의 말에 카사는 미간에 주름을 지었다.

""뭐, 호된 꼴을 당했으니까 두 번 다시 나쁜 짓을 하려고는 안 할 거라고.""

그런 카사 앞에서 즐겁게 웃는 후기 무기.

"그러네, 확실히 후는 강하니까 괜찮을 거라 생각하지만……."

카사는 불안해하는 표정을 지으며 후기 무기의 오른팔을 끌어 안았다.

"하지만…… 너무 무리하진 않았으면 해…… 괜찮다는 걸 알더라도 역시 불안해져 버리니까……."

""그렇게 걱정할 것 없다고. 나는 엄청 강하니까.""

후기 무기는 즐겁게 웃었다.

하지만 카사는 후기 무기의 오른팔을 끌어안은 채, 고개를 계속 숙이고 있었다.

그런 카사의 머리를 후기 무기는 살며시 끌어안았다.

""뭐, 뭐어, 하지만…… 충분히 조심할 테니까…… 그렇게 걱정할 필요 없다고.""

"……응, 알았어."

안기고서 간신히 진정이 되었는지 카사는 미소를 지었다.

"……있잖아, 아이들이 호우타우 마법 학교에서 돌아올 때까지 시간이 있으니까, 말이지……."

뺨을 붉게 물들이며 후기 무기를 올려다보는 카사.

""어? 아…… 그게…… 뭐, 뭐 말이야?""

"정말이지…… 알잖아? 전부 말하게 만들지 마!"

카사는 살짝 토라진 듯 목소리를 높였다.

그때였다.

""아!!!!!""

숲속에서 여성의 목소리가 울려 퍼졌다.

그 목소리와 동시에 후기 무기와 카사를 향해 달려오는 여성이 둘.

한 사람은 숲속에서 이어지는 가도로 달려오는 수녀복을 입은 여성——시노.

또 한 사람은 근처 산꼭대기를 향해 뻗어 있는 짐승 길에서 달려오는 등에 바구니를 짊어진 여성——마트.

——시노.

카사와 같은 마을에 살던 수녀 여성.

카사와 마찬가지로 후기 무기에게 한눈에 반해서, 지금은 아내 중 하나로서 함께 살고 있다.

평소에는 마을에서 부상자나 환자를 치료하고 있다.

——마트.

숲속에서 산적에게 습격을 당하려던 참에 후기 무기가 구해준 상인 여성.

도움을 받은 은혜를 갚기 위해 그들과 함께 사는 와중에 후기 무기를 좋아하게 되어, 아내 중 하나로서 함께 살고 있다.

"잠깐만, 카사! 제가 마을에 가 있는 사이에 후한테 음흉한 짓을 하려고 했군요! 그건 허락할 수 없어요!"

"그래요! 그런 건 혼자 앞지르지 말자고 협정을 맺었잖아요!"

시노와 마트가 무시무시한 형상으로 카사에게 따지고 들었다.

"저, 저기…… 그게…… 뭐, 뭐라고 할까……. 아, 안도했더니 조금 분위기가 고조되었다고 할까…… 그게…… 아, 아하…… 아하하……."

"'아하하'가 아니에요!"

"웃어 넘겨서 얼버무릴 문제가 아니라고요! 정말로 이 무슨 부러운……."

후기 무기 옆에서 말다툼을 벌이는 세 사람.

후기 무기는 그런 세 사람을 둘러보며 고개를 갸웃거렸다.

""그렇게나 사이좋게 하고 싶나? 그렇다면 다 같이 사이좋게 할까?""

"허?"

"헤?"

"호?"

후기 무기의 말에 세 사람은 얼굴을 새빨갛게 물들이고 눈을 동그렇게 떴다.

"어, 아니…… 하지만…… 아이들을 마중 나가야……."

"하지만 시간은 좀 더 있을 것 같은데……."

"그, 그런 일이라면…… 그러네요……."

우물쭈물하면서도 후기 무기 곁으로 모이는 세 사람.

그런 세 사람과 함께 후기 무기는 집 안으로 이동했다.

……이날, 정기 마도선으로 돌아온 아이들을 맞이한 세 아내들
은 평소 이상으로 후기 무기와 끈적끈적하게 달라 붙어서, 그 모
습에 아이들이 무척 곤혹스러워한 것은 말할 필요도 없었다.

◇마왕성 알현실◇

마왕성 2층에 있는 알현실.

이 성의 주인인 마왕 독슨은 오늘도 옥좌 앞에 털썩 앉아 있었다.

그런 마왕 독슨 옆에 있는 측근 후훈은 오른손 검지로 공갈 안
경을 꾹 밀어 올렸다.

"……마왕 독슨 님."

"어? 뭐냐, 후훈."

"오늘도 아직 옥좌에 앉지는 않으실 겁니까?"

또다시 안경을 꾹 밀어 올리는 후훈.

그런 후훈을 흘끗 보고 마왕 독슨은 작게 한숨을 내쉬었다.

"그 마음은 고맙지만…… 아직은 안 돼. 나 스스로가 납득하질
못하니까."

"하지만……."

"마음은 고맙지만 그 이야기는 여기까지 하고, 연락 사항을 부탁하지."

"아, 예. 알겠습니다."

후훈은 인사를 한 뒤, 손에 든 서류로 시선을 향했다.

"사천왕 베리안나 님으로부터입니다. 마족령 내부의 경비를 두텁게 하고 있습니다만, 최근 며칠은 큰 사건이나 소문도 발생하지 않았다고 합니다."

"음, 그런가…… 그건 잘됐네."

만족스럽게 끄덕이는 마왕 독슨.

그 모습에 후훈 역시도 끄덕였다.

유이가드 시절의 마왕 독슨이라면 '왜 아무 일도 없어? 다들 놀고 있는 거 아냐?'라며 억지를 부릴 수도 있었다.

그런 시절의 마왕 독슨을 잘 아는 만큼, 후훈은 감개무량하다는 기분이었다.

"그리고, 그 밖에는?"

"예. 네로나 님과 세리나포트 님, 스노우 화이트 님에게서 오늘 저녁식사 권유가……."

후훈이 거기까지 말한 참에, 마왕 독슨은 어깨를 풀썩 떨어뜨리고 크게 한숨을 흘렸다.

"또 저 셋이냐? 요즘은 매일 오잖아?"

"그렇습니다만…… 모두 유력 마족의 대표로서 권유를 하시는 것이니까, 너무 거절만 계속하시는 건 상책이 아니라고……."

"유력 마족의 대표라고 그러면 듣기에야 좋지만…… 요컨대 내 아내 자리를 노리고, 기분을 살피러 왔을 뿐이잖나……."

또다시 크게 한숨을 내쉬더니 후훈에게 시선을 향했다.

"……왜 그러십니까?"

그 시선을 깨달은 후훈은 안경을 꾹 밀어 올렸다.

"후훈, 오늘밤에는 예정이 있나?"

"예정 말씀이십니까? 오늘밤에는 약품 연구를, 하려고 생각했습니다만……."

"그건 내일로 돌려도 지장은 없나?"

"예, 반쯤 취미 같은 것이라 그렇게까지 급한 건 아니니까요."

"그렇다면…… 세 사람에게 전해줘. 오늘밤에 나는 후훈이랑 식사를 하러 간다고."

"……저랑…… 말씀이십니까?"

"어, 그래."

무뚝뚝하게 말을 던지더니 마왕 독슨은 일어서서 총총히 알현실을 뒤로했다.

그의 뒷모습을 후훈은 공손히 인사하며 배웅했다.

"……그럼 세 분의 저녁 권유는, 급한 용건으로 오늘은 거절하겠다는 취지로 답변을 해두겠습니다."

그러더니 안경을 꾹 밀어 올리는 후훈.

'……어라어라? 기분 탓일까요…… 후훈 님도 참, 얼굴이 새빨

개진 것 같은데요데요.'

그런 후훈의 모습을 옆에 있던 사천왕 중 하나 로리 타입 매드 사이언티스트 코케슈티는 그런 생각을 하며 곁눈으로 바라보았다.

◇호우타우 블로섬 농원◇

"히끅…… 히끅……."

블로섬 농원의 한편에 있는 고블린들의 저택.

그중 하나, 호쿠호쿠튼의 집 안에서 텔비레스는 계속 오열하고 있었다.

침대에 얼굴을 파묻고 눈물을 계속 흘리는 텔비레스.

그런 텔비레스를 이 집의 주인인 호쿠호쿠튼이 너무나도 어이없다는 표정을 지으며 바라봤다.

"……텔비레스, 우라의 산이 전이한 탓에 네가 감추어 둔 술 창고가 거목과 함께 어딘가로 가버린 건 안타깝다고 생각하오만."

"흐윽…… 히끅……."

"……하지만 그렇다고 해서 그렇게나 울 것까진 없겠지. 술은 또 일을 해서 돈을 벌어서 사면 되겠지."

"흐윽…… 그, 그치만…… 저 안에는 두 번 다시 손에 넣을 수 없는 한정판 '아카이와오마치' 같은 게 있었는걸…… 히끅……."

"……어어, 아쉽다는 건 알겠다만…… 그렇다고 해서, 왜 본인의 침대에서 울 필요가 있지? 네 침대도 준비해 줬을 텐데? 본인, 자기 침대에서 자고 싶소만?"

"훌쩍…… 그, 그치만, 내 침대에서 울다가는, 젖어서 기분 나쁘잖아…… 팽~!"

"잠깐?! 지금, 코 풀었지?! 코를 풀었소이까?! 그보다도, 네가 기분 나쁘다면 당연히 본인이 기분이 나쁘다고?!"

"흐윽…… 그런 거, 내가 기분이 안 나쁘다면 그만이잖아……."

"아~! 말했소이까! 완전 자기중심적인 소리를 했소이까! 정말이지, 본인 완전 화났다고!"

호쿠호쿠튼은 발을 동동 구르며 텔비레스를 노려봤다.

방 안쪽에서 커다란 나무 상자를 끄집어내더니 그 안에서 무언가를 꺼냈다.

"흐윽…… 어…… 후에?!"

그것을 본 텔비레스가 눈을 크게 부릅떴다.

호쿠호쿠튼의 손에는 '아카이와오마치'라고 적힌 라벨이 붙어 있는 고급진 술병이 들려 있었다.

"정말이지…… 훌리오 님께 부탁해서 네 술을 회수해 왔는데, 본인은 이미 화가 났으니까…… 에잇."

술병을 든 채로 노성을 터뜨리던 호쿠호쿠튼.

그런 호쿠호쿠튼을 침대에서 뛰쳐나온 텔비레스가 끌어안았다.

"좋아! 호쿠호쿠튼 정말 좋아!"

"으억?! 네가 좋아하는 건 본인이 회수한 술이겠지!"

"물론 그렇지만, 호쿠호쿠튼도 좋아! 같이 잘 수도 있어."

"너 같은 엉망 여신, 본인이 거절하겠소!"

"그런 소리 말고! 같이 술 마시고, 같은 침대에서 아침을 맞이하자!"

"말만 들으면 요염한 발언이오만, 단순히 마시다가 뻗어서 토사물투성이가 될 꼴이 뻔하니까 전력으로 거절하겠소!"

"그런 소리 말고! 호쿠호쿠튼 정말 좋아!"

"어?! 이 녀석! 좋다고 그러면서 술병을 가져가지 마시오!"

이날 밤…….

호쿠호쿠튼의 집에서는 텔비레스의 환호성과 호쿠호쿠튼의 노성이 밤새 계속 울려 퍼진 것이었다.

◇호우타우 훌리스 잡화점◇

훌리스 잡화점 안쪽에는 공방이 있다.

원래는 상품 창고가 있던 건물이지만 지하 부분으로 창고를 증설하며 2층 부분이 비었기에, 훌리오가 그곳에 공방을 설치하고 상품 증산을 진행한 것이었다.

처음에는 훌리오가 직접 상품 개발을 진행했지만, 최근에는 히야가 중심이 되어 마법 도구 증산을 진행하고 있었다……만…….

공방 안을 이동하던 히야는 어느 방 앞에서 걸음을 멈췄다.

그 방 안에서는 한 남자가 마법을 전개하고 있었다.

"……어라? 당신은 분명히 호우타우 마법 학교의……."

"어라? 절 아시는 건가요…… 그건 기쁘군요."

뒤를 돌아본 그 남자는 미소를 지으며 히야와 마주했다.

"다시금 자기소개를 하죠. 저는 호우타우 마법 학교에서 마법 회화를 담당하고 있는 메탈조비라고 합니다."

자기소개를 하면서도 마법을 계속 전개하고 있는 그 남자——
메탈조비.

그의 주위에는 메탈조비의 마법으로 그림붓 여러 개가 허공을
날며 색지들에 색을 계속 칠하고 있었다.

자세를 잡으며 인사하는 메탈조비에게 히야는 시선을 향했다.

"아, 당신이었습니까…… 우리미나스 님께 새로이 채용되었다
는 색지 제작자 분이라는 건."

"예. 홀리스 잡화점에서 그림이 특기인 인재를 모집한다고 그
래서 면접을 받았더니, 무사히 채용이 되었습니다. 아, 하지만 호
우타우 마법 학교의 교직원 일도 계속하기로 계약했기에……."

"예, 그것도 우리미나스 님에게 들었습니다. 그건 그렇고……."

그러더니 메탈조비 뒤쪽의 색지로 시선을 향했다.

"……과연 마법 회화를 가르칠 정도의 수준이로군요. 이 색지
의 그림, 어느 것이든 그저 완성도만 좋은 것이 아니라……."

그러더니 히야는 막 완성된 색지를 손에 들었다.

그러자 진지한 표정을 짓고 있던 가릴의 그림이 싱긋 미소 지
었다.

"표정이 변화하도록 마법이 걸려 있군요."

"예, 현재 색지 제작을 담당하시는 여러분도 그림이 무척 능숙
하진 분들뿐이지만, 마법 회화를 습득한다면 이런 곡예도 손쉬운
일이겠죠."

"흠……."

색지 속 가릴의 표정을 확인하던 히야는 오른손을 딱 튕겼다.

그러자 히야의 수중에 아무것도 그려져 있지 않은 상태인 색지가 출현했다.

그리고 오른손을 한 번 휘두르자 히야 주위에 그림붓이 출현했다.

히야가 손가락을 움직이자 그림붓이 허공을 날아 색지에 색을 칠했다.

"호오…… 붓놀림이 상당하군요."

그 모습에 메탈조비가 감탄을 높였다.

그런 메탈조비의 시선 앞에서 손가락을 계속 움직이는 히야.

그 손가락이 갑자기 정지했다.

"……음?"

동시에 히야가 미간에 주름을 지었다.

"……이상하군요. 메탈조비 님의 색지를 따라서 그렸는데."

"……예?"

히야의 말에 고개를 갸웃거리던 메탈조비는, 히야가 손에 든 색지를 옆에서 들여다봤다……만…….

그 시선 앞, 색지 안에는…… 메탈조비의 그림과는 전혀 닮지 않은, 갓난아기의 낙서처럼 조잡한 가릴의 초상화가 그려져 있는 것이었다.

"……글쎄…… 왜 이렇게 완성되어 버렸을까요……."

"으음, 뭐라고 할까요……. 마법 실력을 향상시키기 위해서는 평상시의 단련이 필요하듯, 그림 실력을 향상시키는 것도 평상시의 단련이 중요하다고 할지……."

"흠, 그렇군요……."

메탈조비의 말에 히야는 크게 끄덕였다.

빛과 어둠의 근원을 관장하는 마인 히야.

하지만 그림 실력은…… 아직 발전이 필요했다.

◇호우타우 마법 학교◇

방과 후…….

호우타우 마법 학교의 격기장에서는 검투부 연습이 진행되고
있었다.

"근데 있잖아…… 일반 개방으로 견학을 온 사람들을 돌려보내
는 거, 상당히 고생이네."

엘리나자는 2층의 관람석을 청소하며 한숨을 흘렸다.

그런 엘리나자의 말에 리슬레이가 쓴웃음 지었다.

"어쩔 수 없지. 가리가 일출국에서 선물이라며 만주를 잔뜩 나
누어 준 탓에 더더욱 인기가 높아져 버려서, 안 그래도 열광적이
었던 사람들이 더욱 힘내기 시작한걸."

"정말이지 가릴도 참, 무의식중에 여자를 끌어들인다니까."

리슬레이의 말에 절레절레 고개를 내저으며 엘리나자가 한숨
을 흘렸다.

"……확실히 그렇네."

그 말에 또다시 쓴웃음 짓는 리슬레이.

그녀의 시선이 1층 관객석으로 향했다.

그 시선 끝에는 가릴 일행과 함께 1층을 정리하고 있는 렙터가 있었다.

그의 허리춤에는 꽃을 닮은 문양이 새겨진 키홀더가 달려 있었다.

'……일출국에서 사온 선물, 달아 줬구나…… 어쩐지 기쁘네.'

리슬레이는 무심코 미소를 머금었다.

"왜 그래, 리슬레이?"

"어? 어, 아, 아니……. 아무것도 아니야, 아무것도……."

"흐~응…… 그럼 됐지만. 어쨌든 빨리 끝내 버리자. 가릴이 연습할 시간이 짧아져 버리니까."

"으, 응 그러네."

엘리나자의 말에 끄덕이더니 리슬레이도 빗자루를 든 손을 움직였다.

청소 후…….

추가 연습이 시작된 격기장 안.

앉아 있는 룬은 눈을 동그랗게 뜬 채로 그 자리에 굳어 버렸다.

이날, 호우타우 마법 학교의 검투부를 다시금 견학하고자, 룬은 정기 마도선을 타고 호우타우 마법 학교를 방문했다.

"대, 대체 뭐야…… 이건……."

부들부들 떨고 있는 룬의 앞에서 호우타우 마법 학교의 검술 교직원인 무라사메가 단숨에 검을 휘두르고 있었다.

"……하앗!"

클라이로드 마법국 동쪽에 위치한 일출국 출신인 무라사메는, 하오리와 하카마라는 일출국의 독특한 복장을 입고서 칼을 휘두르며 허공을 날았다.

"우와, 역시 무라사메 선생님. 굉장히 빠르네."

무라사메와 대치하고 있는 가릴은 즐거운 목소리로 자신의 검으로 무라사메의 칼을 받아넘겼다.

옆으로 칼날을 흘리며 가릴은 앞으로 나섰다.

'……이 일격을 받아내는 것만이 아니라 옆으로 흘리면서 공격으로 전환하다니.'

무라사메는 내디딘 걸음을 유지하며, 일부러 가릴과의 거리를 좁혔다.

그 움직임을 알아차린 가릴은 칼자루를 무라사메의 어깻죽지에 부딪쳤다.

불안정한 자세에서도 가릴은 완력으로 무라사메의 몸을 밀어냈다.

"……핫!"

전진이 막힌 무라사메는 당황하지 않고 후방으로 물러나며 칼을 고쳐들었다.

"좋아!"

그곳으로 가릴이 더욱 파고들었다.

미소를 짓고 있는 얼굴은 보는 사람에게 여유를 느끼게 만들었다.

한편 무라사메는 입을 한일자로 굳게 다문 채, 가릴의 움직임을 견제하며 후방으로 물러났다.

이 공방이 불과 1초 미만으로 이루어지고 있었다.

"……대, 대체 뭐가 어떻게 된 거야, 아니…….."

격기장 한편에 앉아서 두 사람의 공방을 관전하던 검투부원 중 하나, 도마뱀족 렙터는 눈을 동그랗게 뜬 채로 굳어 있었다.

"정말로…… 뭘 하는 건지 전혀 모르겠어…….."

그 옆에 앉아 있는 리슬레이도 눈을 동그랗게 뜨며 필사적으로 무라사메와 가릴의 공방을 계속 바라봤다.

양쪽 눈앞에 손을 대고 동시에 눈매를 가늘게 뜨며 어떻게든 두 사람의 움직임을 눈으로 좇으려고 했지만, 두 사람의 움직임을 전혀 따라가지 못했다.

"자…… 잠깐만, 전혀 못 따라가겠어…….."

"그러네. 저 속도는 보통은 안 보일 거야…….."

리슬레이 옆에 앉아 있는 엘리나자도 미간에 주름을 지으며 두 사람의 움직임을 계속 응시했다.

그녀의 눈동자는 무지갯빛으로 빛나고, 이마의 보옥도 같은 색빛을 발하고 있었다.

엘리나자가 전력으로 마력을 전개하면, 신의 축복을 받은 증거인 보옥에서 무지개 빛이 난다. 그녀의 보옥이야말로 엘리나자가 지닌 마력의 근원이기 때문이다.

그런 마력의 소유자인 엘리나자가 시력에 모든 마력을 집중해서야, 간신히 무라사메와 가릴의 공방을 볼 수 있는 것이었다.

그마저도 집중하지 않으면 한순간에 움직임이 다시 보이지 않게 되어버리기에, 엘리나자는 미간에 주름은 지은 채로 두 사람의 움직임을 계속 좇았다.

그 옆에서 가릴, 엘리나자, 리슬레이와 동급생인 사리나, 아이리스테일, 스노우 리틀의 모습이 있었다.

"역시 가릴 님이다링! 무라사메 선생님을 압도하고 있다링!"

양손을 가슴 앞으로 맞잡으며 새된 목소리를 높이는 사리나.

핑크색을 바탕으로 한 옷을 입고, 미니스커트 옷자락을 팔랑팔랑하며 연신 펄쩍펄쩍 뛰었다.

그녀의 눈동자는 하트 모양으로 변하여, 격기장 안의 가릴을 향하고 있었다.

그런 사리나 옆에 앉아 있는 아이리스테일은 평소의 검은색을 바탕으로 한 고스로리 의상을 입고, 입가에 검은 고양이 인형을 대고서 열심히 응원했다.

『역시 가릴 님! 멋져! 라고 아이리스테일도 말한다고, 인마!』

복화술로 인형의 입을 뻐끔뻐끔하며 교묘하게 목소리를 높였다.

마족이고 낯을 가리는 아이리스테일은, 친구들과 원활하게 커뮤니케이션을 하기 위해서 항상 인형을 매개로 대화를 나누었다……만,

『그보다도 파렴치한 계집! 가릴 님한테 방해밖에 안 되니까 사라져라! 라고 아이리스테일도 말한다고, 인마!』

인형의 말투는 항상 독설.

"무, 무슨 소리냐링?! 이 복장은 사리나의 귀여움을 최고조로 도드라지게 만드는……."

항상 말다툼의 씨앗에 불과했던 것이다.

다만 좋은 의미든 나쁜 의미든 같은 반 친구와 커뮤니케이션을 취할 수 있다는 점에서는, 목적을 달성했다고 말하지 못할 것도 아니지만…….

그렇게 말다툼을 벌이는 사리나와 아이리스테일을 제쳐 놓고, 스노우 리틀은 격기장 안으로 계속 시선을 보내고 있었다.

"가릴 군, 오늘도 무척 멋져……."

하얀색을 바탕으로 한 드레스를 입은 스노우 리틀은, 입가를 양손으로 막으며 가릴의 움직임을 계속 바라봤다.

동화족으로 세계의 동화에 나오는 인물을 구현화시켜 소환할 수 있다는 능력을 가진 스노우 리틀.

그 능력으로 스노우 리틀의 발밑에는 소인들이 여럿 구현화되어서, 손에 든 악기를 울리며 가릴을 향해 계속 성원을 보내고 있었다.

"잠깐만, 스노우 리틀! 그 소인들의 연주, 시끄럽다링! 가릴 님

한테 방해가 된다링!"

『그에 대해서는 동감이라고 아이리스테일도 말한다고, 인마!』

"하아…… 가릴 군, 정말 멋져……."

분노해서 어깨를 들썩이는 사리나와 아이리스테일.

그것을 개의치 않고 스노우 리틀은 가릴만을 계속 바라봤다.

"정말로 여전하네…… 쟤들도 참."

그런 세 사람의 모습을 리슬레이는 쓴웃음 지으며 곁눈으로 바라봤다.

"사이가 좋은 건 좋은 일이라고 생각하지만, 가릴한테 방해가 되겠는데."

그러더니 엘리나자는 세 사람을 향해 오른손을 뻗었다.

그 손앞으로 마법진이 전개되고 동시에 사리나, 아이리스테일, 스노우 리틀의 발밑에도 마법진이 전개되었다.

그러자 세 사람의 목소리가 들리지 않게 되었다.

무언가 말다툼을 벌이는 것은 틀림없지만 그 목소리만이 전혀 들리지 않게 된 것이었다.

엘리나자가 사용한 사일런트 마법의 효과였다.

'뭐, 뭐어, 세 사람한테 악의는 없겠지만……. 이, 일단 이걸로 가리도 모의전에 집중할 수 있겠지?'

입이나 인형의 입만 뻐끔뻐끔하는 세 사람의 모습을 쓴웃음 지으며 곁눈으로 바라보는 리슬레이.

그런 일동 앞에서는 가릴과 무라사메가 굉장한 속도로 공방을 거듭하고 있었다.

그 광경을 룬은 눈을 동그랗게 뜬 채로 계속 응시했다.

"어, 어떻게 된 거야……. 이런 움직임이 어떻게 가능하지……? 가릴 군…… 이런 굉장한 움직임, 이제까지 한 번도 보여준 적 없었어……."

룬이 떨리는 목소리를 흘렸다.

그런 룬을 곁눈으로 바라보던 엘리나자가 쿡쿡 웃었다.

"룬 씨. 조금 전까지의 합동 연습에서는, 가릴은 부원 모두의 레벨에 맞추어서 지도를 한 거예요."

"아, 예? ……레, 레벨을 맞추어서……?"

여전히 눈이 동그란 룬을 보고 리슬레이는 그만 웃음을 터뜨렸다.

"가리가 진심을 발휘하면 우리는 연습도 안 되잖아."

"바로 그렇죠."

그러자 격기장 한편에 안개가 발생하고 그 안에서 벤네에가 모습을 드러냈다.

("내 주인인 가릴 경은, 나 벤네에를 쓰러뜨리신 분. 그런 분이 이런 아이들에게 뒤처질 거라는 생각이라도 하나? 거기 계집.")

"베, 벤네에라고요?!"

벤네에의 말에 룬의 눈을 더욱 동그래졌다.

"벤네에라면…… 동쪽에 있다는 일출국의 무적 검호라고, 도서관 사전에 실려 있었는데……. 설마……."

"응. 요전에 가족끼리 일출국에 갔는데, 벤 언니는 거기서 가릴한테 패배해 버렸단 말이지."

"그래그래, 그래서 가리의 사역마가 되어서 따라와 버렸거든."

엘리나자와 리슬레이의 설명에 팔짱을 낀 채로 끄덕이는 벤네에.

("그래요. 나 벤네에, 검 수행에 몰두하던 어릴 적부터 육체가 쇠하여 사념체가 된 지금에 이르기까지, 완전한 패배를 경험한 것은 가릴 경뿐. 그렇다면 충성을 맹세하고 따르는 것이 무사의 충의겠지요.")

응응, 벤네에가 끄덕였다.

그런 일동을 룬은 눈을 동그랗게 뜨며 둘러봤다.

'마, 마크타로 숙부님이 말씀을 하셔서 가릴을 다시 보러 왔는데 이, 이게 뭐야……. 가릴은 엄청 강하고, 전설의 검호가 있고……. 진짜 영문을 모르겠어…….'

혼란스러운 머리를 부여잡으며 고개를 마구 내젓는 룬.

격기장 안에서는 가릴과 무라사메의 칼 소리가 계속 울렸다.

◇호우타우 훌리오 가◇

훌리오 가의 욕조는 대가족인 만큼 무척 크다.

남녀로 나뉘어 있고, 욕조에는 항상 뜨거운 물이 채워져 있다.

훌리오의 마법으로 물은 계속 순환하며 깨끗한 상태를 유지하기까지 한다.

"하아…… 오늘도 즐거웠지."

그런 남탕으로 가릴이 들어왔다.

"……가릴 형, 항상 굉장해."

그 뒤를 타다닥, 고로가 쫓아왔다.

조금 전까지 가릴과 검술 연습을 해서 그런지 고로도 땀범벅이었다.

고로의 얼굴에는 살짝 지친 표정도 드리워 있었다.

한편 가릴은 거의 땀도 흘리지 않고, 지친 기색 따위는 전혀 느껴지지 않았다.

"그렇게 굉장한 걸까. 나보다 굉장한 사람은 잔뜩 있을 테고, 고로네 아버지인 고자르 씨라든지 우리 아버지라든지."

가릴은 목욕탕 의자에 앉더니 자기 몸에 뜨거운 물을 끼얹었다.

("등을 씻겨드릴게요.")

그러자 가릴의 등 뒤에 나타난 벤네에가, 손에 든 수건에 거품을 내며 그의 등에 밀착했다.

"잠깐?! 베, 벤 누나?!"

갑자기 출현한 벤네에를 앞에 두고 가릴은 얼굴을 새빨갛게 물들이며 그 자리에서 펄쩍 뛰어서 물러났다.

양손으로 사타구니를 가린 것은 말할 필요도 없었다.

"자, 잠깐만 벤 누나…… 여긴 남탕이니까……."

("예, 알고 있어요. 나는 그런 건 신경 쓰지 않으니.")

"아니, 저기…… 벤 누나가 신경 쓰지 않더라도, 내가 신경 쓰이니까!"

("어째서죠? 자기 주군의 목욕을 돕는 것도 사역마의 중요한 역할이라고 들었는데요?")

의아하다는 표정을 지으며 벤네에가 고개를 갸웃거렸다.

"자, 잠깐! 그런 거, 누구한테 들었어?!"

("이 집에 나보다도 오래 머무르고 계신, 히야 경과 다말리나세 경인데요? 무슨 문제라도?")

어리둥절한 표정으로 가릴을 바라보는 벤네에.

그 말에 가릴은 양손으로 얼굴을 덮었다.

"왜 하필 그 두 사람한테 물어보냐고……. 완전히 잘못 골랐 잖아……."

"음? 잘못이라니……. 지고하신 주인님의 자제분이 하신 말씀 이라고 해도, 그것에는 이의를 제기하지 않을 수 없군요."

그곳으로 히야가 출현해서 벤네에 옆에 내려섰다.

둘 다 완벽하게 알몸인 것은 물론, 전혀 가리려고 하지도 않고 당당하게 서 있었다.

그런 두 사람을 앞에 두고 얼굴을 새빨갛게 물들이며 가릴은 또 다시 양손으로 얼굴을 덮었다.

"잠깐?! 둘 다 나가! 아니면 가려!"

("가린다? 무엇을 가릴 필요가 있을까요? 주군의 등을 씻겨드 리는 일에, 무언가를 가리려고 한다면 오히려 방해가 되지 않을 까요?")

"……지고하신 주인님의 자제분께 전부 보여드리는 것에, 저 히야, 어떠한 저항도 없습니다만?"

가릴의 말에 알몸으로 어리둥절한 표정을 짓는 히야와 벤네에.

'안 돼, 이 두 사람한테 윤리관을 바라는 건 무리가 있었어.'

그 후, 두 사람의 설득을 포기한 가릴이 곧바로 목욕탕에서 도주한 것은 말할 필요도 없었다.

◇같은 시각 클라이로드 성◇

"……어?!"

자기 방에서 서류를 훑어보던 여왕은 갑자기 눈을 부릅떴다.

"뭘까요……. 가릴 군한테 무언가 벌어진 것 같은 느낌이……. 그것도, 여자와 관련된 무언가가……."

여왕은 이마에 땀을 흘리며 진지한 표정을 지었다.

순진하고 고지식한 성격 탓에 작은 일에도 걱정하고 괴로워하는 여왕.

어느샌가 좋아하는 가릴의 위험까지도 탐지할 수 있는 지경까지…….

◇호우타우 훌리스 잡화점◇

"그럼 이번에는 일출국으로 정기 마도선을 취항시키는 거군요."

훌리오의 말을 듣고 훌리스 잡화점 마도선 관리 운영부의 주임을 맡고 있는 마인족 파타몬은 크게 끄덕였다.

파타몬…….

그레아니르와 함께 일찍이 고자르 직속 마왕군 첩보 부대 '고요한 귀'의 일원으로서 활동한 여자였다.

파타몬의 말에 훌리오는 평소의 시원스러운 미소를 지으며 끄덕였다.

　"응. 클라이로드 성과 일출국의 허가를 받았으니까, 일출국에 탑승 타워를 건설할 준비를 해주겠어? 그리고 정기 마도선 취항 스케줄 재편도 부탁할게."

　"알겠습니다. 바로 착수하겠습니다."

　깊이 인사하더니 파타몬은 순식간에 그 자리에서 사라졌다.

　그 모습을 배웅한 훌리오는 정기 마도선 발착장으로 시선을 향했다.

　호우타우의 훌리스 잡화점 옆에 건설된 마도선 발착장.

　그곳은 훌리스 잡화점이 운항하는 정기 마도선의 본부를 겸하고 있어서, 지금도 많은 정기 마도선이 발착을 거듭하고 있었다.

　그 모습을 평소의 시원스러운 미소를 지으며 바라보는 훌리오.

　"이 정기 마도선 덕분에 클라이로드 마법국 국내만이 아니라 좀 더 먼 나라와 교류가 생기기 시작하는구나……. 지금은 마왕성과 인도르, 그리고 새롭게 일출국……. 이런 식으로 이 세계의 모든 나라와 나라를 이을 수 있다면."

　마침 내려선 정기 마도선을 바라보며 훌리오는 그렇게 중얼거렸다.

　'내가 이 세계로 전이하기 전에 존재하던 파르마 세계에서는 아인 종족 차별이 극심했지. 그것도 왕도의 인간족과 변경 아인 종족의 사이가 나빴던 것이 원인 중 하나였던 것 같으니까…… 만

일 그 세계에도 정기 마도선이 취항한다면……'

그런 생각을 하며 홀리오는 작게 끄덕였다.

"……지금의 나는 클라이로드 세계의 주민이니까…… 이 세계의 모두를 위해, 최선을 다해서 할 수 있는 일을 하자."

……사랑하는 아내 리스를 위해서라도.

후기

이번에 이 책을 손에 들어주셔서 정말 감사합니다.

2016년 12월에 1권이 발매된 『Lv2 치트』도 올해로 5년차에 돌입했습니다. 이 작품이 상업 데뷔작인 저도 작가 생활 5년차에 돌입합니다. 이것도 응원해주시는 여러분 덕분. 정말 감사합니다.

원작은, 이번에는 일출국편이 메인입니다. 벤 누나가 어떻게 엮일지…… 즐겨주신다면 좋겠습니다. 엉망 여신 텔비레스도 통상 영업 중입니다. (웃음)

그리고 이번 편부터 금발 용사의 종자들 일러스트가 추가됩니다! 누가 늘어났는지, 모쪼록 확인해 주시기를.

이번에는 만화판 『Lv2 치트』 4권에 더해서, 같은 1월에 미디어 팩토리에서 『프론티어 다이어리 ③』. 2월에는 코믹 자르단에서 『이세계 노점 밥 '에니시 정' ②』도 발매되니까, 이쪽도 모쪼록 잘 부탁드립니다.

마지막으로 이번에도 멋진 일러스트를 그려주신 카타기리 님, 출판에 관여해주신 오버랩 노벨즈 및 관계자 여러분, 그리고 이 책을 손에 들어주신 여러분께 진심으로 감사드립니다.

2021년 1월 키노조 미야

Chillin Different World Life of the EX-Brave Candidate was Cheat from Lv2 - 11
© 2021 Miya Kinojo
First published in Japan in 2021 by OVERLAP, Inc.
Korean translation rights reserved by Somy Media, Inc.
Under the license from OVERLAP, Inc., Tokyo JAPAN

Lv2부터 치트였던 전직 용사 후보의 유유자적 이세계 라이프 11

2024년 5월 1일 1판 1쇄 발행

저　　　　자	키노조 미야
일 러 스 트	카타기리
옮　긴　이	손종근
발　행　인	유재옥
담 당 편 집	정지원
이　　　　사	조병권
출 판 본 부 장	박광운
편 집 1 팀	최서영
편 집 2 팀	정영길 조찬희 박치우 정지원
편 집 3 팀	오준영 이소의 권진영
디 자 인 랩 팀	김보라 박민솔
라이츠사업팀	김정미 맹미영 이윤서
디지털사업팀	박상섭 김지연 윤희진
영업마케팅팀	최원석 박수진 이다은
물　류　팀	허석용 백철기
경 영 지 원 팀	최정연
발　행　처	(주)소미미디어
등　　　　록	제2015-000008호
주　　　　소	서울시 마포구 토정로 222, 502호(신수동, 한국출판콘텐츠센터)
판　　　　매	㈜소미미디어
제　작　처	코리아피앤피
전　　　　화	편집부 (070)4164-3962, 3963 기획실 (02)567-3388 판매 및 마케팅 (070)8822-2301 Fax (02)322-7665

ISBN 979-11-384-8258-5 (04830)
ISBN 979-11-6389-387-5 (세트)